Ariana Nero

Kuckucksbrüder

W0244027

Ariana Nero

Kuckucksbrüder

Roman

HAWEWE

Bibliografische Information der Deutschen Nationalbibliothek
Die Deutsche Nationalbibliothek verzeichnet diese Publikation in der Deutschen Nationalbibliografie; detaillierte bibliografische Daten sind im Internet über http://dnb.dnb.de abrufbar.

1. Auflage
Copyright © 2019 HAWEWE media,
Grünthal 109, 83064 Raubling
Lektorat: Susanne Posse
Umschlaggestaltung: HAWEWE media, Raubling
Satz: HAWEWE media, Raubling
Druck und Bindung: CPI Books GmbH, Leck

Printed in Germany
ISBN 978-3-947815-51-7
www.hawewe.media

Dieses Buch ist auch als
E-Book (ISBN 978-3-947815-53-1) erhältlich.

KAPITEL 1

Sie sah ihn auf der Bank am Neckar sitzen: Einen groß gewachsenen, hageren Mann, die dunkle Strickmütze tief in die Stirn gezogen, die Hände wie zum Gebet ineinander gelegt. Der Saum seines langen schwarzen Ledermantels hing hinab bis auf den schlammigen Boden, unter dem Mantel konnte man ein Paar robuster Stiefel erkennen, die ihre besten Tage schon gesehen hatten. Seine Hände waren schrundig aufgerissen, unter der Mütze hingen ein paar Strähnen ungepflegter dunkler Haare heraus.

Es war Sonntag, ein kalter, verregneter Novembermorgen, die Sonne hatte es seit Tagen kaum einmal geschafft, durch den wolkenverhangenen Himmel zu blinzeln. Das Wasser floss schneller als üblich aus dem Neckartal. Auf seiner Oberfläche konnte man Holzstücke, Unrat und hin und wieder einen wagemutigen Wasservogel in rascher Geschwindigkeit dahinsegeln sehen. In den kahlen Ästen der regenfeuchten Bäume krächzten ein paar Krähen, die Luft roch nach dem brackigen Wasser, das sich überall gesammelt hatte. Der Boden glänzte nass, gesättigt vom ununterbrochenen Regen der vergangenen Tage. Der feuchtkalte Wind zog unangenehm durch alle Ritzen und bei jedem Schritt musste man darauf achten, nicht in eine Pfütze zu treten oder auszurutschen.

Sie verlangsamte ihre Schritte und betrachtete den Mann. Er war vollkommen regungslos. Neben ihm stand ein großer Rucksack, der vermutlich sein gesamtes Hab und Gut enthielt. Wie musste das sein, so ein Leben auf der Straße? Tag für Tag dieser Kälte ausgesetzt, kein warmer Ort, an den man sich zurückziehen konnte, kein Tisch, an den man sich wie selbstverständlich zu einer warmen Mahlzeit setzen konnte. Der Mann schien die Kälte gar nicht mehr zu spüren.

Warum machte sie sich eigentlich so viele Gedanken über ihn? Die Stadt war voll mit Pennern seiner Art und sie begegnete jeden Morgen etlichen von ihnen. Die meisten verhielten sich unauffällig und erregten höchstens ihr Mitleid. Manchmal warf sie dem einen oder anderen eine Münze in den Becher. Doch an diesem Mann war irgendetwas anders. Etwas faszinierte sie an ihm. Er verhieß eine Geschichte, die sie interessierte, ohne zu wissen warum. Und er schien neu zu sein in diesem Teil der Stadt, zumindest war er ihr noch nie zuvor aufgefallen. Sie überlegte nur kurz, dann setzte sie sich rechts von ihm ans andere Ende der Bank. Es war eine für sie ungewöhnlich spontane Handlung, und hätte sie nur einen Moment länger darüber nachgedacht, hätte sie ihre Schritte beschleunigt und wäre ohne einen weiteren Blick an ihm vorbei gegangen. Immerhin war die Heidelberger Neckarwiese so gut wie menschenleer und es hätte noch einige andere Bänke gegeben, auf die sie sich hätte setzen können. Und noch genauer betrachtet gab es überhaupt keinen Anlass, sich bei diesem Wetter überhaupt auf irgendeine Bank zu setzen. Doch irgendetwas trieb sie dazu, genau das zu tun.

Der Mann veränderte weder seine Position noch blickte er sie an. Er blieb einfach starr sitzen als gäbe es sie gar nicht. Verstohlen musterte sie ihn aus den Augenwinkeln. Irgendwie erinnerte er sie an jemanden. Doch durch den zerzausten Bart konnte man sein Gesicht nicht richtig erkennen. Die Wangen wirkten eingefallen, vermutlich trank er zuviel und aß zuwenig. Unter dem speckigen Ledermantel trug er einen labberigen weinroten Strickpullover und zerschlissene Cargohosen. Alles an ihm wirkte schmutzig und ungepflegt.

Sie saßen eine ganze Weile so nebeneinander, sie hätte nicht vermocht zu sagen, wie lange. Ganz unwillkürlich hatte sie seine Position eingenommen. Ihre Hände ruhten ebenso wie seine in ihrem Schoß und sie starrte ins Leere. Die Bank stand an einem Weg direkt am Wasser, der im Sommer bevölkert mit Menschen und Hunden war. Jogger, Radfahrer, Skatcboards, Kinderwägen – alles bunt durcheinander. Aber zu dieser Jahres- und Uhrzeit war es wie ausgestorben. Hier und da mal ein Spaziergänger, meist ältere Leute, und die Hundebesitzer natürlich, die mussten bei jedem Wetter raus. Doch selbst die machten sich an diesen trübnassen Tagen rar, heute war sie erst einem einzigen von ihnen begegnet. Dem netten korpulenten Herrn aus der Schröderstraße mit der freundlichen Labrador-Hündin. Sie kannte viele Leute hier vom Sehen, es war ihr Viertel, ihr Spazierweg. Es tat ihr gut, auf diese Weise ein wenig unter Leute zu kommen.

Ihm war die Frau sofort aufgefallen. Sie wirkte ein wenig bieder in ihrem beigen Flanellmantel und mit der altmodischen Mütze auf dem Kopf, dabei schien sie so alt noch gar nicht zu sein. Schmal war sie und etwas blass um die Nase. Das Auffälligste an ihr waren die großen dunklen Augen, die ein wenig scheu und verhuscht wirkten. Schon als sie sich seiner Bank genähert hatte, war ihm ihr Blick aufgefallen. Irgendwie – verwundert und gleichzeitig verletzlich. Er war gut darin, Menschen zu beobachten, ohne dass sie es merkten. Eine Sache, die man auf der Straße unweigerlich lernte. Die meisten Menschen gingen an einem wie ihm vorbei ohne ihn zu beachten, er hatte sich mittlerweile daran gewöhnt. Sie verschwendeten keinen Gedanken daran, was er über sie denken könnte. Einer wie er war unsichtbar, gar nicht wirklich existent, bestenfalls einen kurzen Augenblick des

Mitleids und einen Groschen wert, der achtlos in seinen Hut geworfen wurde. Aber sie hatte sich neben ihn gesetzt. Ihre Aufmerksamkeit für ihn war ungewöhnlich. Sie war keine von den Leuten, die es sich zur Aufgabe machten, Menschen wie ihn zu missionieren, keine von denen, die Interesse heuchelten, um ihr Karma aufzuwerten und auch keine von denen, die selbst so am Boden waren, dass sie sich urplötzlich zu den Untersten der Gesellschaft hingezogen fühlten, um zu sehen, ob es welche gab, denen es noch schlechter ging als ihnen. Die Situation war genau genommen völlig grotesk. Diese Frau sah beileibe nicht so aus, als hätte sie kein Zuhause und würde gern bei diesem Sauwetter auf Parkbänken herumsitzen und sich ihre gepflegte Garderobe nass und dreckig machen. Was also hatte sie dazu getrieben, sich hierher direkt neben ihn zu setzen? Er lächelte in sich hinein. Es war das erste Mal seit seiner Ankunft in Heidelberg, dass er einen Anflug von Entspannung empfand.

Jetzt bewegte sich der Mann. Seine linke Hand schob sich langsam und bedächtig in die Manteltasche. Schließlich zog er ein Päckchen Tabak heraus, was wohl aufgrund der Kälte nicht ganz einfach war. Er legte es vorsichtig auf seinem Schoß ab und pustete sich ein wenig warme Luft in die hohle Faust. Dann rieb er die Handflächen aneinander, bevor er das Tabakpäckchen umständlich aufnestelte, einen Filter sowie Blättchen herauszog und eines davon mit Tabak befüllte. Mit einer geübten Handbewegung drehte er das Papier mit dem Tabak zu einer schmalen Rolle, befeuchtete die Kante mit der Zungenspitze und klebte die Zigarette zusammen.

»Auch eine?«, fragte er unvermittelt. Er wollte es ihr ein wenig leichter machen.

Seine simple Frage riss sie aus ihrer kontemplativen Stimmung. Er hielt ihr die Zigarette hin, und als sie nicht gleich reagierte, hob er für einen kurzen Moment den Kopf und blickte sie fragend an. Seine klaren, hellblauen Augen standen in einem unerwarteten Kontrast zu seiner düsteren Erscheinung. Für einen zeitlosen Augenblick stieg irgendwo in Klara ein Bild auf, das sich bereits aufgelöst hatte, bevor es ihr Bewusstsein erreichte. Sie starrte ihn an, unfähig zu antworten.

Er zuckte mit den Achseln und zog aus der rechten Manteltasche ein Feuerzeug, mit dem er sich die Zigarette selbst anzündete. Sie würde schon kommen. Er sollte ihr Zeit geben. Sie hatte sich nicht neben ihn gesetzt, um dann einfach so wieder ihrer Wege zu gehen. Er sog den Rauch tief ein und pustete kleine Ringe in die Luft, die nach oben immer größer wurden und sich schließlich auflösten.

»Gerne«, brachte sie schließlich hervor. Sie rauchte eigentlich nicht, aber sie wollte diese Begegnung auf jeden Fall in die Länge ziehen. Und da sie momentan keine andere Möglichkeit dazu sah, sollte sie vielleicht gemeinsam mit ihm rauchen.

Ohne ein weiteres Wort öffnete er abermals das Päckchen, das noch immer auf seinem Schoß lag, und drehte mit geschickten Bewegungen eine zweite Zigarette. Seine eigene balancierte er dabei so im Mundwinkel, dass er zwischendurch daran ziehen konnte, ohne seine Hände zu benutzen. Er hielt ihr die Zigarette hin. Sie nahm sie in die Hand und schaute ihn nur an. Er zog das Feuerzeug nochmal aus der Tasche und nickte ihr auffordernd zu. Etwas verlegen steckte sie die Zigarette in den Mund und ließ sie sich von ihm anzünden. Ein Windstoß blies das Feuerzeug aus und er musste seine zweite Hand schützend davor halten, wobei er ihr für einen kleinen Moment sehr nah kam. Er roch nach einer Mischung aus Zigarettenrauch, Leder und ungewaschenen Klamotten. Eigentlich eine ziemlich abstoßende Mischung. Merkwürdigerweise löste der Geruch in ihr das genaue Gegenteil aus. Da war eine Anziehung, die sie nicht verstand und die sie verwirrte.

Der Mann machte den Anfang. Ein zweites Mal. Er konnte das offenbar besser als sie und irgendwie hatte sie mit ihrer stillen, schüchternen Art sein Interesse geweckt.

»Konny«, sagte er und hielt ihr die rechte Hand hin.

Zögerlich legte sie ihre behandschuhte Hand in seine schmutzige. »Klara«, antwortete sie. Sein Händedruck war kräftig und überraschend warm, was sie durch die feine Wolle ihrer Handschuhe hindurch spüren konnte. Sie zogen an ihren Zigaretten, wobei Klara ein Husten unterdrücken musste. »Sind Sie ... Kommst du von auswärts oder ...?«, stammelte sie. Sie musste das Gespräch am Laufen halten, die Vorstellung, er könnte einfach aufstehen und gehen, war ihr mittlerweile unerträglich geworden.

»Bin auf der Durchreise«, antwortete er knapp. Er dachte daran, wie er Hals über Kopf in Berlin seine paar Habseligkeiten gepackt und per Anhalter nach Heidelberg gefahren war. Er hätte nicht gewusst, wie er ihr den Grund dieser Reise hätte in wenigen Sätzen erklären wollen und war auch nicht darauf vorbereitet, einer fremden Dame auf der Parkbank seine Geschichte zu erzählen.

»Geschäftlich?«, fragte sie und biss sich sofort auf die Zunge. Es war offensichtlich, dass der Mann kein Geschäftsreisender war.

Er grinste. »So in der Art.«

Klara überlegte fieberhaft. »Es ist schön hier am Neckar«, sagte sie schließlich. »Ich bin oft hier, bei jeder Jahreszeit und immer zeigt er mir ein neues Gesicht.«

Der Mann brummte. Sollte das Ganze hier jetzt in einen Smalltalk abrutschen?

Klara wagte noch einen Vorstoß: »Wo kommst du her?«

»Berlin.« Er machte es ihr nicht gerade leicht.

»Und was führt dich nach Heidelberg?«, probierte sie es weiter und bemühte sich, ihrer Stimme einen leichten

Plauderton zu verleihen. Soweit waren sie schon gewesen.

Er schaute zu Boden und fragte statt einer Antwort: »Hast du vielleicht was zu essen? Ich habe seit gestern Mittag nichts mehr in den Magen bekommen.«

Klara dachte an die Tüte mit dem angebissenen Croissant vom Franzosenbäcker in der Ladenburger Straße in ihrer Manteltasche und wollte es ihm schon anbieten, dann hatte sie eine andere Idee.

»Komm mit, ich lad dich ins Café Knösel zum Frühstück ein. Das ist gar nicht weit von hier, nur ein Stückchen den Neckar entlang und über die Brücke«, schlug sie vor.

Er blickte sie fragend an, dann an sich herunter. So wie diese Frau aussah, würde sie ihn vermutlich nicht in eine Kaschemme führen und in einem hübschen Café fühlte er sich in seinem Aufzug nicht wohl. »Ich glaube nicht, dass ich so …«

»Ist doch egal«, versetzte sie schnell. »Es wird niemanden kümmern, glaub mir. Also was ist?«

KAPITEL 2

Knappe zehn Minuten später saßen sie an einem kleinen Ecktisch im etwas altertümlichen Café Knösel in der Heidelberger Altstadt. Klara war gern hier. Es interessierte niemanden, wenn sie als Frau allein an einem Tisch saß und ein einfaches *Petit déjeuner* verspeiste. Es war warm und behaglich. In der Luft lagen der Duft von frisch aufgebrühtem Kaffee und der etwas angestaubte Geruch von altem Holz und den Zeitungen, die hier noch gelesen wurden. Das Publikum war im Durchschnitt etwas älter und bestand hauptsächlich aus Einheimischen. In der Vorweihnachtszeit, die in wenigen Wochen begann, würden auch wieder vermehrt Touristen den Weg in das Café finden, das in den Reiseführern für seine hausgemachten Torten und Kuchen sowie die berühmten *Heidelberger Studentenküsse* angepriesen wurde. Klara nickte dem Kellner zu. Obwohl sie keinen Hunger hatte, bestellte sie zweimal das große Frühstück mit frisch gepresstem Orangensaft. Sie wollte nicht, dass Konny sich ihretwegen zurückhielt und sie wollte auch nicht zu gönnerhaft rüberkommen. Er sollte sich wohlfühlen in ihrer Gesellschaft.

Während sie auf den Kaffee warteten, entspannte sich Konny zunehmend. Den Mantel hatte er über die Lehne eines freien Stuhls gelegt. Den dicken Pullover behielt er an, obwohl die Temperatur im Café im Vergleich zu draußen karibisch war. Es machte ihm nichts aus.

Vermutlich schämt er sich für das, was darunter zum

Vorschein käme, dachte Klara. Sie bemühte sich, ihn nicht zu neugierig anzustarren und konzentrierte sich darauf, ihren Blick zwischen den anderen Gästen umher schweifen zu lassen und ihren Begleiter immer wieder nur kurz und wie zufällig anzuschauen.

»Schön warm ist es hier«, stellte Konny fest und streckte die Beine unter dem Tisch aus. »Tut gut nach dieser eisigen Nacht.« Der Kellner stellte zwei Tassen Cappuccino vor den beiden ab. Konny nahm einen großen Schluck und leckte sich genüsslich die Lippen. »Ah, das tut gut«, wiederholte er.

Klara nippte ebenfalls an ihrem Kaffee. »Heißt das, du hast die ganze Nacht da draußen verbracht?« Sie machte eine fragende Kopfbewegung Richtung Fenster.

Konny nickte. »Bin erst seit gestern Abend hier. War zu spät, mir noch eine Bleibe zu suchen.«

»Und was hast du vor?«, fragte Klara.

Konny wiegte bedächtig den Kopf. Er war sich nicht sicher, wieviel er dieser zarten Frau zumuten konnte. Sie war freundlich und zurückhaltend. Vermutlich ziemlich einsam. Er hatte die kurze Befürchtung, sie könnte eine von der Sorte sein, die, wenn man ihnen zuviel anvertraute, ein hartnäckiges Helfersyndrom entwickelten. Allerdings schien diese Frau auf eine angenehm unaufdringliche Art interessiert an ihm zu sein. Und er hatte gerade ein veritables Problem, da konnte ein wenig Hilfe vielleicht gar nicht schaden. »Ich bin auf der Suche nach meinem Bruder«, sagte er schließlich.

Sie schwieg und blickte ihn geduldig an. Der Kellner brachte zwei Gläser Orangensaft.

Konny trank gierig. »Frisch gepresster Orangensaft. Ich weiß nicht, wann ich das zuletzt getrunken habe.«

Klara nickte ihm freundlich zu und schwieg weiterhin. »Und was machst du so?«, versuchte er es mit einer Gegenfrage. Er wollte nicht undankbar erscheinen, dieser Frau aber auch nicht aus lauter Dankbarkeit für ein Frühstück gleich sein ganzes Leben erzählen. Die Information über seinen Bruder war fürs erste genug.

Klara ging darauf ein. »Da gibt es nicht allzu viel zu erzählen«, antwortete sie. »Ich lebe in einer kleinen Wohnung in Handschuhsheim, das ist ein Stadtteil unweit der Neckarwiese. Und ich arbeite im Rathaus für den Bürgermeister.«

Das Frühstück wurde gebracht. Es gab Rühreier, Wurst- und Käseaufschnitt, verschiedene Marmeladen, Obstsalat, frische Brötchen und Croissants. Konny langte herzhaft zu. Klara sah ihm verstohlen dabei zu, wie er sein Brötchen in kleine Stücke brach, um diese mit Wurst- und Käsestückchen zu belegen und einzeln genüsslich in den Mund zu schieben. Er aß appetitlich und mit Manieren. Wieder etwas an ihm, das nicht zum Rest passen wollte. Und wieder kam ein Gefühl in Klara auf, als würde sie den Mann schon lange kennen. Aber das konnte nicht sein. Schließlich war er nicht von hier und sie noch nicht allzu viel herumgekommen. Sie reiste nicht gern, das Unbekannte machte ihr Angst. Klara pickte ein wenig an ihrem Obstsalat.

»Isst du deine Eier nicht?«, fragte er.

Sie schob sie ihm hinüber. »Nein, ich mache mir nichts daraus. Du kannst sie gerne haben.«

»Bevor sie umkommen«, meinte er und machte sich auch über ihren Teller her.

Eine Weile aßen sie schweigend. Vielmehr aß Konny, während Klara in ihrem Obstsalat herumstocherte und ihm verstohlen beim Essen zuschaute. Sie dachte, er würde es nicht bemerken und er ließ sie wohlwollend in dem Glauben.

»Was ist eigentlich mit deinem Bruder?«, fragte sie irgendwann unvermittelt.

Konny hielt einen Augenblick inne, dann schluckte er den letzten Bissen hinunter, wischte sich sorgfältig mit der

Serviette den Mund ab und schaute ihr zum ersten Mal, seit sie sich am Neckar getroffen hatten, direkt in die Augen. Wieder hatte sie das vage Gefühl eines Déja-vus, das sich zu keinem klaren Bild formen wollte. Diese Augen hatte sie schon einmal irgendwo gesehen. Irgendwann in einem anderen Leben. Eine Erinnerung kam in ihr auf, ohne greifbar zu werden. Sie war wie blockiert. Sie fühlte, dass da etwas war zwischen ihr und diesem Mann, das sie nicht beschreiben konnte. Sie musste mehr über ihn erfahren, wissen, wer er war und was ihn in ihre Stadt geführt hatte.

Doch er war nach wie vor nicht bereit, ihr zuviel zu erzählen. Er war misstrauisch geworden – auch das eine Begleiterscheinung seines Lebens der letzten Jahre – und erklärte nur, das sei eine sehr private Familienangelegenheit, mit der er sie nicht langweilen wolle. Vielmehr solle sie doch ein bisschen mehr über sich erzählen, was sie mache, wenn sie nicht im Rathaus arbeitete oder am Wasser spazieren ging.

Klara war enttäuscht. Sie hatte keine Lust über sich zu reden, zumal ihr Leben, besonders vermutlich im Vergleich zu Konnys, nun wirklich nicht besonders spannend war. Aber vielleicht war es notwendig, dass sie sich zunächst ein wenig öffnete, um dann im Gegenzug mehr von ihm zu erfahren. »Tja, was mache ich, wenn ich nicht am Neckar spazieren gehe?«, wiederholte sie seine Frage. Es war ihr tatsächlich etwas unangenehm, dass sie so wenig Interessantes zu berichten hatte. Ihr Leben verlief planmäßig und routineartig ohne nennenswerte Höhen und Tiefen. Das war ihr wichtig. Sie brauchte Ordnung im Leben.

Er half nach: »Kein Mann, keine Familie?«

»Ich hatte mal einen Wellensittich, mehr Familie wäre nicht gut für mich«, antwortete sie zu ihrer eigenen Überraschung. Was hatte sie da gesagt? Nicht gut für sie? Er musste ja denken, sie sei eine verbitterte alte Jungfer, die keinen Menschen an sich heran ließ.

Doch er lachte nur. Zum ersten Mal seit ihrer Begegnung. Er hatte ein schönes, jungenhaftes Lachen. Und wieder ein Erinnerungsfetzen, der irgendwo in Klaras Unterbewusstsein hing wie ein Funke, der nicht zur Flamme werden wollte.

»Du musst es mir nicht erzählen«, sagte er dann. Es war offenkundig, dass diese verschlossene Frau so einige Leichen im Keller verbarg. Auch sie hatte eine Geschichte, die sie misstrauisch hatte werden lassen. Soweit begegneten sie sich auf Augenhöhe. Doch wer war er, von ihr zu erwarten, dass sie ihm davon erzählte?

Klara ärgerte sich ein wenig. Sie war doch zufrieden mit ihrem Leben, mehr brauchte sie nicht! Die Liebe, der Traum von einer eigenen Familie, das war für ein anderes Leben gewesen, das sie längst erfolgreich aus ihrem Herzen verdrängt hatte, schon lange vor dem Wellensittich.

»Mein Leben ist in Ordnung so, wie es ist«, sagte sie bestimmt. »Ich gehe zweimal im Monat mit ein paar Kollegen zum Kegeln und sonntags besuche ich eine ehemalige Nachbarin im Altenheim.« Und trotzig fügte sie hinzu: »Ich mag das Alleinsein. Ich brauche nicht permanent andere Leute um mich herum.«

Konny hob abwehrend die Hände. »Schon gut«, sagte er. »Ich wollte dir nicht zu nahe treten.«

»Das bist du nicht«, log Klara. Sie deutete auf den Rucksack, der neben dem Tisch auf dem Boden stand. »Wo wirst du heute Nacht schlafen?«

Themawechsel. Konny ging dankbar darauf ein: »Es soll hier eine Stadtmission geben in der Altstadt. Vielleicht haben die noch einen Platz frei.«

Klara stellte mit Befremden fest, dass sie ihm in einer ungewohnt spontanen Eingebung beinahe angeboten hätte, bei ihr zu übernachten. Stattdessen fragte sie: »Kann ich dir dabei irgendwie helfen?«

»Das schaffe ich schon alleine. Danke übrigens.« Dabei deutete er mit dem Kopf auf die leergegessenen Teller auf dem Frühstückstisch.

»Nicht dafür«, murmelte Klara. »Und wie geht es jetzt weiter? Ich meine, bei dir?« Die Vorstellung, er könnte jetzt und gleich für immer wieder aus ihrem Leben verschwinden, bereitete ihr ein irritierendes Unbehagen.

»Keine Ahnung.« Konny zuckte mit den Schultern. »Ich muss sehen, ob ich meinen Bruder finden kann.«

»Lass uns doch morgen nochmal zusammen essen? Ich hätte in meiner Mittagspause Zeit«, schlug sie vor, und ihr Herz pochte bis zum Hals. Sie hoffte, dass er ihre Verlegenheit nicht bemerkte und fragte sich gleichzeitig, ob sie den Mut wohl auch aufgebracht hätte, wenn der Mann kein Obdachloser gewesen wäre.

Konny lächelte und nickte.

KAPITEL 3

Abends in ihrer Wohnung dachte Klara an ihre merkwürdige Begegnung am Neckar. Am Nachmittag hatte sie wie immer Frau Kerber im Altenheim besucht und der alten Dame war aufgefallen, dass Klara irgendwie verändert wirkte. Klara hatte ihr von Konny erzählt. Es war wohltuend gewesen, auf diese Art und Weise ihre Gedanken ein wenig zu ordnen. Wenngleich es nicht einfach war, ihre Gefühle zu benennen. Sie musste fast ein wenig schmunzeln beim Gedanken daran, welchen Eindruck sie als Mitarbeiterin des Oberbürgermeisters im Café Knösel hinterlassen haben mochte, als sie mit einem durchgefrorenen Obdachlosen ihr Rührei teilte.

Sie verspürte eine merkwürdige Mischung aus Erleichterung und Bedauern. Erleichterung darüber, dass sie nicht so leichtsinnig gewesen war, Konny ein spontanes Übernachtungsangebot zu machen. Und gleichzeitig Bedauern über ebendiese Tatsache. Sie hatte sich seit Jahren nicht mehr für einen Mann interessiert. Sie hatte nicht mal einen kennengelernt, für den sich zu interessieren gelohnt hätte. Und warum auch – sie hatte sich sehr gut eingerichtet in ihrem Leben und war der Meinung, dass man zum Zufriedensein keineswegs einen Mann brauchte. Sie hatte einen regelmäßigen Tagesablauf, ein ordentliches Einkommen und konnte gut für sich selbst sorgen. Ihr Zuhause gehörte ihr allein, da war niemand, der sein schmutziges Geschirr in der Küche stehen ließ oder dem sie die Wäsche nachtragen musste. Wenn sie nach Hause kam, sah ihre Wohnung stets genau so aus, wie sie sie verlassen hatte. Alles war an seinem Platz. Allein die Vorstellung von Konnys schmuddeligem Rucksack in ihrem sauber gefeudelten Flur ließ ihr die Nackenhaare zu Berge stehen. Und seine Haare in ihrer Dusche! Andererseits – womöglich hatte er nicht allzu oft die Möglichkeit sich zu duschen, was wusste sie schon, wie es in so einer Obdachlosen-Unterkunft zuging, und sie hatte doch in ihrer Zweizimmerwohnung genug Platz für einen Gast.

Sie musste herausfinden, wer er war. Sie spürte, dass das wichtig für sie war. Nur, so wie gestern kam sie nicht weiter. Er war bei persönlichen Themen verschlossen. Was sie gut verstehen konnte, schließlich sprach sie auch nicht gerne über ihr Leben. Und wer wusste schon, welches Päckchen er mit sich herumtrug? Es würde wohl Gründe geben, warum er auf der Straße lebte. Normalerweise konnte sie so etwas gut akzeptieren, die Geschichten anderer Leute pflegten sie nicht sonderlich zu interessieren. Aber das hier war etwas anderes. Es machte ihr ein wenig Angst, dass sie sich diesem Menschen nicht entziehen konnte, nicht entziehen wollte. Womöglich würde sie ihm ein wenig aus ihrem Leben erzählen müssen, um sein Vertrauen zu gewinnen. Vielleicht sollte sie sich morgen einen halben Tag frei nehmen. Sie hatte genug Überstunden und ihr Chef hatte sie schon des Öfteren darauf angesprochen, sich Urlaub zu nehmen.

Als Klara an diesem Abend wie immer Punkt zehn Uhr die Nachttischlampe neben ihrem Bett ausschaltete, galt ihr letzter Gedanke der Hoffnung, dass Konny morgen Mittag am vereinbarten Treffpunkt auftauchen würde.

KAPITEL 4

In der Stadtmission war alles belegt gewesen und man hatte Konny auf eine Notunterkunft verwiesen, für die er nochmal quer durch die Stadt hatte laufen müssen. Nur um jetzt Matte an Matte mit lauter stinkenden und schnarchenden Männern zu liegen, mit denen er sich Klo und Dusche teilen musste. An Schlaf war hier kaum zu denken. Morgen würde er sich wohl lieber mit seinem Schlafsack irgendwo eine geschützte Stelle im Freien suchen und zum Waschen in ein Café gehen. Alles war besser als das hier.

Konny, der mit richtigem Namen Konrad hieß, lag auf seiner Isomatte und dachte an die Frau vom Fluss. Sie schien irgendein besonderes Anliegen zu haben. Und er spürte, dass sie ihn meinte und nicht den Obdachlosen, den man zum Essen einlädt, um sich selbst das Gefühl zu geben, etwas Gutes getan zu haben. Oberflächlich betrachtet war sie eine ziemlich spießige Person, auf eine biedere Art hochgeschlossen, als müsse sie ständig befürchten, dass irgendjemand erkennen könnte, dass sie eine Frau war. Dabei war sie hinter dieser Fassade gar nicht mal so hässlich. Schlank, halblanges brünettes Haar, große, dunkle Augen, hübscher Mund. Ihr Alter war schwer zu schätzen, er tippte auf Mitte vierzig. Da war eine merkwürdige Diskrepanz zwischen ihrer äußeren Erscheinung, die von den Klamotten abgesehen fast mädchenhaft scheu war, und der Tiefe in ihren Augen, die ihm sagten, dass sie schon so einiges erlebt haben musste.

Für sowas hatte er ein Gespür. Er hatte von klein auf eine besondere Begabung dafür gehabt, Menschen punktgenau einzuschätzen. Vielleicht war das eine Folge seiner Kindheit in emotional mehr als herausfordernden Verhältnissen. Er hatte gelernt, auf die Stimmungen und subtilen Zeichen der Menschen um sich herum zu achten und entsprechend darauf zu reagieren. Das war zu seiner traurigen Überlebenstaktik geworden. In seinem Beziehungsleben hatte ihm das leider nicht geholfen, aber in den Jahren ohne Zuhause war ihm diese Fähigkeit von unschätzbarem Wert gewesen. Wie schnell wurde man in dieser Situation übers Ohr gehauen, betrogen und belogen, entwürdigt und gedemütigt, wenn man nicht aufpasste. Was auch immer diese Frau dazu trieb, sich mit ihm zu befassen, er spürte ganz deutlich, dass sie nicht hinterhältig war. Ein wenig verschroben sicherlich und vielleicht auch emotional verstört, aber ohne arglistige Hintergedanken. Sie agierte aus dem Moment heraus und das überraschte sie womöglich gerade selbst. Und er für seinen Teil spürte, wie es ihn reizte, das beginnende Spiel mit ihr noch ein wenig weiter zu treiben. Was hatte er schon zu verlieren?

Konrad wälzte sich hin und her und versuchte eine bequeme Stellung zu finden. Wie es bei Klara zuhause wohl aussehen mochte? Er langte nach der Schnapsflasche, die er in seinem Rucksack in die Unterkunft geschmuggelt hatte, und nahm einen kräftigen Schluck. Eigentlich war es in diesen Einrichtungen verboten, Alkohol mitzubringen, aber heimlich machten es alle. Und so konnte er vielleicht wenigstens ein paar Stunden schlafen.

Er sollte hingehen morgen und diese Frau noch einmal treffen. Sie schien einen Narren an ihm gefressen zu haben, sie arbeitete bei der Stadt und konnte ihm vielleicht noch hilfreich sein. Irgendwo musste er ja einen Anfang machen, wenn er seinen Bruder finden wollte. Womöglich sollte er sogar in Erwägung ziehen, ihr ein bisschen mehr von seiner Geschichte zu erzählen.

KAPITEL 5

Der nächste Tag war ebenso verregnet wie der vorige. Nach wie vor schaffte es die Sonne nicht durch die dicke Wolkendecke und der Wind blies sogar noch ein wenig eisiger als gestern. Die Menschen hetzten mit Regenjacken, Kapuzen und Schirmen geschützt durch die Straßen, keiner schien mehr Zeit als notwendig draußen verbringen zu wollen. Konny hastete mit gesenktem Kopf durch die Fußgängerzone und suchte dieses Café. Gestern waren sie vom Neckar aus in die Altstadt gekommen, über diese alte Brücke. Er verfügte eigentlich über einen sehr guten Orientierungssinn, er war schließlich im Großstadtdschungel zuhause, aber in diesen kleinen Gässchen von Alt-Heidelberg hatte er sich irgendwie verfranst. Zugegeben, er hatte auch zu lange gepennt heute Morgen. Nachdem er seine Nachtunterkunft viel zu früh und völlig übermüdet verlassen hatte, hatte er Isomatte und Schlafsack an einer windgeschützten Ecke in der Stadt wieder ausgepackt und sich noch ein paar Stunden aufs Ohr gehauen. Einen Wecker besaß er nicht, er konnte froh sein, dass er überhaupt rechtzeitig aufgewacht war. Immerhin hatte er sich heute Morgen duschen und frische Kleider anziehen können. Das war einer der wenigen Vorteile dieser Nachtlager. Er hatte dort sogar noch ein ganz passables Holzfällerhemd und eine fast neue Jeans abgreifen können, die ihm gut passten.

Klara war bestimmt penibel, wenn es um Pünktlichkeit ging. Und natürlich um Sauberkeit. Er musste unwillkürlich grinsen. Irgendwie gefiel es ihm, diese Frau ein bisschen zu provozieren. Er wusste selbst nicht, warum. Schließlich hatte sie ihm bisher nur Gutes getan. Aber aus irgendeinem Grund hatte er das Bedürfnis, sie aus der Reserve zu locken, mehr darüber zu erfahren, was hinter ihrer etwas angestaubten Fassade schlummerte. Er schaute nach links und nach rechts und irgendwann entdeckte er die Gasse hinter der Kirche, an deren Ecke das Café lag. Er seufzte wohlig auf. Nach dieser mehr schlechten als rechten Nacht freute er sich auf etwas Warmes im Magen und ein gepflegtes Gespräch.

Klara saß am selben Tisch wie gestern und wartete auf ihn. Es war bereits sieben Minuten nach zwölf. Um zwölf Uhr waren sie verabredet gewesen. Klara hasste Unpünktlichkeit. Aber was konnte sie schon von einem Mann erwarten, der auf der Straße lebte und dem keine Stunde schlug. Vermutlich musste sie froh sein, wenn er überhaupt zum Mittagessen erschien. Zu ihrer Ärgerlichkeit mischte sich Angst. Was, wenn er einfach nicht kam? Was wusste sie schon darüber, was einem Obdachlosen so alles dazwischen kommen mochte? Und wenn es nur eine Laune war, die ihn ihre Verabredung vergessen ließ. Womöglich hatte er auch schlichtweg keine Lust, sie nochmal zu sehen. Wie kam sie überhaupt darauf, dass er das genauso wollen könnte wie sie? Er mochte nur aus Verlegenheit oder Dankbarkeit zugesagt haben und konnte es sich längst anders überlegt haben. Im Grunde genommen war es doch ziemlich kühn von ihr, darauf zu warten, dass ein Mann ausgerechnet mit ihr essen wollte, und Konny war schließlich auch nur ein Mann.

Sie drehte ihr Wasserglas in den Händen, schob es auf der Tischdecke von links nach rechts, um es anschließend wieder an seinen Platz rechts oberhalb des noch nicht vorhandenen Tellers zu stellen. Sie hatte unruhig geschlafen und war früh wach gewesen. Sie hatte ihr smaragdgrünes Wollkleid angezogen, dazu trug sie ein rot-grün gemustertes

Seidentuch. Jetzt fragte sie sich, ob das nicht ein bisschen auffällig war und sie doch lieber wie üblich schwarze Hose, Bluse und Cardigan hätte anziehen sollen. Im Büro hatte sie niemand darauf angesprochen. Eine Verabredung traute ihr dort wohl ohnehin keiner zu. Der Chef hatte den freien Nachmittag ohne weiteren Kommentar abgenickt. Vermutlich fiel es noch nicht mal jemandem auf, wenn die kleine graue Büromaus fehlte.

Sie trank einen Schluck und merkte, dass ihr Hals vor Aufregung ganz eng war. Was, wenn Konny das Café nicht wiederfand? Er kannte sich ja nicht aus in der Stadt und könnte Namen und Adresse ihres Treffpunkts vergessen haben. Oder er wollte bei dem Mistwetter nicht nochmal bis hierher laufen. Vielleicht war es zu rücksichtslos von ihr gewesen, diesen Treffpunkt vorzuschlagen ohne zu wissen, wo er übernachtete. Sie blickte aus dem Fenster, die Gasse vor dem Café war wie ausgestorben. Sie nahm einen weiteren Schluck Wasser. Viertel nach zwölf. Allmählich sollte sie sich entscheiden, ob sie weiter wartete oder einfach etwas für sich allein bestellte, als habe sie von vornherein nichts anderes vorgehabt. Es hatte ihr noch nie etwas ausgemacht, allein im Restaurant zu essen. Auf jemanden zu warten, der nicht kam, war allerdings unangenehm.

Gerade als sie dem Kellner ein Zeichen geben wollte, ging die Tür auf und von einem kühlen Windstoß begleitet wurde er förmlich ins Café geweht: Konny. Klaras Herz setzte für einen Moment aus.

In der Tür hielt er inne und blickte etwas verunsichert an seinem tropfenden Regencape herunter, das er heute über dem Ledermantel trug. Er war triefnass und wollte nicht überall Pfützen hinterlassen. Nur nicht negativ auffallen, das war ihm zur Devise geworden, die er tief verinnerlicht hatte. Dann sah er sich suchend im Café um und begegnete mit einem kurzen Lächeln ihrem Blick.

Klara schoss für einen kurzen Moment die Frage durch den Kopf, was sie hier überhaupt machte. Ob sie nicht lieber an ihrem Schreibtisch sitzen und die städtebaulichen Bewerbungen für die Ausschreibung in der Südstadt bearbeiten sollte. Aber dafür war es jetzt zu spät. Konrad steuerte bereits ohne weitere Umschweife auf sie zu und schälte sich aus seinen nassen Klamotten, wobei einige Spritzer Regenwasser auf Klaras Kleid landeten. Sie wischte pikiert mit der Hand über den feuchten Stoff. Konny ignorierte die Geste. Sollte er sich dafür entschuldigen, dass er ihretwegen quer durch diese verregnete Provinzstadt gelaufen war? Mit einem leisen Ächzen ließ er sich auf den Stuhl ihr gegenüber sinken und fuhr sich angewidert durch die regennassen Haare.

Klara fiel gleich auf, dass er im Vergleich zu gestern einen deutlich gepflegteren Eindruck machte. Die Haare wirkten trotz der Nässe nicht mehr so strähnig und er trug saubere Jeans und ein kariertes Oberhemd. Wenn man sich jetzt noch den Bart gestutzt und eine ordentliche Frisur dazu vorstellte, wäre er beinahe attraktiv. Sie spürte, wie sie eine gewisse Verlegenheit überkam. Gestern hatte sie an derselben Stelle einem Obdachlosen eine Mahlzeit spendiert, heute hatte sie ein Date mit einem fast Unbekannten. Es war lange her, dass sie sich mit einem Mann privat getroffen hatte und sie bekam plötzlich Angst vor der eigenen Courage.

»Entschuldige bitte die Verspätung«, sagte Konny jetzt. »Aber ich kenne mich hier nicht aus, und dann der Regen …«

»Schon gut«, erwiderte sie großzügig. »Jetzt bist du ja da. Hast du Hunger?« Sie schalt sich innerlich. Das klang ja gerade wieder so, als wolle sie sich als Wohltäterin aufspielen.

»Ich habe bereits gefrühstückt, aber eine Kleinigkeit geht schon noch«, log er lässig. Sein Frühstück hatte aus einer trockenen Semmel und einem schlechten Automatenkaffee um sieben Uhr morgens bestanden, mehr bekam er so früh ohnehin nicht runter.

Klara versuchte, die Konversation am Laufen zu halten: »Was hast du gestern noch gemacht?«, fragte sie ein wenig unbeholfen.

»Ich war noch im Kino, anschließend habe ich ein ausgiebiges Bad genommen, um dann den Abend bei einem Glas Wein am Kamin ausklingen zu lassen«, antwortete Konny ernst.

Sie blinzelte verständnislos, bis sie die Ironie erkannte und beschämt den Blick senkte. Konny bemerkte ihre Verlegenheit und berichtete knapp von der Mission in der Altstadt, von der er wegen Platzmangel zu einer Notunterkunft in einem ganz anderen Teil der Stadt geschickt worden war. Seine Odysee um einen Schlafplatz wollte er jetzt jedoch nicht weiter ausführen. Auch nicht, dass er zuvor noch einige Stunden auf einem Pappdeckel in der Innenstadt verbracht hatte, um sich ein wenig Reisegeld zu erbetteln.

»Und du so?«, fragte er deshalb.

Erleichtert, endlich ein unverfängliches Thema gefunden zu haben, plauderte Klara drauflos: Von ihrem Besuch bei Frau Kerber, und wie sie die Nachbarin jahrelang beim Einkaufen und anderen Gängen unterstützt hatte, bis diese nicht mehr alleine leben konnte und so vor etwas mehr als drei Jahren eine Heimunterbringung notwendig wurde. Dass sie seither die alte Frau jeden Sonntag pünktlich um sechzehn Uhr in der Seniorenresidenz St. Michael besuchte, wo sie bei gutem Wetter einen Spaziergang mit dem Rollstuhl unternahmen und bei schlechtem Wetter im Aufenthaltsraum bei Tee und Kuchen ein Gesellschaftsspiel spielten.

Konny hörte ihr aufmerksam zu, wenngleich sie sich nicht sicher war, ob es ihn wirklich interessierte.

»Nehmen wir zweimal den Mittagstisch?«, schlug sie

deshalb vor. Konny nickte und Klara glaubte eine gewisse Erleichterung in seinem Blick zu erkennen. Sie schalt sich abermals für ihre mangelnde Sensibilität. Der arme Kerl musste einen Riesenhunger haben und sie quatschte ihn mit Frau Kerber zu. Natürlich musste er warten, bis sie aktiv wurde, schließlich war sie die Gastgeberin. Sozusagen. Klara hatte keinen Plan, wie man sich hier zu verhalten hatte. In den allermeisten Situationen in ihrem Leben gab es einen Verhaltenskodex, irgendwelche Regeln, an die sie sich halten konnte. Aber ein Essen mit einem Obdachlosen, den man seit einem Tag kannte und bei dem man irgendetwas suchte, wovon man nicht mal wusste, was das war?

Sie winkte dem Kellner und bestellte. Zweimal Mittagstisch, dazu ein Wasser für sie und für Konny ein Bier. Es war ungewohnt, einen Mann nach seinen Wünschen zu fragen und für ihn zu bestellen. Es war überhaupt ungewohnt, für irgendjemand anderen zu bestellen. Wenn sie so darüber nachdachte – das jährliche Weihnachtsessen mit den Kollegen und das wöchentliche Stück Kuchen mit Frau Kerber mal ausgenommen konnte sie sich nicht daran erinnern, wann sie das letzte Mal in Gesellschaft gespeist hatte. Vielleicht erging es Konny ja ganz ähnlich. Allzu oft würde er sicher nicht von fremden Frauen ins Café eingeladen werden. Aber was wusste sie schon über ihn?

»Möchtest du mir heute vielleicht ein wenig mehr über deinen Bruder erzählen?«, wagte sie sich schließlich vor.

Konrad dachte nach. Was konnte er erzählen, ohne dass Klara gleich das Schlimmste über ihn denken musste? Sie war nett und ganz sicher nicht dumm. Wenn er ehrlich war, dann war ihr Job im Rathaus einer der Gründe, warum er hier war. Außerdem lud sie ihn jetzt bereits zum zweiten Mal zum Essen ein. Also Butter bei die Fische:

»Tja, die Sache ist nicht ganz so einfach«, begann er. Als sie nichts sagte, ihn nur erwartungsvoll anschaute, fuhr er fort: »Es ist so … Mein Bruder und ich, wir wurden direkt nach unserer Geburt voneinander getrennt.«

Klara stutzte kurz und fragte dann: »Also hast du einen Zwillingsbruder?«

Konny bejahte. Er holte tief Luft. »Wir wurden in Wien geboren. Unsere Mutter hatte eine schwierige Geburt, sie wäre beinahe dabei draufgegangen und musste wohl längere Zeit im Spital bleiben. Meinen Bruder hat sie dann behalten, während ich … Also ich wurde von Adoptiveltern aufgezogen, die sich jahrelang für meine leiblichen ausgegeben haben.«

Er sah Klara an und sie bemerkte eine Verletzlichkeit in seinen Augen, die sie bisher noch nicht an ihm gesehen hatte. Sie war verwirrt.

»Deine Eltern haben ein Kind behalten und das andere weggegeben?«

»Ich fürchte, ganz so war es nicht«, erwiderte er bitter.

Klara schwieg. Sie fühlte, dass es besser war, ihn in seinem Tempo erzählen zu lassen.

Der Kellner brachte den Salat und ein Körbchen mit Brot. Konny aß mit großem Genuss und Klara fiel wieder seine Angewohnheit auf, das Brot in kleine Stücke zu brechen und einzeln in den Mund zu stecken. Als er fertig war, wischte er sich mit der Serviette den Mund ab und legte das Besteck ordentlich auf den Teller.

»Ich war nicht immer auf der Straße«, bemerkte er. Offenbar war ihm ihr anerkennender Blick ob seiner Tischmanieren nicht entgangen. Klara senkte ertappt den Kopf.

»In dem Krankenhaus, in dem wir geboren wurden, gab es zur Zeit um unsere Geburt Fälle von illegaler Adoption.«

Klara zuckte innerlich zusammen, schwieg aber.

»Es gab da eine Handvoll Ärzte, die sich zusammengetan hatten, um Leuten, die keine eigenen Stammhalter zustande brachten, auf diese Weise welche zu organisieren«, setzte Konny seinen Bericht unvermittelt fort.

Es war ihm unangenehm, diesen wunden Punkt in seinem Leben anzusprechen. Obschon er nichts dafür konnte, schämte er sich dafür, als gestohlenes Kind bei einem Mann aufgewachsen zu sein, der sich derart schäbig am Leid anderer Leute bereichert hatte. Sein Adoptivvater war einer der Ärzte gewesen, die sich zu jener Zeit mit perfidesten Methoden einen netten Nebenverdienst erwirtschaftet hatten. Konny hatte das erst spät erfahren, als der Skandal in den Medien publik geworden war und Stimmen laut wurden von adoptierten Kindern, die ihre Eltern suchten und Müttern, die nach Jahren hören mussten, dass ihr Kind gar nicht tot, sondern bei Fremden aufgewachsen war.

Doch er hatte schon zuvor immer das Gefühl gehabt, dass in seiner Familie etwas nicht stimmte. Diese merkwürdigen Machtverhältnisse und Tabuisierungen zu Hause hatten ihn grundlegend verstört. So sehr, dass er als junger Mann statt an der Wiener Universität in der Berliner Hausbesetzerszene gelandet war.

Er blickte Klara an, und als er ihren offenen, fragenden Blick sah, in dem keinerlei Wertung zu liegen schien, entschied er sich für die ganze Wahrheit.

»Sie haben ledigen jungen Müttern kurz nach der Entbindung erzählt, ihre Kinder seien bei oder kurz nach der Geburt verstorben.«

Klara hob ruckartig den Kopf.

»Es waren die wilden Sechziger: freie Liebe, Verhütung war noch lange kein Standard – das hatte natürlich Folgen. Es gab viele ungewollte Schwangerschaften zu der Zeit und so manche junge Frau war überfordert mit ihrer Situation. Da dachte man vermutlich, das fällt nicht weiter auf und ist vielleicht sogar besser so.«

Konny machte eine wegwerfende Handbewegung. »Tatsächlich hat anscheinend auch jahrelang keine einzige ihre

Totgeburt in Zweifel gestellt. Die Neugeborenen wurden direkt aus dem Spital an Paare in ganz Österreich vermittelt, die auf anderem Weg nicht zu einem Kind gekommen wären und sehr gut dafür bezahlt haben. Natürlich ist das alles unter der Hand und unter dem Siegel der Verschwiegenheit gelaufen. Die Geburtsurkunden wurden direkt im Krankenhaus auf die Adoptiveltern ausgestellt, so dass die Babys von Anfang an offiziell als ihre leiblichen Kinder galten.«

Klara merkte, dass sie die ganze Zeit mit weit aufgerissenen Augen und offenem Mund zugehört hatte und bemühte sich, sich zusammenzureißen.

Konnys Blick verfinsterte sich.

»Die Verzweiflung über einen unerfüllten Kinderwunsch lässt Menschen die unglaublichsten Wege gehen ... und die Geldgier der Mächtigen auch.« Er trank einen Schluck, dann fuhr er fort:

»Meine richtige Mutter war jung und zwar bereits verheiratet, aber relativ mittellos. Die Untersuchungsmöglichkeiten vor der Geburt waren damals noch nicht so gut wie heute, wahrscheinlich wusste sie gar nicht, dass man sie von zwei Kindern entbunden hatte. Mein Vater – also der, der sich dafür ausgegeben hat – war Chefarzt an diesem Spital, ein Moralist und ein Machtmensch. Vermutlich dachte er sogar, er tue allen Beteiligten etwas Gutes, wenn die Kinder in geordneten und finanziell soliden Verhältnissen aufwuchsen und nicht bei ihren unbedarften Müttern. Und ich wette, er hat bei seiner ganzen Doppelmoral keine Sekunde darüber nachgedacht, dass er der einzige Unmoralische in diesem Spiel war.«

Er schwieg einen Moment, dann fuhr er fort.

»Er hatte alles: Macht, Geld, Erfolg – das einzige, was er mit seiner Frau offenbar nicht haben konnte, waren leibliche Kinder. Woran es lag, hab ich natürlich nie erfahren, dazu hätte man mir ja die Wahrheit sagen müssen. Aber wie du siehst«, er tippte sich mit beiden Händen auf die Brust und drehte anschließend die Handflächen in Klaras Richtung, »auch dafür gab es für solche Leute eine einfache Lösung: Man klaute sie einfach bei denen, die sich nicht wehren konnten.«

Klara schüttelte fassungslos den Kopf. Menschenhandel mit Neugeborenen? Einer Mutter ihr Kind wegzunehmen und sie im Glauben zu lassen, es sei tot, das war wirklich ungeheuerlich. Und einem Kind die wahren Eltern vorzuenthalten und in Konnys Fall sogar noch den Zwilling, war mindestens genauso grausam. Sie konnte sich nicht annähernd vorstellen, was das für ihn bedeuten musste. Doch sie erschrak auch aus einem anderen Grund: Konnys Erzählung erinnerte sie ganz dunkel an eine andere, ähnliche Geschichte. Sie ließ den Gedanken nicht zu, wollte sich jetzt nicht mit der Vergangenheit beschäftigen.

»Woher weißt du das alles, wann und wie hast du davon erfahren?«, fragte sie.

Doch statt einer Antwort schüttelte Konny nur den Kopf. Das Hauptgericht kam und unterbrach seine Erzählung. Es war ihm ganz recht. Auch wenn diese Frau ihm nichts bedeutete und es ihm egal sein konnte, was sie über ihn dachte, fiel es ihm schwer, über die Vergangenheit zu reden. Sie war für ihn wie ein Makel, den er sein Leben lang mit sich herumtrug, und er war nur bereit darüber zu reden, damit er endlich seinen Bruder fand. Die Pause würde ihm helfen, sich etwas zu sammeln. Sie aßen schweigend. Konny schenkte Klara ein anerkennendes Lächeln, sie sollte sehen, dass es ihm schmeckte, das war das Mindeste. Nach der wohltuenden Stärkung der Lebensgeister war er bereit, seine Geschichte weiterzuerzählen. Wenn schon, denn schon.

»Ich hatte seit frühester Kindheit immer das Gefühl, irgendwie nicht dazuzugehören. Ich war ganz anders als meine Eltern und konnte es meinem despotischen Vater nie recht machen. Er war der Herr der Welt, ich war rebellisch, renitent, in keiner Weise der Sohn, den er sich für seine Pläne vorgestellt hatte. Außerdem – wie soll ich sagen – es klingt vielleicht albern, aber ich habe irgendwie immer gespürt, dass da irgendwas nicht stimmt. Ich habe mir oft vorgestellt, dass ich nach der Geburt vertauscht worden bin oder so.«

Er nahm einen Schluck Bier.

Klara nickte. Sie konnte das gut verstehen. Das Gefühl, nicht dazuzugehören, war auch ihr nicht fremd. Allerdings musste es furchtbar sein für ein adoptiertes Kind, wenn ihm die Wahrheit vorenthalten wurde. Sie hatte mal von einer psychologischen Studie gelesen, nach der solche Kinder intuitiv spürten, dass etwas nicht stimmte und dass es fatale seelische Folgen haben konnte, wenn man die wahre Herkunft tabuisierte.

»Jedenfalls verlief meine Kindheit nicht gerade glücklich«, schloss er das Thema abrupt ab. Das war für den Augenblick genug Information, er musste nicht auch noch sein komplettes Seelenleben vor ihr ausbreiten.

»Und wie hast du es schließlich erfahren?«, wiederholte Klara ihre Frage, um das Thema wieder in die richtige Richtung zu lenken.

»TV-Nachrichten«, kam es von Konny knapp.

Er wirkte abwesend, ganz in Gedanken an eine Zeit versunken, die er am liebsten aus seinem Leben streichen würde. Klara gab ihm Zeit.

»Ich war gerade Anfang zwanzig und im zweiten Ausbildungsjahr zum Medizinisch-technischen Assistenten«, begann er. »Ich hab mich so durchgequält, eigentlich wollte ich nie was mit Medizin zu tun haben. Für ein Studium hat mein Notendurchschnitt eh nicht gereicht, was meinem Alten schon ein Dorn im Auge war. Da musste es wenigstens der MTA sein. In der Hoffnung, dass ich mit genug

Wartesemestern doch noch Medizin studiere.«

Er zog verächtlich die rechte Augenbraue hoch.

»Eigentlich hab ich mich immer mehr für Schreinerei interessiert: Holz und Leim, das war meine Welt. Ich habe stundenlang in meinem Werkkeller gebastelt und hätte auch eine Lehrstelle bei einem Schreiner in der Nähe bekommen. Aber für meinen Vater kam das gar nicht in Frage. Matura, Bundesheer und dann eine ordentliche Ausbildung. Wobei er bestimmt hat, was ordentlich war. Immerhin konnte ich ihn davon überzeugen, mich ins Ausland gehen und meine Ausbildung in Berlin machen zu lassen. Die Mauer war zu der Zeit gerade gefallen und die Stadt war für mich in ihrer Aufbruchstimmung wie eine Verheißung – und vor allem weit genug weg von zuhause. Tja, und dort bin ich dann relativ bald, wie man so schön sagt, auf die schiefe Bahn geraten. Ausbildung und wieder zurück nach Wien in mein ehrenwertes Elternhaus mit Anstellung durch Vitamin B und falschem Familienidyll – das wär einfach nicht mein Leben gewesen, verstehst du?«

Er blickte Klara an und in seinem Blick lag etwas Jungenhaftes, unendlich Verwundbares.

»Ich habe ein Mädel kennengelernt, die war Aussteigerin und hat mir eine Menge Flausen in den Kopf gesetzt.«

Jetzt lachte er kurz auf. Klara konnte nicht genau interpretieren, ob es ein liebevolles oder eher ein verbittertes Lachen war.

»Kurz darauf hab ich meine Ausbildung geschmissen und bin mit ihr durch die Straßen getingelt. Es war wie ein Rausch der Freiheit. Endlich raus aus dem elterlichen Korsett, endlich mal was anderes als Lernen und Streben, einfach tun und lassen, was man wollte. Für meinen Alten war das natürlich der endgültige Bruch, eine Schande für die ganze Familie. Und meine ›Mutter‹ hat sowieso immer nur nach seiner Pfeife getanzt. Unser Verhältnis war eh schon angespannt – vorsichtig ausgedrückt – und damit war es dann endgültig beendet.«

Klara war fasziniert. Dieser Mann kam aus gebildeten und finanziell soliden Verhältnissen, hatte eine seriöse Ausbildung begonnen, er hätte mit etwas Anstrengung vielleicht sogar noch studieren können, und stattdessen saß er auf der Straße.

»Und hattest du seitdem nochmal Kontakt zu deinen – Eltern?«

Konny schüttelte den Kopf. »Ich dachte damals, es wäre für beide Seiten das Beste. Die Enttäuschung über das missratene Kuckuckskind war für sie wohl zu groß. Und ich habe auch keinen Wert darauf gelegt, ihnen und ihrem spießigen Leben nochmal zu begegnen.«

Er faltete die Hände auf dem Tisch, ruhig und konzentriert wie bei ihrer ersten Begegnung auf der Bank.

»Die große Freiheit war allerdings gleichzeitig auch mein freier Fall. Die Fachschule hatte sich ja für mich erstmal erledigt. Mit Agnes – so hieß meine damalige Freundin – hab ich dann ein paar Monate lang nur gefeiert und mich mit Kneipenjobs über Wasser gehalten. Gepennt haben wir mal hier, mal da. Irgendwas hat sich immer ergeben. War eine abgefahrene Zeit. Irgendwann war das mit Agnes vorbei und ich bin in der Hausbesetzerszene gelandet. Ich hab mit ein paar Kumpels in einem Abrissbau in Friedrichshain gehaust. Da war es dann unsexy zu arbeiten. Also hab ich den Kneipenjob geschmissen und bin mit ihnen klimpern gegangen.«

Klara zog fragend die Augenbrauen hoch.

»So nannten wir das, wenn wir mit einem Pappbecher auf der Straße hockten«, erklärte er ihr. »Platte machen, klimpern gehen. Manchmal hatte einer auch die Klampfe dabei und wir haben uns ein paar Mark mit ehrlicher Musik verdient.«

Konrad lächelte unwillkürlich bei der Erinnerung an diese

Zeit. Paradoxerweise war es die unbeschwerteste seines Lebens gewesen. Wie sie manchmal zu fünft oder sechst in der U-Bahn-Unterführung gesessen und mit allen möglichen Gegenständen Rhythmen produziert hatten. Immerhin, sie hatten etwas getan für ihr Geld. Was wohl sein Vater, oder besser der Mann, den er dafür gehalten hatte, dazu gesagt hätte? Sein Sohn ein Straßenmusiker! Die Vorstellung hatte Konny ein diebisches Vergnügen bereitet. Womöglich hatte er auch genau aus diesem Grund keinen weiteren Gedanken mehr an Uni oder Ausbildung verschwendet. Schule ganz allgemein, das war für ihn zu dieser Zeit ein Unterdrückersystem, und von Unterdrückung hatte er genug gehabt. Und sein Leben hatte ja auch so ganz prima funktioniert.

Erst sehr viel später war ihm bewusst geworden, dass er im Grunde genommen jahrelang alles danach ausgerichtet hatte, nur zu tun, was für seinen Vater das Schlimmste war. Die Frage, ob er sich damit selbst schadete, war ihm gar nicht in den Sinn gekommen.

Konrad merkte, dass er abschweifte und stellte mit einem gewissen Erstaunen fest, wie gelassen Klara ihm diesen Raum gab. Sie hatte irgendetwas an sich, was ihn dazu brachte, sich zu öffnen. Und er musste sich eingestehen, dass das gut tat.

Klara rührte Zucker in ihren Cappuccino. Er hatte gar nicht bemerkt, wie sie ihn bestellt hatte.

»Auch einen?«, fragte sie jetzt mit einem schelmischen Grinsen.

»Gerne«, antwortete er augenzwinkernd, ihre Anspielung auf ihre erste gemeinsame Zigarette erwidernd.

Ihre erste gemeinsame Zigarette. Das klang ja, als sollten noch weitere folgen. Konrad verscheuchte diesen Gedanken gleich wieder. Er war hier, um seinen Bruder zu finden. Klara konnte ihm vielleicht dabei helfen. Punkt.

»Wie war das denn jetzt mit dieser Fernsehnachricht?«,

riss Klara ihn aus seinen Gedanken.

»Entschuldige bitte meine Neugier, aber das klingt für mich alles spannender als ein Krimi.«

Wieder einmal wurde ihr einen Moment zu spät bewusst, was sie da eigentlich redete. »Ich meine – bitte versteh mich nicht falsch«, versuchte sie ihre Aussage zu relativieren. »Es ist dein Leben, kein Krimi. Und das alles ist vielleicht sehr schmerzhaft für dich. Also du musst mir nicht antworten, wenn du …«.

»Schon okay«, unterbrach er sie.

Auf Klaras Zeichen hin hatte der Kellner auch ihm einen Cappuccino gebracht, an dem er vorsichtig nippte.

»Vielleicht hast du vor einigen Jahren mitbekommen, dass beim Abriss des Wiener Marienspitals Krankenhaus-Akten aus den 1960er Jahren aufgetaucht sind, in denen vertrauliche Patienteninformationen aufgezeichnet waren?«

Klara nickte. »Ich erinnere mich dunkel. Das muss ein ziemlicher Skandal gewesen sein.«

»Was lange Jahre unter Verschluss gehalten worden war, war mit einem Schlag an die Öffentlichkeit gelangt: Über einen Zeitraum von mehreren Jahren gab es über zwanzig Fälle von jungen Müttern, die laut Patientenakten in diesem Spital eine Totgeburt hatten. Keine davon war älter als 25 Jahre, die meisten waren nicht aus Wien, sondern hatten ihre Familien irgendwo auf dem Land oder sogar im Ausland, in den wenigsten Fällen war ein Vater angegeben. Bei keiner war von irgendwelchen Komplikationen während der Schwangerschaft die Rede, fast alle Kinder waren termingerecht geboren. Man hat die Akten in einem Geheimfach gefunden, wo sie wohl damals versteckt und dann irgendwann vergessen worden waren. Tja, und so kamen sie an die Öffentlichkeit. So viele Totgeburten bei jungen, gesunden Frauen waren zur damaligen Zeit längst nicht mehr normal – vor allem gemessen an der Größe des Krankenhauses.

Ich lebte zu der Zeit nach wie vor in Berlin, wo ich … Na ist auch egal jetzt. Jedenfalls ist es ja erfahrungsgemäß so, dass, wenn sowas erstmal auf dem Tisch ist, viele Leute sich melden und etwas mitbekommen haben oder selbst betroffen sein wollen. Es gab einen ziemlichen Aufruhr und ich habe bei der Gelegenheit aus der Presse erfahren, dass mein Vater mittlerweile verstorben war und sich so ganz elegant aus seiner Verantwortung gestohlen hatte. Ihm hätten sicherlich ein paar Jahre Gefängnis geblüht.«

»Und da hast du eins und eins zusammengezählt und hast recherchiert, ob du auch eines der gestohlenen Kinder warst?«, wollte Klara wissen.

Konny drehte verlegen seine Tasse hin und her. »Nein«, gab er schließlich zu. »Ich hab das Thema vor mir hergeschoben. Irgendwie war es mir auch unangenehm. Ich hatte mit meiner Vergangenheit gebrochen und außerdem gerade andere Sorgen. Und wie wahrscheinlich wäre das schon, dass ausgerechnet der Sohn vom Chefarzt eines der Kuckuckskinder ist.«

Er wand sich sichtlich angesichts seiner Feigheit und Klara vermied es, ihn noch einmal zu unterbrechen. Konrad redete weiter:

»Eines Tages hatte ich ganz zufällig ein interessantes Gespräch mit einem älteren Herrn aus Döbling – das ist der Wiener Bezirk, in dem ich aufgewachsen bin und in dem auch das Krankenhaus war. Ich hatte zuvor keinerlei Kontakt mehr mit Österreichern und auch kein Interesse daran.«

Klara nickte fast unmerklich. Es war klar, dass Konny keinen Bezug mehr zu seiner Heimat hatte oder haben wollte. Selbst seine Aussprache ähnelte kaum noch der eines gebürtigen Österreichers.

»Aber die Unterhaltung mit dem Mann hat mich zum Nachdenken gebracht. Wir kamen ins Plaudern und stellten fest, dass er lange Zeit ganz in der Nähe von meinem Elternhaus gelebt hatte. Bei ein paar Bierchen hat er mir dann erzählt, dass seine Frau zur damaligen Zeit als Krankenschwester im Marienspital gearbeitet hat und ihre Vermutungen hatte, was dort gelaufen ist.«

»Und sie hat geschwiegen?«, versetzte Klara.

»Sie stand wohl unter enormem Druck«, erwiderte Konny. »Sie hat anscheinend ihr Leben lang unter diesem ungeheuerlichen Verdacht gelitten und als es rauskam, muss sie derart zusammengebrochen sein, dass sie mittlerweile in einer geriatrischen Psychiatrie untergebracht ist. Aber damals konnte sie nichts beweisen. Sie fand es nur merkwürdig, dass immer wieder gesunde Säuglinge verstorben sein sollten und dann einfach verschwanden. Zu der Zeit war es nicht üblich, dass eine Mutter ihr totes Neugeborenes noch einmal sehen konnte. Das machte es den Schweinen leicht. Zum anderen wusste die Frau, dass selbst, wenn etwas an ihrer Vermutung dran wäre, sie den Kürzeren ziehen würde. Die verantwortlichen Ärzte haben sich gegenseitig gedeckt und wenn ein Wort nach außen gedrungen wäre, hätte die Frau nicht nur ihre Arbeit, sondern auch ihre Berufszulassung verloren.« Und bitter fügte er hinzu: »Und wie ich meinen herrschsüchtigen Möchtegern-Vater einschätze, kann ich mir lebhaft vorstellen, dass er und seine feinen Schärgen alle Register gezogen hätten, um eine kleine Krankenschwester zum Schweigen zu bringen.«

Konrad trank aus und zwang sich, die Erinnerung an die Züchtigungen seines alten Herrn beiseite zu schieben.

»Das Thema ließ mich daraufhin nicht mehr los. Der alte Mann hat etwas in mir angetriggert, was mich leider zu der irrwitzigen Idee gebracht hat, weitere Nachforschungen zu meinen Eltern anzustellen. In der Presse wurde nichts darüber berichtet, ob mein Vater selbst ein Kind adoptiert hatte. Es wusste keiner so genau, wo die Kinder hingekommen waren, offiziell waren sie ja tot. War also nicht ganz einfach.«

Er machte eine Pause, in der Klara sich bemüßigt fühlte nachzuhaken: »Wieso findest du die Idee irrwitzig? Das war doch nur verständlich, dass du es wissen wolltest.«

»Weil ich mich manchmal frage, ob es nicht einfacher gewesen wäre, die Vergangenheit ruhen zu lassen und nach vorne zu schauen.«

»Die Vergangenheit spielt immer eine Rolle«, bemerkte Klara etwas altkug.

Konrad ging nicht darauf ein. »Es war schon ziemlich aufregend alles. Natürlich konnte nicht jeder einfach kommen und diese Akten einsehen. Die waren ja trotz allem vertraulich. Aber es gab da diesen sehr engagierten Journalisten, der die Sache ins Rollen gebracht hatte. Der hatte erwirkt, dass Menschen, die ein begründetes Interesse daran hatten, Einsicht beantragen durften. Ist ja auch jedermanns gutes Recht, dass man nach seinen Wurzeln forscht. Ich musste also zunächst eine Anfrage stellen mit meiner Geburtsurkunde, damit die feststellen konnten, ob tatsächlich am selben Tag eine Totgeburt verzeichnet worden war. Meine Geburtsurkunde war mir aber irgendwo abhanden gekommen, deshalb musste ich mir vorher erstmal eine beglaubigte Kopie ausstellen lassen. Und ich musste dafür nach Wien fahren – zum ersten Mal seit meinem Auszug von zuhause.«

Konrad dachte daran, wie er mit zugeschnürtem Magen am Wiener Bahnhof angekommen war, hin- und hergerissen zwischen der Liebe zu dieser wunderschönen Stadt und der Abscheu vor den Erinnerungen an seine Kindheit. Wie er zu Fuß eine gute Stunde lang vom Bahnhof bis in den ersten Bezirk gegangen war, um die Stadt ganz langsam auf sich wirken zu lassen. Vorbei am Resselpark, in dem er sich als Jugendlicher herumgedrückt und seine ersten Erfahrungen mit Haschisch gemacht hatte, über den Opernring mit seinen imposanten klassizistischen Gebäuden, vorbei am Kunsthistorischen und am Naturhistorischen Museum, in welche sein Vater ihn, gerade vierjährig, geschleppt hatte, um dem Bub Kultur beizubringen, am Volksgarten entlang bis in die Innere Stadt zum Rathaus, wo er eine beglaubigte Kopie seiner Geburtsurkunde abholen konnte.

Er dachte an die umständlichen Behördenvorgänge, die zur Wahrheitsfindung notwendig gewesen waren: Bezirksmagistrat, Standesamt, Landespolizeidirektion, SOKO Marienspital. Bürokratie war ihm von jeher ein Gräuel. Ihm wurde noch immer ganz schlecht, wenn er daran dachte, wie er nach mehreren Tagen endlich einen Auszug aus der Patientenakte seiner leiblichen Mutter in den Händen gehalten hatte und schwarz auf weiß lesen konnte, was sein Leben mit einem Schlag komplett durcheinander wirbelte.

»Schließlich war ich mir so gut wie sicher, dass ich tatsächlich zu den gestohlenen Kindern gehörte. Ein angeblich bei der Geburt verstorbener männlicher Säugling an meinem eigenen Geburtstdatum konnte kein Zufall sein. Und ich habe dort auch erfahren, dass meine Ziehmutter einige Jahre nach meinem Vater ebenfalls verstorben war. Die haben wohl bis zu ihrem Tod in ihrer Villa im 19. Bezirk gewohnt.«

Er zuckte mit den Schultern.

»Schon komisch. Man erfährt von wildfremden Leuten, dass die Menschen, die einen aufgezogen haben, gar nicht die richtigen Eltern waren. Und kann ihnen nicht einmal mehr Fragen stellen.«

Konrad erinnerte sich gut daran, wie er sich dabei vorgekommen war wie ein Heimkind auf der Suche nach seinen Wurzeln. Er sprach weiter und das Reden half ihm dabei, sich zu sammeln:

»Und noch merkwürdiger war, dass ich kaum etwas

dabei empfunden habe. Aber es kam noch besser: Mein Erbe war an eine gemeinnützige Organisation gegangen, da man mich nicht auffinden konnte. Hatten meine Eltern so verfügt: Wenn man mich nicht binnen einer gewissen Zeit finden würde, käme mein Pflichtteil – mehr hätte ich eh nicht bekommen – einer Stiftung für Waisenkinder zugute.« Er lachte bitter auf und winkte ab. »Geradezu eine groteske Ironie. Ich war in Berlin zu der Zeit nicht gemeldet. Ich hätte vielleicht nachträglich noch drum kämpfen können, aber ich wollte nichts von ihrem schmutzigen Geld.«

Er machte eine Pause und sprach dann langsam und ganz in der Erinnerung versunken weiter: »Aber es gab einen Brief, den man mir aushändigte. Meine Mutter hatte ihn bei einem Notar deponiert und mit einem Vermerk beim Bezirksmagistrat verfügt, dass man ihn mir nach ihrem Tod zukommen lassen solle.«

Klara platzte fast vor Neugier. »Was stand in dem Brief?«

»Die ganze Wahrheit.« Konrads Stimme klang belegt. »Sie hat zugegeben, dass mein Vater eines Tages mit mir vor der Tür stand und ihr mitgeteilt hat, dass sie jetzt einen Sohn hätten. Sie behauptete, von all den Machenschaften im Spital nichts gewusst zu haben, mein Vater hätte ihr erklärt, ich sei das Kind einer Jugendlichen aus schwierigen Verhältnissen, die ihr Kind auf keinen Fall behalten wollte. Der Vater sei unbekannt und mit dem Jugendamt sei alles geklärt. Sie hat sich bei mir entschuldigt, mich mein ganzes Leben lang angelogen zu haben und begründete es damit, dass sie zu schwach gewesen sei, aber nicht mit dieser Lüge aus dem Leben gehen wolle. Sie bedauere unser Zerwürfnis und habe viel nachgedacht seit dem Tod ihres Mannes und ihr größter Wunsch sei es gewesen, mich noch einmal zu sehen und sich mit mir auszusöhnen. Und so weiter.«

Konrad schwieg abrupt. Er hatte keine Lust, vor Klara emotional zu werden und die Erinnerung an den Brief seiner

Ziehmutter ließ ihn nicht gänzlich unberührt.

»Jedenfalls wusste ich jetzt, dass die Frau aus dem Spital tatsächlich und ohne Zweifel meine Mutter war.«

Er machte eine Pause, während der Klara erstmal sortieren musste, was Konny ihr da gerade erzählt hatte.

»Wie konnten deine Eltern in ihrem Umfeld so tun als seist du ihr eigenes Kind?«, murmelte sie kopfschüttelnd mehr zu sich selbst.

»Das allerdings hat sie mir nicht geschrieben«, erwiderte Konrad. »Vielleicht wurde es tabuisiert und schlichtweg unter den Tisch gekehrt. Mir gegenüber hat jedenfalls nie jemand etwas angedeutet. Aber pass auf, es kommt noch besser, und jetzt kommen wir zu meinem Bruder: Aus der Patientenakte meiner Mutter ging eindeutig hervor, dass sie nicht von einem, sondern von zwei Buben entbunden worden war! Ein Bub habe die Geburt nicht überlebt. Der andere wurde einige Tage später mit ihr zusammen aus dem Spital entlassen. Das war der größte Schock für mich. Dass meine Eltern nicht meine Eltern waren, hatte ich irgendwie immer gefühlt und durch die lange Zeit ohne Kontakt hat es mich letztendlich nicht übertrieben schockiert. Im Gegenteil, das Thema Familie war für mich damit endgültig abgeschlossen. Aber dass es noch einen Bruder geben sollte, einen Zwilling, von dem ich mein gesamtes bisheriges Leben getrennt gelebt hatte, das hat mich doch ziemlich aufgewühlt.«

Klara nickte verständnisvoll. Zwillinge waren ja, soweit man wusste, sehr eng miteinander verbunden und wenn sie allein aufwuchsen, blieb da sicherlich immer das unbestimmte Gefühl, dass etwas fehlte.

»Mit dem Namen und der damaligen Wiener Adresse meiner mutmaßlichen biologischen Mutter in der Tasche bin ich also wieder zum Magistrat und habe Nachforschungen über ihren Verbleib angestellt«, fuhr Konny fort. »Ich wollte sie sehen, mit ihr sprechen, herausfinden, ob sie tatsächlich meine Mutter war und ob es einen Bruder gab. Doch die konnten mir nur sagen, dass sie kurz nach der Geburt ihres Sohnes weggezogen war – zusammen mit ihrem Ehemann.«

Er machte eine kurze Pause und sah Klara an: »Du siehst, ich hatte einiges herauszufinden in dieser Angelegenheit. Da stand ich nun vor den Scherben meines Lebens, in jeder Hinsicht, und musste zusehen, wie ich alles zu einem schlüssigen Ganzen zusammenfüge.«

Der Kellner kam an den Tisch und fragte, ob es noch etwas sein dürfe. Klara sah auf die Uhr. Schon fast halb drei. Sie hatte gar nicht bemerkt, wie die Zeit vergangen war. Sie schaute nach draußen. Der Regen hatte sich gelegt und zwischen den Wolken war sogar etwas blaugrauer Himmel zu erkennen.

»Wollen wir ein paar Schritte gehen?«, schlug sie vor. Sie wollte sich bewegen, frische Luft in den Kopf bekommen, die Emotionen ordnen, die sich während Konnys Erzählung mehr und mehr in ihr angestaut hatten. Ihr Inneres oszillierte zwischen Wut und Mitleid, zwischen Faszination und Fluchtgedanken, es war alles ein wenig viel für sie. Von einem Moment auf den anderen war sie herausgerissen worden aus ihrer heilen, geordneten Welt. Eine Begegnung am Neckar – und auf einmal sah sie sich mit einer Geschichte konfrontiert, die etwas mit ihr machte. Je länger sie Konny betrachtete und zuhörte, umso intensiver wurde dieses Gefühl und genau das verstörte sie.

Gestern am Fluss hätte sie einfach vorbeigehen können. Doch sie war wie ferngesteuert stehen geblieben und hatte sich neben den Fremden gesetzt, der ihr so eigenartig vertraut schien.

KAPITEL 6

Wenige Minuten später standen sie gemeinsam auf der Alten Brücke und blickten schweigend auf das beständig dahinmäandernde Wasser hinunter. Der Fluss hatte sich etwas beruhigt, und für die nächsten Tage war trockenes Wetter vorhergesagt, so dass die Hochwassergefahr für den Moment gebannt war. Nichts war so zuverlässig wie ein Fluss, der Tag für Tag, Stunde für Stunde sein Wasser in immer dieselbe Richtung bis zu seinem Ziel führte. Konrad kam plötzlich der Gedanke, wie er selbst auf dem Fluss seines Lebens dahinplätscherte wie ein Holzstück, das mal hierhin, mal dahin getrieben wird, aber immer mit der grundlegenden Sicherheit, eines Tages zu seiner Bestimmung geführt zu werden.

»Hat was Beruhigendes so ein Fluss, nicht?«, fragte er in die Stille.

Er hatte als Kind oft an der Donau gesessen, selbst gebaute Bötchen fahren lassen und sich vorgestellt, wie er auf einem dieser Boote flussaufwärts in einen Nebenfluss und dann wieder in einen anderen immer weiter bis zur Nordsee und dann übers weite Meer nach Amerika fahren würde. In seiner Fantasie war das möglich gewesen. Es hatte ihn schon immer hinaus gezogen in die Ferne, und Flüsse mit ihren undurchschaubaren und weitverzweigten Wegen waren für ihn so etwas wie eine Verheißung von Freiheit gewesen. Das letzte Mal hatte er dieses Gefühl in seinen ersten Jahren in Berlin gehabt. Da hatte ihm die Welt offengestanden. Doch er hatte seine Chancen nicht genutzt. Er hatte sein Leben gründlich in den Sand gesetzt. Seit er von dem Babyklau wusste, hatte er sich oft gefragt, was wohl aus ihm geworden wäre, wenn er bei seinen leiblichen Eltern aufgewachsen wäre. Auch deshalb wollte er seinen Bruder unbedingt finden. Er war das Puzzleteil in seinem Leben, das ihm immer gefehlt hatte.

»Wie bist du eigentlich darauf gekommen, dass du deinen Bruder in Heidelberg finden könntest?“ Klara machte einen Sprung, als könne sie seine Gedanken erraten.

Er blickte sie an. »Das ist eine lange Geschichte«, erwiderte er und bedeutete ihr mit einer Kopfbewegung, ein Stück weiter zu gehen.

Sie gaben ein interessantes Paar ab, wie sie da so über die Brücke schlenderten. Eine kleine, zierliche Frau, Typ Juliette Binoche in der Rolle der unscheinbaren Chefsekretärin, und ein großer, etwas abgerissen wirkender Mann mit einer Ausstrahlung zwischen Highlander und Spitzwegs Armem Poeten. In der bunten Heidelberger Mischung aus Studenten und Geschäftsleuten, Sportlern und Alternativen, japanischen Touristen und Odenwälder Einheimischen fielen sie allerdings kaum weiter auf.

Sie entkamen dem Gewusel auf der Brücke und stiegen die steile Steintreppe hinunter zum winterlichen Flussufer, wo es wesentlich ruhiger war. Klara deutete fragend auf eine Bank in der Nähe. Konrad musste unweigerlich grinsen. Die Frau gefiel ihm, sie machte nicht viele Worte.

Als sie sich gesetzt hatten und die Nasen gierig den dünnen Sonnenstrahlen entgegenstreckten, die durch die Wolken linsten, fragte er: »Willst du die lange oder die kurze Version hören?«

Er fand mittlerweile Gefallen daran, ihr zu erzählen. Er hatte nicht viele Gelegenheiten dazu. Die anderen Obdachlosen, denen er begegnete, hatten meistens mit sich oder dem Alkohol zu tun. Wirkliches Interesse kam da kaum. Und zu den sogenannten ›normalen‹ Leuten hatte er so gut wie keinen Kontakt mehr. Manchmal sprach ihn einer an und fragte, warum er auf der Straße lebe und ob er ihm irgendwie helfen könne. Doch auch diese Leute hörten ihm in aller Regel nur bis zu einem gewissen Grad wirklich zu. Sie kommentierten das Gehörte mehr oder weniger empathisch und äußerten den einen oder anderen schlauen Ratschlag, um anschließend wieder im warmen Sand des gesellschaftlichen Getriebes zu verschwinden.

Bei Klara fühlte sich das irgendwie anders an. Sie schien echtes Interesse an ihm zu haben. Sie verurteilte ihn nicht, sie bemitleidete ihn auch nicht, sie hörte einfach nur zu.

Auf seine Frage kam keine Antwort. Vermutlich wollte Klara es ihm überlassen, was er erzählen wollte und was nicht. Auch das schien eine sehr angenehme Eigenschaft von ihr zu sein: Sie drängte ihn nicht.

»Also dann die lange«, entschied er, lehnte sich entspannt auf der Bank zurück und verschränkte die Arme hinter dem Kopf. »Nach der ganzen Geschichte bin ich erstmal wieder nach Berlin zurück. Das alles dort hat mir regelrecht den Hals zugeschnürt. Ich brauchte meine gewohnte Umgebung und meine Freiheit. Ich habe mich in Wien sofort wieder gefühlt wie ein kleines, unmündiges Kind. Und obwohl ich jetzt wusste, dass es da irgendwo noch meine biologischen Eltern gab, war ich mir nicht direkt im Klaren darüber, ob ich sie tatsächlich kennenlernen wollte. Musste erstmal meine Gedanken sortieren. Ich habe das eine ganze Weile mit mir rumgetragen. Es war so unglaublich. Mein Leben war ohnehin nicht gerade optimal verlaufen und jetzt auch noch die Info, dass die Menschen, die mich die ersten zwanzig Jahre meines Lebens ernährt und gekleidet hatten – und das ist das Beste, was man über sie sagen kann – nicht mal meine wahren Eltern waren.« Er schüttelte den Kopf. »Ich habe also in Berlin einige Zeit mein Leben weiter gelebt, meine alltägliche Routine bewältigt, die Gedanken an Wien abgeschaltet. Aber die Sache hat mich nicht losgelassen. Ich hatte immer wieder Träume, wie ich meine Mutter treffe und irgendwann war ich dann soweit, dass ich dachte, schlimmer könnte es jetzt nicht mehr werden und es wäre wohl doch gut, sie zu kennen. Ich meine, schließlich hatte ich die Akte ja auch deshalb gelesen, weil ich irgendwie mit meiner Vergangenheit klar kommen wollte, da wäre es ja blöd gewesen, dann dauerhaft den Schwanz einzuziehen, oder?«

Er stellte die Frage mehr rhetorisch, weshalb Klara nur leicht mit den Schultern zuckte. Konrad machte eine kurze Pause, zog Tabak und Papier aus der Manteltasche und begann sich eine Zigarette zu drehen. Auf seinen fragenden Blick hin schüttelte Klara nur den Kopf. Nachdem er den ersten Zug inhaliert hatte, sprach er weiter:

»Ich hatte ja auf dem Wiener Magistrat nur erfahren, dass meine Eltern verzogen waren ohne zu wissen wohin. Ich hab dann angefangen zu recherchieren. Übers Internet hab ich nichts über sie gefunden, was nicht allzu verwunderlich ist. Die Generation hat es noch nicht so mit sozialen Netzwerken. Die Austria-Auskunft war auch Fehlanzeige: Es gab in ganz Österreich ein paar wenige Einträge, die hätten passen können und die ich auch abtelefoniert habe, aber da waren meine Eltern nicht drunter. Also hab ich nochmal beim Bezirksmagistrat angerufen in der Hoffnung, dass mir da irgendwer weiterhelfen würde.«

Er nahm einen tiefen Zug von seiner Zigarette und pustete den Qualm langsam aus.

»Die Antwort war negativ. Das war alles zu lange her und im Unterschied zu meinem Ziehvater waren meine Eltern ja auch kleine Leute. Es gab keinen, der mir irgendeinen Hinweis geben konnte, wie man irgendetwas über sie herausfinden könnte. So. Da stand ich nun, ich armer Tor und war so klug als wie zuvor.«

Klara lächelte. Konny rauchte.

»Die einzige Chance, irgendwas zu erreichen, wäre gewesen, wenn ich nochmal nach Wien gefahren wäre. Ehemalige Nachbarn, Suchanzeige in der Zeitung oder so. Aber die Vorstellung fiel mir verdammt schwer. Meine Erinnerungen an die Zeit dort hätten echt besser sein können, und nach der Sache mit der Akte hätte ich das zu der Zeit nicht nochmal gepackt. Ich war privat in einer extrem schwierigen Situation.« Konrad schweifte gedanklich kurz ab bei der Erinnerung an diese Zeit, fing sich aber gleich wieder.

»Ich hab das Ganze also ein weiteres Mal auf sich beruhen lassen. Dachte, vielleicht soll's nicht sein. Ich war einfach nicht in der Lage zu entscheiden, was zu tun war. Ich hab mir dann eingeredet, dass es vielleicht Schicksal war. Wer wusste schon, was das für Leute waren und was ich bei denen damit auslösen würde. Je länger man darüber nachdenkt ... Man könnte auch sagen, ich war feige und hab's einfach verdrängt.«

Klara nickte. Allmählich bekam sie eine Vorstellung davon, warum dieser offenbar nicht unintelligente Mann auf der Straße gelandet war: Er schien keinen Biss zu haben.

»Eines schönen Tages hat mir mein alter Kumpel Max aus Ostberlin erzählt, dass er den vermissten Bruder seines Vaters übers Internet in Südtirol gefunden hat«, fuhr Konrad fort. »Der war Mitte der Achtziger aus der DDR über die Mauer geflüchtet und seither wusste niemand, wo er war. Und da er ins Ausland gegangen war, konnte man ihn in Deutschland natürlich nicht ausfindig machen. Mittlerweile gab es extra Portale für solche Suchanzeigen. Das hat bei mir einen Denkprozess ausgelöst. Ich hab nochmal drüber nachgedacht, ob das in meinem Fall vielleicht auch helfen könnte. Der Max hat angeboten, mir zu helfen. Ich bin dann mit ihm in so ein Internetcafé gegangen und hab mir zeigen lassen, wie man das macht. So einen User anlegen.«

»Wow«, entfuhr es Klara. »Mutig. Was hast du denn in dieses Portal geschrieben?«

»Na erstmal nur, dass ich ein Ehepaar mit besagtem Namen suche, die zu jener Zeit in der Simmeringer Hauptstraße in Wien gewohnt haben und einen kleinen Sohn hatten. Ich hab mir nicht allzu viel davon versprochen. Zunächst ist auch nicht viel passiert. Ich bin regelmäßig in das Internetcafé und hab meinen Account gecheckt, aber außer guten Wünschen für meine Suche war nix Relevantes dabei. Ich wollte das Ganze schon stecken, da hab ich irgendwann eine Nachricht von einem gewissen Herrn Pichler in meinem Postfach. Er schrieb mir eine ganze Litanei, man hat direkt gemerkt, dass der schon etwas älter war, also vielleicht im Alter meiner Eltern. Allein schon aus dem Grund hab ich die Sache ernst genommen.«

Konny nahm einen letzten Zug von seiner Zigarette und schnippte die Kippe vor sich ins feuchte Gras.

»Sein Enkel hatte ihm wohl einen Internetzugang eingerichtet und er hat zum Zeitvertreib Anzeigen in Suchportalen gelesen.«

»Es gibt ja Leute, die nicht an Zufälle glauben«, warf Klara nachdenklich ein. Konrad überlegte einen Moment, dann beendete er diesen Teil seiner Erzählung:

»Naja, wie auch immer. Um es kurz zu machen: Ich habe Herrn Pichler kontaktiert und wir haben eine ganze Weile telefoniert. Es hat sich herausgestellt, dass er für einige Zeit ein Nachbar meiner Eltern in einem großen Wiener Mietshaus war und wusste, dass sie bald nach der Geburt mit meinem Bruder in einen kleinen Ort im Pinzgau gezogen waren. Anscheinend hatte meine Mutter dort eine Tante, die ihr mit dem Baby helfen konnte, und meinem Vater hatte diese Tante dort eine Arbeit besorgt. Ich hab diesem Pichler erzählt, wer ich bin und was ich über die Akte erfahren hatte, und er wirkte nicht mal sonderlich überrascht. Er hat mir ein bisschen was über meine Familie erzählt und konnte sich auch an den Namen des Ortes und sogar an den Vornamen der Tante erinnern.«

»Das alles hättest du vielleicht auch erfahren, wenn du damals in Wien gleich noch ein wenig recherchiert hättest«, meinte Klara.

Konrad zuckte nur die Achseln. »Alles hat seine Zeit.«

Klara zog fröstelnd die Schultern zusammen. »Willst du mir den Rest der Geschichte woanders weiter erzählen?«, fragte sie. »Es wird langsam doch etwas frisch hier.«

Konrad zögerte. »Also zu mir kann ich dich leider nicht einladen.« Er grinste entschuldigend.

»Komm mit zu mir«, schlug Klara vor. »Dann mache ich uns erstmal einen schönen heißen Tee.« Konrad willigte ein. Er musste ja nicht gleich bei ihr übernachten, aber gegen etwas Warmes hatte er jetzt auch nichts einzuwenden.

KAPITEL 7

Eine knappe halbe Stunde später standen sie vor Klaras Wohnhaus. Sie hatten vom Neckarufer aus den Bus genommen, von der Haltestelle waren es dann nur wenige Meter zu ihr gewesen.

Sie wohnte in einem schlichten Mehrfamilien-Wohnbau im etwas verblassten Siebziger-Jahre-Stil. Bürgerlich, schoss es Konrad durch den Kopf. Es war lange her dass er selbst in so was Ähnlichem in Berlin gewohnt hatte. Nachdem er sich die Hörner ausreichend abgestoßen hatte, war ihm klar geworden, dass er etwas Anständiges aus seinem Leben machen sollte. Zwischen einer Karriere als Arzt und der Gosse sollte es doch wohl noch ein paar andere Möglichkeiten geben. Die MTA-Ausbildung hatte er geschmissen, er war frei von jeglichen Abhängigkeiten und väterlichen Erwartungen und konnte jetzt seinen Kindheitstraum verwirklichen und eine Schreinerlehre beginnen. Er wollte neu anfangen, weg von der Szene, dem Alk und der ganzen Kifferei, und nochmal durchstarten. Noch hatte er die Chance, er war jung und nicht dumm.

»Was ist, kommst du?«, fragte Klara, den Schlüssel in der einen und die geöffnete Haustür in der anderen Hand.

Konrad erwachte aus seiner Tagträumerei und setzte sich in Bewegung. Das schmale Treppenhaus war hellgelb gestrichen und strahlte die biedere Sauberkeit eines ordentlichen deutschen Mietshauses aus. Sie nahmen die Treppe zum ersten Obergeschoss. Klaras Wohnung bestand aus einem kleinen Flur, an den sich ein Wohnzimmer, ein Schlafzimmer, Küche und Bad anschlossen. Alles klassisch angeordnet und mit einem Blick zu überschauen. Konrad fiel als erstes auf, wie sauber und penibel aufgeräumt alles war. Kein Krümelchen auf dem Boden, kein Kleidungsstück, wo es nicht hingehörte.

Er stand etwas ratlos in dem schmalen Flur und starrte unsicher auf seine schmutzigen Schuhe. Sollte er die jetzt ausziehen? Darunter hatte er die Socken von gestern an, weder sauber noch frei von Löchern. Klara hängte ihren Hausschlüssel an den dafür vorgesehenen Haken gleich neben der Tür, ihren Mantel an die Garderobe und zog anschließend aus der Schublade einer Kommode ein paar Pantoffeln. »Hier, die sollten passen«, sagte sie und hielt ihm die Puschen hin. Sie selbst schlüpfte ebenfalls in ihre Hausschuhe und wandte sich Richtung Küche. »Deinen Mantel kannst du an die Garderobe hängen, ich mach uns schon mal einen Tee«, sagte sie lächelnd.

Konrad war verunsichert. Er war schon zu lange obdachlos und empfand solche Saubermann-Wohnungen als beengend. Er fühlte sich wie ein Hund, den man auf die Straße gejagt und der sich damit arrangiert hatte, und den man plötzlich in einen sterilen Käfig sperrte.

Er langte nach einem der leeren Kleiderbügel an der Garderobe und hängte seinen langen, speckigen Ledermantel neben Klaras. Dann zog er sich die Schuhe aus. Froh, dass Klara bereits in der Küche war und das Loch in seiner rechten Socke nicht sehen konnte, schlüpfte er rasch in die Pantoffeln. Sie waren eine gute Nummer zu klein, aber er schaffte es, damit bis ins Wohnzimmer zu schlurfen. Vor dem Sofa blieb er stehen und blickte fragend Richtung Klara, die in der direkt gegenüberliegenden Küche herum hantierte.

Wieder half sie ihm auf den Weg: »Du kannst dich gerne schonmal setzen. Und das Bad ist da drüben.« Damit deutete sie mit dem Kinn auf die dritte Tür im Flur.

Okay, dachte Konrad. Message angekommen. Ertappt wie ein Schuljunge schlappte er in den zu kleinen Puschen zum Bad, um sich die Hände zu waschen. Das warme Wasser tat gut, die Seife duftete nach Lavendel. Auch hier war alles picobello und befand sich ordnungsgemäß an seinem Platz. Kein Haar in der Dusche, die Handtücher fein säuberlich gefaltet, man konnte nicht erkennen, dass hier tatsächlich jemand lebte.

Klara goss das heiße Wasser über die Teeblätter in der Kanne. Merkwürdig. In ihrer Wohnung war ein Mann zu Besuch. Ein fast fremder Mann. Ein Mann, der auf der Straße lebte und auch so aussah. Noch merkwürdiger war die Tatsache, dass es ihr nichts ausmachte. Im Gegenteil, es fühlte sich irgendwie – heimelig an. Nebenan rauschte die Wasserleitung. Seine Schuhe im Flur, sein Mantel neben ihrem in der Garderobe.

Versonnen holte sie eine Packung Kekse aus dem Schrank über dem Herd und drapierte ihren Inhalt auf einem Teller. Wo sollte das hinführen? Sie wusste keine Antwort auf diese Frage, sie wusste nur, dass sie das Richtige tat.

Als Konrad aus dem Badezimmer kam, erwartete Klara ihn schon mit einem Tablett, das sie gerade auf dem zierlichen Tisch vor dem Sofa abstellte. Darauf stand eine dampfende Kanne Kräutertee, daneben zwei Teetassen, eine Zuckerdose sowie der Teller mit den Keksen. Konrad ließ sich in die weichen Kissen sinken und seinen Blick weiter schweifen. Der Raum war zweckmäßig und ein wenig altmodisch eingerichtet. Das helle Sofa zierten Kissen mit Blumendekor, davor stand der kleine Glastisch mit dem Tablett, links daneben ein noch kleinerer Beistelltisch mit einer Leselampe. Die linke Wand teilten sich ein Bücherregal und eine Vitrine mit Geschirr, daneben hing ein Stillleben mit Obst. An der rechten Wand zog sich ein längliches

Sideboard entlang, das von einem Fernseher und allerlei Nippes gekrönt wurde. Gegenüber der Couch konnte man durch zwei Fenster in den begrünten Hinterhof blicken. Gegessen wurde offenbar in der Küche, wo ein Tresentisch gerade genug Platz für zwei Stühle bot. Konrad bezweifelte, dass Klara allzu häufig Besuch hatte, und damit lag er ganz richtig. Umso erstaunlicher, dass sie ausgerechnet ihn in ihr trautes Heim eingeladen hatte.

»Zucker?« Klara hatte Tee in beide Tassen eingeschenkt und stellte eine vor ihn auf einen kleinen Untersetzer.

»Nein danke.« Konrad nahm die Tasse, pustete ein wenig und nahm einen Schluck. Bemüht, sich nicht anmerken zu lassen, dass ihm ein ordentlicher Grog lieber gewesen wäre, setzte er die Tasse wieder ab und griff nach einem Keks.

»Nett hast du's hier«, log er und steckte sich den Keks in den Mund. Tatsächlich fand er, sie nahm ihrem Zuhause mit der übertriebenen Ordnung ein ganzes Stück Gemütlichkeit. In einer Wohnung sollte man leben, sie war nicht zum Anschauen da. Da konnte man ja gleich in ein Museum ziehen.

»Ich kann mir vorstellen, dass dir meine Wohnung vielleicht ein bisschen – altmodisch vorkommt«, sagte Klara etwas verlegen. Sie hatte seine Blicke bemerkt. »Aber ich mag das gerne, wenn die Dinge eine Geschichte haben. Die Vitrine da habe ich zum Beispiel von meiner Oma geerbt.«

Sie setzte sich auf einen Sessel neben dem Sofa, nahm einen Schluck Tee und bedeutete ihm mit einer Handbewegung, sich bei den Keksen zu bedienen. Er nahm dankend an. Sie plauderten eine ganze Weile über dies und das. Sie erzählte ihm von ihrer Arbeit, das war unverfänglich. Sie hatte ganz ähnliche Probleme wie er damit, ihr Innerstes vor einem beinahe Fremden auszubreiten. So redeten sie eine ganze Zeit lang um den heißen Brei herum. Schließlich, auf dem Tisch stand bereits die zweite Kanne Tee und draußen wurde es allmählich dunkel, gab Klara sich einen Ruck:

»Jetzt bin ich aber neugierig, wie deine Geschichte weiterging.« Sie zog die Füße unter sich und sah Konrad erwartungsvoll an.

Der legte die Stirn in Falten und konzentrierte sich. »Richtig, da war ja noch was«, flachste er, bereits den vorletzten Keks vom Teller mümmelnd. »Wo war ich stehengeblieben?«

»Die Tante im Pengau«, kam es wie aus der Pistole geschossen.

»Pinzgau«, berichtigte Konrad. Er schluckte den Rest hinunter, spülte mit Tee nach und begann mit der Fortsetzung seiner Geschichte.

»Der Pinzgau ist zwar nicht ganz so weit weg von Berlin wie Wien, aber wenn du auf der Straße lebst, fährst du nicht mal eben in ein anderes Land, um was zu erledigen. Die erste Reise war schon Herausforderung genug gewesen und auch nur möglich, weil ich mich mit Straßenmusik über Wasser halten konnte. Für die zweite Reise musste ich also Vorbereitungen treffen und die richtige Situation abwarten.«

Was auch immer das heißen mochte.

»Lass mich raten«, sagte Klara. »Das hat nochmal ein paar Jahre gedauert?«

»Naja, ganz so lang nicht«, murmelte Konny. »Vor ein paar Monaten hab ich einen Versuch gewagt. Vom Einwohnermeldeamt ihres Wohnortes hatte ich die letzte Meldeadresse dieser Tante erhalten. Glücklicherweise konnte sich auf dem Amt sogar noch jemand an sie erinnern – ist auf dem Land alles ein bisserl einfacher.«

Klara fiel auf, dass Konny, je mehr er über seine Geschichte redete, zunehmend seinen österreichischen Akzent annahm.

»Sie war natürlich längst tot. Aber da ich nicht nochmal

auf soviel Glück im Internet hoffen konnte und diesmal entschlossen war, was zu erreichen, bin ich den direkten Weg gegangen.«

Er erzählte ihr, wie er mit dem Zug in den Pinzgau gefahren und beeindruckt war von der Schönheit der bergigen Landschaft. Es war Sommer gewesen und der Duft von frisch gemähtem Heu und der Klang der Kuhglocken, der überall auf den saftigen Weiden erklang, war ihm im Vergleich zu Berlin wie der wahrgewordene Traum vom Landleben vorgekommen. Solche beeindruckenden Bergpanoramen wie die der Kitzbüheler Alpen waren ihm weder von Wien noch von Berlin vertraut und auch in seinen besseren Zeiten, wie er es nannte, war er merkwürdigerweise niemals in die Österreichischen Berge gekommen.

Der Ort, in dem seine echte Familie gelebt hatte, war ein ehemals eher überschaubares Bergdorf, bei dem man deutlich erkennen konnte, wie der Tourismus allmählich für Erweiterungen und Modernisierung gesorgt hatte. Überall im und um das Dorf herum fanden sich Gondelstationen, Skilifte, Geschäfte für Wander- und Skibedarf sowie Hotels, Pensionen und Gaststätten für die Besucher.

Das Häuschen der Tante lag im alten Ortskern, wo die Häuser klein und einfach waren, mit gepflegten Gärtchen und Holzlattenzäunen drumherum. Es war mittlerweile von einer jungen Familie bewohnt, die erst kürzlich von außerhalb zugezogen war. Er erzählte Klara, wie er von Haustür zu Haustür gegangen war, überall geklingelt hatte, und die eine oder andere Anekdote schmückte er dabei mit überraschend sarkastischem Humor aus.

Er hatte offenbar mehrere Tage in dem beschaulichen Bergdorf verbracht, bis er alle relevanten Personen angetroffen und gesprochen hatte.

»Es hat ein ganzes Weilchen gedauert. Die meisten Leute waren zu jung oder zugezogen oder konnten sich zwar an meine Tante erinnern, aber nichts zu meinem Bruder sagen. Und ich musste mich ja auch um meinen Lebensunterhalt kümmern und im Dorf ein bisserl auf der Klampfe spielen. Doch irgendwann bin ich auf Leute getroffen, die Leute kannten und so weiter.« Er machte eine wegwerfende Handbewegung. »Egal. Jedenfalls konnte ich dann endlich mit einem älteren Ehepaar sprechen, das sich noch gut an meine Großtante und auch an meine Mutter erinnern konnte. Ich habe mich eine ganze Weile mit ihnen unterhalten, sie waren sehr freundlich und haben mich zu sich zum Kaffee eingeladen. Macht ja auch nicht jeder.« Konrad grinste, dann wurde sein Blick wieder ernst.

»Die haben mir erstmal von meiner Großtante erzählt, die wohl keine eigene Familie hatte und allein in dem Haus gelebt hat, bis meine Eltern mit dem Kind zu ihr gezogen sind.« Er schluckte kurz, dann fuhr er fort: »Dann haben sie mir ein altes Foto von einem Dorffest gezeigt, auf dem alle drei drauf waren. Als ich das gesehen hab, gab es für mich keinen Zweifel mehr, dass es sich um meine Familie handelt.«

Er senkte den Blick. »Tja, und da hab‘ ich auch erfahren, dass meine Eltern beide nicht mehr lebten.«

Als er Klaras betroffenes Gesicht sah, versuchte Konrad, mit etwas rauer Stimme seine eigenen Gefühle zu überspielen:

»Es ist schon okay. Ich kannte sie ja nicht. Und ich bin schon groß. Bin all die Jahre auch ohne sie klargekommen.« Er beeilte sich, weiterzureden. »Mein Vater ist wohl schon in den frühen Neunzigern gestorben. Herzinfarkt. Nachdem meine Großtante dann auch irgendwann verstorben war, muss meine Mutter mit ihrem neuen Lebensgefährten fortgegangen sein. Wohin konnten die mir nicht sagen. Dass sie nicht mehr lebt wussten sie auch nur deshalb, weil ihre Asche nach ihrem Tod überführt und im Familiengrab beerdigt worden war, in dem auch die Tante und mein Vater liegen.«

Er blickte Klara an. »Das einzige, was diese Leute über meinen Bruder wussten, ist, dass er nach der Matura in Heidelberg studieren wollte. Dieser Hinweis ist die einzige Spur, die mir jetzt noch bleibt, um wenigstens ihn kennenzulernen. Deshalb bin ich hier.«

Klara war bei Konnys letzten Sätzen immer mehr in sich zusammengesunken. Es gab Zufälle und man konnte sich vieles einbilden. Sicher gab es viele Österreicher, die zum Studieren ins Ausland gingen, auch nach Heidelberg. Aber je mehr Konny von seinen Eltern erzählte, desto deutlicher formte sich eine Ahnung in ihr, dass so viele Zufälle auf einmal nicht möglich waren. Die Großtante in einem kleinen Bergdorf, der Vater in den frühen Neunzigern verstorben, die Mutter nochmal weggegangen. Und dann die Ähnlichkeit. Diese Augen. Wenn sie ehrlich zu sich selbst war, waren die ihr doch schon gestern morgen auf der Bank am Neckar aufgefallen. Und sein Name. Konny. Es war vermutlich eine Abkürzung und ihr fiel erst jetzt auf, wofür sie stehen konnte.

Sie traute sich kaum, ihn anzuschauen, wie er jetzt hier vor ihr auf ihrem Sofa saß und Kekse kaute.

So ähnlich würde er jetzt aussehen, schoss es ihr durch den Kopf. Konny war gezeichnet von seinem Leben, er wirkte ausgemergelt und ungepflegt. Außerdem waren mittlerweile mehr als zwanzig Jahre vergangen, seit ...

Klara wurde es kalt und sie spürte, wie sich ihr Herz zusammenzog. Es trennte sie nur eine kleine Frage von der Wahrheit. Konny hatte bisher keine Namen erwähnt. Weder die seiner Eltern noch den des Dorfes, in dem sie gelebt hatten. Und den Namen seines Bruders hatten ihm diese Nachbarn sicherlich auch verraten. Wenn sie ihn danach fragte, wäre in ihrem Leben womöglich nichts mehr, wie es einmal war.

Ihr Mund formulierte die Frage, ohne dass ihr Verstand das, was jetzt passierte, noch bewusst steuern oder begreifen konnte. Sie war wie abgeschnitten von sich selbst, hörte ihre eigenen Worte im Raum, ihre Stimme klang heiser, wie die einer Fremden. Sie spürte das Rauschen ihres Pulsschlags in den Ohren, während ihr Körper sich fast schwerelos anfühlte. Nur vier Worte, fast geflüstert, wie von ferne: »Wie heißt dein Bruder?«

Der Name durchzuckte Klara wie ein Blitz. Ben. Es war Ben. Der Mann, nach dem Konny Jahre seines Lebens gesucht hatte. Den er in Heidelberg zu finden hoffte. Seine zweite Hälfte. Sein Zwilling.

Konrad hörte auf zu kauen und sah sie irritiert an. »Ist alles in Ordnung mit dir?«, fragte er.

Klara brachte kein Wort heraus. Nichts war mehr in Ordnung. Die Ordnung, die sie sich jahrelang mühsam aufgebaut hatte, war mit einem Mal auseinandergeborsten wie eine Hülle aus sehr zerbrechlichem Glas. Mit einem einzigen Wort. Es war wie ein Schock. Ben. Sie zitterte.

»Es ist …«, brachte sie nur heraus.

Konrad schaute noch immer fragend. Er schenkte ihr Tee nach und reichte ihr etwas unbeholfen ihre Tasse. »Trink mal einen Schluck. Du bist ja leichenblass«, stellte er fest. »Soll ich einen Arzt rufen?«

»Nein, nicht nötig«, antwortete sie. »Es geht gleich wieder.« Sie trank ein paar Schlucke Tee. Erst ganz allmählich wurde ihr bewusst, wie heftig ihre Reaktion auf ihn wirken musste. Sie kam ein wenig zu sich. Spürte, wie ihr Herzschlag sich beruhigte, ihr Kopf klarer wurde. Konrad stand auf und ging einen Schritt auf sie zu. »Leg dich am besten mal hin und leg die Beine hoch«, schlug er vor und machte Anstalten, ihr aufzuhelfen.

Sie hob in einer schnellen, abwehrenden Bewegung die Hand. Er durfte ihr jetzt nicht zu nahe kommen. Sie brauchte Abstand. Musste das alles erstmal verdauen.

»Ich denke, es ist besser, wenn du jetzt gehst«, sagte sie.

»Ich melde mich bei dir. Kann ich dich irgendwo erreichen?«

Konrad notierte die Nummer seines alten Prepaid-Mobiltelefons auf einem Zettel, den er zusammen mit einem Bleistift auf dem Beistelltischchen neben dem Sofa gefunden hatte. Als Klara nichts weiter sagte, legte er den Zettel neben ihre Teetasse, schlurfte wortlos in den Flur, zog sich Schuhe und Mantel an und verließ die Wohnung.

KAPITEL 8

Klara saß reglos auf ihrem Sessel und starrte wie hypnotisiert auf den Zettel mit der Telefonnummer. Ihr Kopf fühlte sich an wie in eine Hülle aus Watte gepackt, die ihre Gedanken nur ganz gebremst und gedämpft an die Oberfläche ließ.

Es hatte sie mit einer Wucht getroffen, die sie nach all den Jahren nicht für möglich gehalten hätte, die sie völlig aus der Bahn warf.

Sie hatte Bens Bruder getroffen.

Ben hatte selbst nach ihm geforscht, nachdem er von seiner Existenz erfahren hatte. Doch erstens hatte er zur damaligen Zeit seinen Nachnamen nicht herausfinden können. Und wenn sie jetzt so darüber nachdachte – wie hätte er auch jemanden finden sollen, der die meiste Zeit seines Lebens ohne festen Wohnsitz war? Ein aussichtsloses Unterfangen.

Ben hatte diese Tatsache nie verwunden. Die ganze Geschichte war letztendlich der Grund gewesen, warum er ...

Klara fröstelte. Sie zog die Decke, die gefaltet auf dem Sofa lag, zu sich herüber und deckte sich damit zu. So hatte die Gier nach Geld eine ganze Familie zerstört. Und ganz sicher noch viele weitere. Die Menschheit war so krank.

Und welcher Zufall hatte nun ihr, Klara, mehr als zwei Jahrzehnte später Konrad vor die Füße gespült? Oder sollte es doch so etwas wie Schicksal geben?

Klara hatte eine halbe Ewigkeit vor sich hin sinnierend in

ihrem Sessel gekauert, unfähig, ihre Emotionen zu sortieren und zu begreifen, was passiert war. Sie hatte jedes Zeitgefühl verloren. Ihre Gedanken wanderten zwischen Vergangenheit und Gegenwart hin und her, zwischen gestern und heute, zwischen Ben und Konrad. Über sie hatte sich eine schwere Fassungslosigkeit gelegt, unter der sie kaum atmen konnte. Irgendwann war sie eingeschlafen und hatte unruhig geträumt. Von Ben, der ihr lachend ein Babyfoto von sich und seinem Zwillingsbruder zeigte. Er war jung und gelöst und fröhlich.

»Du bist wieder da?«, fragte Klara ihn verwundert und eine Woge von Glück durchströmte sie.

Im nächsten Moment trug Ben einen verwegenen Schlapphut und einen Dreitagebart und verkündete ihr, er könne nicht lange bleiben, aber sie wüsste jetzt hoffentlich, was zu tun sei. Er saß in ihrer Wohnung und verschüttete Tee auf dem Perserteppich.

Sie schrie auf: »Ben, nein, lass das, der gute Teppich!«

Doch er lachte nur übermütig und machte immer weiter. Die ganze Wohnung war voller Tee und Kekskrümel. Jetzt riss er das Fenster auf. Ein eisiger Wind zog herein. Klara wollte aufstehen und das Fenster schließen, doch sie war wie gelähmt. Wieder rief sie nach Ben, doch er war nicht mehr da.

»Ben, wo bist du?«, rief sie verzweifelt. »Ben, mir ist so kalt!« Die Tränen rannen über ihre Wangen, als sie begriff, dass Ben nicht mehr da war, nie wieder da sein würde. Sie erwachte frierend und mit tränennassem Gesicht.

Die Decke war zu Boden gerutscht, ihre Beine eingeschlafen. Klara reckte sich und rieb sich den schmerzenden Nacken. Wie lange mochte sie wohl geschlafen haben? Sie erhob sich etwas steifbeinig und tapste zum Lichtschalter. Ein Blick auf die Wanduhr sagte ihr, dass es bereits nach halb zwölf war. Sie war völlig durcheinander. Mal abgesehen von der Tatsache, dass sie noch nie einfach im Wohnzimmer auf dem Sessel eingeschlafen war, musste es Jahre her sein, seit sie das letzte Mal von Ben geträumt hatte. Es hatte sich so wunderschön angefühlt, ihn nochmal zu sehen. Für einen kurzen Moment hatte sie geglaubt, er wäre tatsächlich zu ihr zurückgekommen.

Und ein bisschen war er das ja auch. Sie dachte an Konny, der jetzt vermutlich auf irgendeiner Pritsche oder in einem Schlafsack unter der Brücke pennte, und hatte ein schlechtes Gewissen. Draußen herrschten nicht gerade sommerliche Temperaturen und sie hatte ihn einfach vor die Tür geschickt. Er war kein Fremder, er war Bens zweite Hälfte.

Und was konnte Ben wohl damit gemeint haben, sie wüsste hoffentlich, was zu tun sei? Vielleicht sollte sie sich jetzt um seinen Bruder kümmern. Womöglich durfte sie ihn nicht weiter seinem Schicksal auf der Straße überlassen.

Konny hatte niemanden mehr. Genau wie sie. Energisch wischte sie sich die Tränen aus dem Gesicht und bewegte sich in Richtung Badezimmer. Aber zuerst musste sie selbst zur Ruhe kommen. Danach würde sie darüber nachdenken, wie es weitergehen konnte.

KAPITEL 9

Konrad lag lang ausgestreckt auf seiner Schlafstätte und dachte nach. Nachdem er von Klara weggegangen war, hatte er sich am Bahnhof noch eine Wurstsemmel und ein Sixpack Bier besorgt. Anschließend hatte er sich bei einigen Reisenden ein paar Euro zusammengeschnorrt und sich dann zu ein paar Jungs gesellt, die auf dem kleinen Platz vor dem Bahnhof herumlungerten. Oberflächliche Gespräche, nichts von Wert.

Auf Infos über seinen Bruder brauchte er hier nicht zu hoffen. Der hatte mit diesen Kreisen sicher nie zu tun gehabt. War ja bei Mama und Papa im warmen Nest aufgewachsen und später ein braver Student geworden. Während er selbst nur ein Spielzeug für die gelangweilte Gattin seines Zieh-Vaters gewesen war. Der Alte hatte sich nie ernsthaft für ihn interessiert, Hauptsache er funktionierte und machte das Bild der Vorzeige-Arztfamilie komplett. Und seine sogenannte Mutter hatte ihn ausstaffiert und herumgereicht wie einen Hampelmann. Er hätte kotzen können, wenn er daran dachte.

Womöglich wollte sein Bruder ja auch gar nichts mit ihm zu tun haben oder würde sich für ihn schämen? Er konnte auch einfach zur Autobahn gehen, den Daumen raus und zurück nach Berlin. Aber was erwartete ihn da? Da konnte er auch gleich hier bleiben und seine Mission zu Ende bringen. Berlin oder Heidelberg – es war doch überall der gleiche Mist. Und wenn sein Bruder sich zu fein für ihn sein sollte, dann hätte er es wenigstens probiert. Es konnte ja auch ganz anders laufen.

Klara ging ihm nicht aus dem Kopf. Wie sie so blass und zerbrechlich auf dem Sessel gehockt hatte. Und er war einfach weggegangen. Ob er doch einen Doktor hätte rufen sollen? Aber sie hatte es ja so gewollt. Und was um alles in der Welt interessierte ihn diese Frau eigentlich? Erst lud sie ihn zu sich ein und plötzlich bekam sie Zustände und schickte ihn ohne weitere Erklärung wieder raus. Ob sie seine Geschichte nur ausgenutzt hatte, um ihrer Einsamkeit für eine Weile zu entkommen? Weil einer wie er leichte Beute war? Er spürte Wut in sich aufkeimen: Er war verdammt nochmal kein Köter, dem man einfach einen Tritt geben konnte, wenn es einem passte. Auch wenn er nicht zu der feinen Gesellschaft gehörte, die täglich ihren Nachmittags-Tee aus Porzellantassen trank.

Nicht mehr, und darüber war er gar nicht mal so unglücklich. Seine besten Zeiten hatte er außerhalb der gesellschaftlichen Norm gehabt. Ihm genügte ein Kaffeebecher und die Alte konnte ihn sowieso mal mit ihrem widerlichen Kräutergebräu. Nicht mal einen anständigen Schuss hatte sie da reingetan. Warum hatte er ihr überhaupt seine Nummer gegeben, sie würde sich ohnehin nicht mehr bei ihm melden. Und bestimmt hatte er zuviele Kekskrümel auf ihrer Couch verteilt. Solche Damen konnten da sehr pingelig sein.

Mit diesen missmutigen Gedanken verfiel er in einen unruhigen Schlaf.

KAPITEL 10

Die nächsten Tage verliefen für Klara äußerlich wie gewohnt. Sie ging zur Arbeit, funktionierte und bemühte sich, in der Routine des Alltags ihre innere Mitte wiederzufinden, die durch Konnys Auftauchen und die Erkenntnis des Abends in ihrer Wohnung nachhaltig aus den Fugen geraten war.

Morgens aufstehen, anziehen, ins Büro. Die Mittagspause hatte sie seit Montag nicht mehr im Knösel verbracht, zu groß war ihre Furcht, die Erinnerung an ihre Treffen mit Konny könnte zuviel in ihr auslösen. Nach Feierabend erledigte sie ihre Einkäufe und ging nach Hause, kümmerte sich um die Wäsche und den Haushalt, machte sich Abendbrot und ging pünktlich um zehn zu Bett. Alles genau wie immer. Die gewohnten Abläufe gaben ihr Sicherheit.

Doch innerlich war sie wie in Trance. Ihr Leben war binnen zweier Tage derart aus dem Ruder gelaufen, dass sie in eine Art Schockstarre verfallen musste, um nicht in haltlose Panik zu geraten. Die Gedanken an Ben und Konny wischte sie kategorisch weg. Das hatte sie in ihrer Therapie mühsam erlernt: Negative Gedanken mit einem inneren Stoppschild zu verscheuchen. Sich anderen Dingen zuzuwenden, achtsam im Hier und Jetzt. Nicht in der Vergangenheit zu leben, die innere Ordnung in der äußeren zu manifestieren. Den aufkommenden Zwangsgedanken standzuhalten. All das hatte sie die vergangenen Jahre über Wasser und davon abgehalten, verrückt zu werden. Doch seit letztem

Wochenende war alles anders. Die Vergangenheit war über sie hereingebrochen wie ein Orkan und es kostete sie eine unglaubliche Anstrengung, ihren Alltag zu bewältigen und ihre Gefühle in Schach zu halten. Am darauf folgenden Wochenende fühlte sie sich so erschöpft, als hätte sie eine schwere Grippe, allerdings ohne Fieber oder sonstige Symptome einer körperlichen Erkrankung.

Am Samstag Vormittag ging Klara wie immer auf den Wochenmarkt, um sich für die kommende Woche mit frischem Obst und Gemüse einzudecken. Schon das Aufstehen war ihr schwer gefallen. Ihre Bettdecke hatte sich so bleischwer angefühlt wie ihr ganzer Körper und es hatte sie größte Mühe gekostet, das Bett zu verlassen.

Wochenende. Die ganze Woche hatte sie sich mit Arbeit abgelenkt, doch sie wusste, dass sie dem Thema nicht ewig davonlaufen konnte. Sie ging den Weg am Neckar entlang, scannte alle Bänke mit den Augen ab. Mit klopfendem Herzen näherte sie sich der Bank, an der vor einer knappen Woche alles angefangen hatte. Sie war von einem großen Baum verdeckt und Klara musste ein Stück um den Baum herum gehen, um sie ganz in ihr Gesichtsfeld zu bekommen. Die Bank war leer und sie spürte eine Enttäuschung, die sie erneut verwirrte. Wollte sie Konny tatsächlich nochmal treffen? Oder ihm vielmehr auf einer ganz neuen Ebene begegnen? Sollte sie ihn nicht lieber seiner Wege gehen und die ganze Geschichte dort belassen, wo sie gut aufgehoben war: In der Vergangenheit, mit der sie ein für allemal abgeschlossen hatte? Er würde entweder selbst herausbekommen, was er wissen wollte, oder eben nicht. Niemand müsste in dieser Sache eine Verbindung zu ihr herstellen. Niemand konnte sie zwingen, irgendetwas anderes zu tun, als ihr Leben weiterzuleben und auf sich achtzugeben. Was wäre denn gewesen, wenn er hier säße? Was hätte sie getan? Wäre sie zu ihm hingegangen? Und wenn ja, was genau hätte sie ihm sagen wollen? Nein, es war alles in Ordnung und sie sollte froh sein, wenn sie ihm nie mehr begegnen würde.

Andererseits ließ der Traum sie nicht los: Sie wüsste ja, was sie zu tun hätte ... Sie wünschte, sie täte es – es ginge ihr erheblich besser!

Ärgerlich kickte sie einen Kronkorken zur Seite. Diese jungen Saufbolde, die zu jeder Jahreszeit Party am Fluss machten, ließen ihren Müll hier einfach überall herumliegen. Sie war froh, dass sie nicht hier unten am Neckar wohnte. Der nächtliche Lärm würde sie verrückt machen.

Ihre Gedanken wanderten wieder zu Konny. Sie musste die Geschichte zum Abschluss bringen, alles andere tat ihr nicht gut. Entweder sie vergaß ihn oder sie sagte ihm, was sie wusste. Was fühlte sich besser für sie an?

Sie musste jetzt an sich denken, nur an sich. Einfach nicht mehr an ihn zu denken, wäre eine Erleichterung.

Einfach weitermachen wie bisher. Sich im sicheren Rahmen bewegen. Keine Höhen, keine Tiefen. Selten Freude. Stattdessen Einsamkeit.

Und wenn sie ihn doch noch einmal traf? Bei dem Gedanken klopfte ihr Herz sofort schneller. Hatte sie Angst? Oder wollte sie ihn treffen, weil sie ihn anziehend fand?

Sie musste mit jemandem reden, der ihr helfen konnte, ihre Gedanken zu ordnen. Sie hatte nur Frau Kerber von Konny erzählt und das war auch gut so. Ihre Kollegen mussten nichts über ihr Privatleben wissen und Freunde oder Familie hatte sie keine. Ihre Eltern waren bereits vor vielen Jahren verstorben und zu den spärlich vorhandenen entfernteren Verwandten hatte sie kaum Kontakt. Vielleicht sollte sie ausnahmsweise mal samstags ins Altenheim fahren.

KAPITEL 11

Konrad war während der vergangenen Woche nicht untätig gewesen. Nachdem er den Entschluss gefasst hatte, seinen Bruder auf eigene Faust zu suchen, war ihm in den Sinn gekommen, dass ein Besuch an dessen alter Uni vielleicht hilfreich sein könnte. Von dem Ehepaar in Mariabrunn wusste er, dass Ben Jura studieren wollte. War offenbar ein cleveres Bürschchen, sein Bruder. Also hatte er sich zur juristischen Fakultät durchgefragt und dort auf dem Uniplatz ein paar Studenten angequatscht. Besonders auskunftsfreudig waren die meisten nicht gewesen, hatten ihn angeguckt, als wolle er sie um ein paar Euro anbetteln, diese Schnösel. Er hatte einige Anläufe gebraucht, bis er schließlich mit einer Studentin ins Gespräch gekommen war, die aus Berlin kam wie er. Vielleicht wollte sie ihm deshalb helfen. Sie wusste den Namen eines längst emeritierten Professors, der wohl zur damaligen Zeit an der Fakultät gelehrt und Ben demnach gekannt haben könnte. Professor Doktor Kirchberg.

Konrad fragte sich hartnäckig weiter durch, bis er von einem jungen Dozenten das Stammcafé des besagten Ex-Professors erfuhr, in dem dieser sich wohl beinahe täglich aufhielt: Café Burkhardt, nicht weit vom Uniplatz entfernt.

Als Konrad am späten Freitagvormittag das etwas altertümlich anmutende kleine Café durch einen schmalen Gang, vorbei an einer langen Kuchentheke, betrat, wunderte er sich, wie viele Leute hier um diese Uhrzeit bereits saßen.

Offenbar pflegte man auch in Heidelberg, was man in seiner alten Heimat als »Kaffeehauskultur« bezeichnete.

Die meisten Gäste waren bereits deutlich jenseits des Pensionsalters und vermutlich Stammpublikum. Das zumindest ließ der lockere und vertraute Plauderton vermuten, in dem mit dem Kellner umgegangen wurde.

Konrad stand im Durchgang zum Gastraum und schaute sich etwas verlegen um, obwohl ihm in der kurzen Zeit in Heidelberg bereits positiv aufgefallen war, dass die Menschen hier toleranter zu sein schienen als in Berlin. Niemand schaute ihn komisch an, keiner kommentierte seine Erscheinung, nicht mal die Mitarbeiterin hinter der Kuchentheke nahm Notiz von ihm.

Man hatte ihm den Professor recht gut beschrieben, aber er sollte hier auch bekannt genug sein, dass er notfalls einfach den Kellner ansprechen könnte. Links von ihm saßen zwei Herren, die er Anfang siebzig schätzte, ebenso altmodisch wie korrekt gekleidet in Anzug und Weste, an ihrem ersten Schoppen nippend und Zeitung lesend. Sie waren vermutlich zu jung für den Gesuchten. Schräg gegenüber eine Dame in ähnlichem Alter mit perfekt onduliertem Haar, die mit ihrem pechschwarzen und ein wenig übergewichtigen Zwergpudel eingehend die Frage diskutierte, ob der Zwetschgenkuchen auf dem Teller vor ihr denn wohl in seinen Diätplan passe.

Konrad schüttelte den Kopf. An einem weiteren Tisch konnte man eine Dame und einen Herrn dabei beobachten, wie sie angeregt die Köpfe über einem alten Stich zusammensteckten und darüber mutmaßten, welchem Künstler und welcher Epoche das offenbar unbekannte Werk wohl zuzuordnen sei.

Nur an einem Tisch in der Mitte des Raumes waren auch ein paar jüngere Leute zu sehen, die an ihren mit Ordnern und Mappen gefüllten Rucksäcken unschwer als Studenten erkennbar waren. Er dachte kurz an Ben. Ob er wohl seinerzeit auch hier gesessen und gelernt hatte? Die Studenten tranken Cola und Apfelsaftschorle und schienen sich in der heimeligen Atmosphäre gemeinsam auf eine Prüfung vorzubereiten.

Keiner der Anwesenden passte auf die Beschreibung, die ihm das Mädchen auf dem Uniplatz gegeben hatte. Also musste er fragen. Die resolute Frau hinter der Theke zögerte kurz, dann erklärte sie ihm, dass Professor Kirchberg meist zum Mittagessen ins Café käme, üblicherweise um diese Zeit schon hier sei, diese Woche aber noch nicht gesehen worden sei. Vielleicht sei er krank, es gehe ja gerade wieder eine heftige Grippe rum und bei älteren Menschen konnte das ganz schön gefährlich werden. Konrad solle die nächsten Tage um die Mittagszeit vorbeischauen, irgendwann würde der Professor ja hoffentlich wieder auftauchen. Die Frau wirkte besorgt und sprach von Kirchberg mit einem Respekt, der Konrad regelrecht anbiedernd vorkam. Vielleicht lag es an der Stadt. Heidelberg war als renommierte Universitätsstadt bekannt und viel mehr hatte dieses Provinznest vermutlich auch nicht zu bieten. Die Arztkollegen seines Vaters hatten es jedenfalls immer sehr betont, wenn sie mal ein paar Semester hier studiert hatten. In so einem Umfeld würden die Akademiker sich sicher so einiges auf ihre Titel einbilden. Hoffentlich trug dieser Professor Doktor die Nase nicht zu hoch, denn es nützte nichts, Konrad würde sich mit ihm unterhalten müssen.

Schon am nächsten Tag hatte Konrad Glück: Professor Kirchberg, von einer leichten Erkältung genesen, freute sich, das Wochenende wieder in seinem geliebten Café Burkhardt verbringen zu können, und war erfreulicherweise sehr zugänglich. Er bat Konrad ohne Umschweife zu sich an den Tisch und bot ihm an, mit ihm zu speisen.

An Ben konnte er sich noch gut erinnern, er schien ein

sehr begabter Student gewesen zu sein und hatte sich eine Zeitlang sogar als sein Assistent verdient gemacht. Konrad aß, schwieg und hörte zu. Kirchberg erzählte aus seinen glorreichen Zeiten als Ordinarius in Rom, Paris, Barcelona und Heidelberg, von seinen Gastvorträgen überall auf der Welt, von seinen Bildungsreisen mit seinen Studenten, zu denen natürlich eine Zeitlang auch Ben gehörte. Er redete ununterbrochen über sich und seine vergangenen Erfolge als namhafter Jurist. Seine Sprache war dabei äußerst gewählt, jedes Wort schien wohlüberlegt, als spräche er jederzeit für ein größeres Publikum.

An Konrads und Bens Familiengeschichte schien er überhaupt nicht interessiert zu sein, er wollte nicht einmal den Grund wissen, aus dem Bens Bruder Jahrzehnte später bei ihm auftauchte. Konrad dachte unwillkürlich an seinen Ziehvater und fragte sich, ob man wohl so wurde, wenn man sein Leben lang beruflich hofiert und flattiert wurde. Und wenn man dann alt war und feststellen musste, dass Ruhm und Erfolg vergänglich waren und man am Ende genauso nackt in die Kiste gehen würde wie jeder andere auch.

Ob sein Vater auf dem Sterbebett etwas bereut hatte? Er wollte lieber nicht darüber nachdenken. Stattdessen fragte er den Professor in eine Redepause hinein: »Haben Sie irgendeine Ahnung, was aus meinem Bruder geworden ist?«

Der alte Mann hielt inne, etwas irritiert über den plötzlichen Themenwechsel. Konrad fürchtete für einen Moment, er könne ihn verärgert haben, doch Kirchberg wischte sich den Mund mit der Serviette ab und schüttelte langsam und bedauernd den Kopf.

»Leider nicht, nein«, sagte er dann. »Ich habe mich oft gefragt, warum er nie wieder aufgetaucht ist auf einer unserer Feierlichkeiten oder den Alumni-Treffen, denen ich beigewohnt habe.«

Konrad kannte den Begriff »Alumni« von seinem Vater.

Er hatte aus diesen universitären Ehemaligentreffen immer eine Riesensache gemacht. Seinen unglaublichen Stolz auf die lebenslange Mitgliedschaft in einer schlagenden Studentenverbindung, in der er auch lange nach seiner Studienzeit noch als »Alter Herr« in Ehren gehalten wurde, hatte Konrad nie nachvollziehen können.

Kirchberg fuhr fort: »Er war einer meiner besten Assistenten. Was haben wir nicht alles gemeinsam erlebt.« Noch bevor er sich in einem weiteren Monolog über seine Vergangenheit ergehen konnte, unterbrach ihn Konrad abermals:

»Können Sie mir Namen nennen von damaligen Mitstudenten? Hatte er Freunde? Vielleicht eine Freundin?«

»Die Namen der Kommilitonen könnten sie vielleicht im Archiv des Studentensekretariats herausfinden.« Er dachte nach. »Aber zu der Zeit war ja noch nicht alles digitalisiert, das könnte schwierig werden. Ich erinnere mich allerdings an seine Lebensgefährtin. Eine aparte Person, zierlich, brünett, eher still, große Rehaugen. Die beiden haben hier ganz in der Nähe zusammen in einer kleinen Wohnung gelebt.«

»War sie auch Studentin?«, fragte Konrad.

Professor Kirchberg verneinte. Das Mädchen habe irgendwo im Sekretariat gearbeitet, wo wisse er nicht. Auch bei ihrem Namen sei er sich nicht hundertprozentig sicher. Karla oder Katharina würde sie wohl geheißen haben. »Ach richtig, jetzt erinnere ich mich.« Sein Gesicht erhellte sich. »Klärchen hat er sie immer genannt. Der Name war nicht allzu häufig zur damaligen Zeit.« Kirchberg lächelte verschmitzt. »Und etwas altertümlich, passte zu ihr.«

Konrad fühlte, wie sich die Haare in seinem Nacken aufstellten. Klärchen war die Verniedlichung von Klara. Das konnte doch kein Zufall sein! Die Beschreibung passte perfekt und vom Alter her könnte es auch stimmen. Er fuhr sich mit der Hand in den Kragen.

»Ist Ihnen nicht gut?«, fragte der Professor besorgt.

Konrad schaute ihn entgeistert an. Vermutlich sah er gerade genauso aus wie Klara letzten Montag, bevor sie ihn rausgeschmissen hatte. Und jetzt wurde ihm auch ihr merkwürdiges Verhalten klar. Natürlich! Worüber hatten sie sich unterhalten, kurz bevor ihr schlecht wurde? Er hatte ihr von seinem Bruder erzählt und sie hatte nach seinem Namen gefragt! Aber warum hatte sie nichts gesagt und sich stattdessen seitdem nicht mehr bei ihm gemeldet? Die Sache war doch schon so viele Jahre her, was konnte sie da heute noch so aus der Bahn werfen?

KAPITEL 12

Klara hatte es nicht mehr ausgehalten. In ihrem Kopf tanzten die Gedanken wie Seifenblasen und sie fühlte sich elend. Sie musste mit Frau Kerber über Konny reden. Und über Ben. Die alte Dame verfügte über ausreichend Lebenserfahrung und sah die Dinge manchmal so klar und einfach. Klara hatte sich gleich, nachdem sie ihre Markteinkäufe nach Hause gebracht hatte, in die Straßenbahn gesetzt und war ins Heim gefahren. Es war ungewöhnlich, dass sie ihre Routine derart spontan abänderte, aber in diesem Fall sah sie die Notwendigkeit gegeben zu handeln. Morgen konnte es zu spät sein. Was, wenn Konny wieder verschwände, nach Berlin oder sonst wohin, und sie hätte zu lange gezögert?

Frau Kerber war erfreut über Klaras Besuch. Ihr war es egal ob es Samstag war oder Sonntag – im Altenheim war ein Tag wie der andere. Sie hatte Klara konzentriert und aufmerksam zugehört. Klara war dankbar für die Ruhe, die die alte Frau ausstrahlte. Sie bewertete das Gesagte nicht, sie kommentierte es auch nicht sofort, sie war einfach da wie ein Filter, der Klaras Gedanken von ganz allein sortierte. Von wichtig nach unwichtig, von Vergangenheit nach Gegenwart, von könnte zu sollte. Am Ende des Besuchs war Klara schließlich klar, was sie im Grunde ihres Herzens bereits seit Tagen gewusst hatte: Gleich morgen früh würde sie Konny anrufen.

Konrads Telefon klingelte am Sonntagmorgen um kurz nach acht. Er rieb sich die Augen und fluchte leise. Es war spät geworden gestern Abend. Nach seinem Treffen mit dem Professor war er lange am Neckar herumgelaufen und hatte nachgedacht. Über das Leben, den Sinn des Seins, über Familie, über seinen Bruder, über Klara. Später hatte er mit den Jungs auf dem Bahnhofsplatz noch ein paar Bierchen getrunken und der eine oder andere Schluck aus der Schnapspulle gegen die Kälte war auch dabei gewesen. Erst spät hatte er seinen Schlafsack in einem Passageneingang hinter dem Bahnhof ausgerollt und ein paar Stunden Schlaf gefunden. Die Kälte machte ihm nichts mehr aus, er war es gewohnt, bei jeder Temperatur draußen zu schlafen und sein Schlafsack war warm.

Verärgert fummelte er an seinem Rucksack herum, bis er das Handy zu fassen bekam. Er drückte den Anruf weg und machte die Augen wieder zu. Kaum war er ein wenig weggedämmert, holte ihn erneut der schrille Klingelton zurück. Verdammt, er hätte das blöde Ding besser gleich ganz ausgeschaltet. Diesmal drückte er auf den grünen Knopf.

»Was gibt's?«, schnauzte er in den Lautsprecher. Er hörte ein leises Atmen, dann zaghaft eine Stimme. Klaras Stimme.

»Konny?«, fragte sie. Konrad fuhr zusammen. Bis gestern hatte er sich vorgenommen, nicht dranzugehen, sollte diese Frau ihn wider Erwarten doch nochmal anrufen. Doch seit seinem Gespräch mit Kirchberg war einiges anders. Wenn er irgendetwas über seine Familie wissen wollte, wäre sie der Schlüssel dazu.

Klaras Stimme klang sanft, entschuldigend: »Ich hoffe, du hattest eine angenehme Nacht?«

Konrad setzte sich ein wenig auf. Er hatte Kopfschmerzen. Was sollte das denn für eine Frage sein? Die Alte tickte doch nicht ganz richtig! Er brummte etwas Unverständliches.

»Konny, wegen Montag«, sprach Klara weiter. »Es tut mir leid.«

Pause. Erwartete sie eine Antwort von ihm? Konrad rieb sich den Nacken.

»Dass ich dich so abrupt hinauskomplimentiert habe«, fuhr sie fort. ›Hinauskomplimentiert‹. Konrad traute seinen Ohren nicht. So konnte man das auch nennen.

»Bist du noch da?«, fragte sie jetzt.

»Hm.« Mehr brachte er nicht heraus. Er war es nicht gewohnt, dass sich jemand bei ihm entschuldigte.

Klara sprach weiter: »Ich möchte dich bitten, dass wir uns nochmal sehen. Ich habe dir etwas zu sagen.«

Jetzt wurde Konrad hellhörig. Seit gestern war ihm klar, dass sie ihm einiges über seinen Bruder zu sagen hatte. Allerdings wusste sie nicht, dass er es wusste. Besser er stellte sich erstmal weiterhin dumm.

»Aha?«, sagte er nur.

»Ich wünsche mir, dass wir uns nochmal sehen. Bitte«, wiederholte sie. Es klang aufrichtig und dringend.

Konrad überlegte. Im Grunde war er ganz froh, dass sie sich gemeldet hatte. Wenn er auch vorsichtig sein musste. Die Alte kam ihm nicht ganz koscher vor. Allerdings – außer seinem Stolz hatte er nichts zu verlieren. Wenn sich herausstellte, dass sie ihm lästig wurde oder ihn benutzte, wäre er schnell wieder weg. Wenn sie ihm aber Informationen über den Verbleib seines Zwillingsbruders geben könnte, wäre er blöd, wenn er sich nicht nochmal mit ihr träfe. Und gegen eine weitere warme Mahlzeit für lau hatte er auch nichts einzuwenden.

»Also schön«, brummte er. Sollte sie ihm bei einem ausgiebigen Frühstück erzählen, was sie zu erzählen hatte. Danach konnte er immer noch verschwinden.

Klara atmete hörbar erleichtert auf. »Wunderbar«, sagte sie fast ein wenig euphorisch. »Kommst du in einer Stunde zu mir? Ich besorge Brötchen und mache uns ein Frühstück.«

Konrad willigte ein und fragte kurz vor dem Auflegen noch, ob er bei ihr duschen könne. Wenn schon, denn schon.

Eine dreiviertel Stunde später stand Klara in ihrer kleinen Küche und setzte Kaffee auf. Sie besaß nach wie vor ihre altmodische Filterkaffeemaschine, wo man erst einen Papierfilter einsetzen und anschließend Kaffeepulver reinlöffeln musste. Einen großen Löffel pro Tasse.

Nach dem Telefonat mit Konny war sie beim Franzosenbäcker gewesen, der auch sonntags geöffnet hatte, und hatte eine Tüte Brötchen und Croissants geholt. Danach hatte sie den Tisch gedeckt, frischen Orangensaft gepresst, etwas Obst kleingeschnitten und Eier gekocht. Exakt sechseinhalb Minuten.

Sie musste Konny sagen, wer Ben war. Er hatte ein Recht darauf. Wenngleich nicht auf die ganze Wahrheit. Noch nicht.

Klara zitterte und verschüttete etwas Kaffeepulver auf den hellen Bodenfliesen. Verflucht, sie hatte keinen Plan, was sie sagen sollte, wenn er jetzt gleich zu ihr käme. Es war ein furchtbarer Zustand, keinen Plan zu haben, die Dinge auf sich zukommen lassen zu müssen. Was, wenn er sie in die Enge trieb, wenn er alles von ihr wissen wollte? Sie griff hektisch nach der Rolle mit Küchenpapier, riss ein Blatt ab, hielt es kurz unter den Wasserhahn und wischte den Dreck am Boden auf. Jetzt nur nicht die Nerven verlieren.

Er kam zu spät. Das akademische Viertel hatte er bereits überschritten, er war immer noch nicht da und Klaras Nerven fühlten sich an wie Spinnfäden, an denen ein immer stärker werdender Orkan zerrte. Sie wischte bereits zum gefühlt hundertsten Mal mit dem Wischlappen über den Tisch, schob die Teller millimeterweise hin und her, richtete den Brotkorb aus. Der Kaffee stand warm auf dem Stövchen, aber die Eier würden bald kalt werden. Sie lief hektisch hin und her, blickte in den Garderobenspiegel, richtete ihren

Rock, strich sich durch die Haare. Hätte sie ein wenig Make-up auflegen sollen? Ben hatte den Lippenstift in rosé immer sehr an ihr gemocht. Oder hätte sie sich in einer lässigen Jeans wohler gefühlt als in dem Rock?

Noch bevor sie sich in den Gedanken hineinsteigern konnte, dass Konny womöglich gar nicht auftauchen würde, klingelte es an der Haustür. Mit klopfendem Herzen drückte Klara den Öffner. Ruhig bleiben. Atmen. Es würde schon alles gut gehen. Sie würde sich erleichtert fühlen danach. Es würde besser werden. So wie letzte Woche konnte es jedenfalls nicht weitergehen. Dieser Zustand hatte sie an den Rand einer Psychose getrieben und sie hätte es vermutlich ewig bereut, ihn einfach gehen zu lassen. Das hatte auch Frau Kerber gesagt.

Klara dachte an ihre erste psychotische Episode, damals, als ihre Krankheit diagnostiziert worden war. Sie war gerade sechzehn gewesen, als ihre Schwester bei diesem tragischen Unfall ums Leben gekommen war. Die Eltern waren nie darüber hinweg gekommen und sie ...

Sie drängte den Gedanken an diese dunkle Zeit beiseite und öffnete die Wohnungstür. Da stand er. Groß, schmal, blaue Augen, lässige Haltung. Ben, schoss es ihr durch den Kopf. Als wäre er wieder da. Jetzt, wo sie wusste, dass Konny und Ben Zwillinge waren, konnte sie gar nicht nachvollziehen, warum ihr die Ähnlichkeit nicht sofort aufgefallen war. Vielleicht hatte sie es verdrängt. So wie sie alles verdrängt hatte während der letzten Jahre. Die Zeit mit Ben. Den Schmerz. Die Einsamkeit. Es war zuviel passiert damals und es hatte nur diese Möglichkeit für sie gegeben, um sich vor Schlimmerem zu schützen. Vielleicht war es jetzt an der Zeit, die alten Wunden nochmal anzuschauen.

»Du bist noch so jung, Mädchen«, hatte Frau Kerber gesagt. »Du hast noch ein gutes Stück Leben vor dir. Mach jetzt keinen Fehler und vergrab dich nicht weiter.«

Klara kniff die Augen zusammen, öffnete sie wieder und sagte: »Hallo Konny. Schön, dass du da bist. Komm doch rein.«

Konrad zog seine Schuhe aus und stellte seinen Rucksack am Boden ab. »Kann ich vielleicht erstmal duschen?«, fragte er.

»Natürlich«, antwortete Klara hastig. Er sollte sich wohl fühlen. Auch wenn das bedeutete, dass das Frühstück noch länger warten musste. Sie hatte etwas gutzumachen.

Fast kamen mütterliche Gefühle in ihr hoch, als sie ihn so da stehen sah, strümpfig in seinem Rucksack kramend wie ein Schuljunge auf der Suche nach seinem Pausenbrot. Er hatte etwas Jungenhaftes an sich, so ausgezehrt und schlaksig wie er war. Er griff sich ein Handtuch und ein Duschgel und wandte sich in Richtung Badezimmer.

»Aber du kannst doch eins von mir haben«, sagte Klara und deutete auf das nicht mehr ganz frische Handtuch.

»Schon okay«, erwiderte Konrad. »Ich hab lieber mein eigenes Zeug. Aber vielleicht kann ich ja mal deine Waschmaschine benutzen?«

Klara nickte nur. Was sollte das? War er jetzt hier, um sich bei ihr zu versorgen und anschließend wieder abzuhauen? Sie hatte ihm etwas zu sagen! Etwas Wichtiges! Allerdings konnte er das ja nicht wissen.

Also wartete sie weitere zwanzig Minuten, während der sie nur das Rauschen des Wassers aus dem Badezimmer hörte. Konny schien sein Badritual zu genießen. Vermutlich hatte er nicht allzu regelmäßig die Gelegenheit, nach Herzenslust ausgiebig zu duschen. Dennoch war Klara ein wenig verärgert. Sie waren für neun Uhr zum Frühstück verabredet gewesen. Dank seiner würde es nun fast zehn werden, bis sie sich endlich unterhalten konnten. Sie wechselte nervös das Teelicht im Stövchen. Wenn das so weiterging, würde sie nochmal frischen Kaffee machen müssen.

Endlich wurde das Wasser im Bad abgestellt. Hoffentlich wollte er sich nicht auch noch die Haare föhnen.

Konrad feixte, während er unter der heißen Dusche stand. Sollte die Dame ruhig noch ein wenig schmoren. Sicher brannte sie darauf, ihm mitzuteilen, was er längst wusste. Er würde den Benefit ausgiebig genießen, den er davon hatte, der Zwilling ihrer verflossenen Liebe zu sein. Er hatte so lange keine Spur seiner Familie gehabt, da würden die paar Augenblicke auch keinen Unterschied machen. Das warme Wasser tat so gut, er könnte stundenlang hier bleiben. In seinem Alltag auf der Straße spürte er die Witterung oft gar nicht mehr, da war er abgestumpft. Aber wenn er unter einer Dusche stehen konnte, merkte er schon, wie gut die Wärme tat. Besonders bei diesen Temperaturen draußen. Zum Glück hatte er noch ein frisches T-Shirt und eine einigermaßen saubere Hose dabei. Den Rest würde er später in Klaras Waschmaschine stecken.

In Jeans und weißem T-Shirt erschien Konrad wieder in der Küche. Seine Haare hingen ihm in feuchten Strähnen ins Gesicht. Er duftete nach Duschgel. Klara spürte, wie ihr das Blut in den Kopf schoss. Der Mann sah unter seiner Penner-Hülle richtig gut aus. Es war ja auch kein Wunder, dass er ihr gefiel. Schließlich hatte sie sich in genau diese Optik vor vielen Jahren schon einmal verliebt. Etwas jünger zwar und von anderer Ausstrahlung, aber unverkennbar. Sie musste feststellen, dass ihr die etwas verwegenere Ausgabe von Ben durchaus gefiel. Ben war nicht so selbstsicher im Auftreten gewesen, eher zart besaitet, feingeistig, akkurat im Äußeren wie im Inneren. Das hatte sie an ihm gemocht. Aber das Kantigere, Grobere, ja fast Rücksichtslose von Konny hatte durchaus auch seine Vorzüge. In Maßen. Nur ein wenig mehr von Ben und er wäre perfekt.

»Was ist, trinken wir einen Kaffee?«, riss Konrad sie aus ihren Gedanken. Er hatte bereits ungefragt auf einem der beiden Stühle Platz genommen und griff nach der Kanne. Ehe Klara reagieren konnte, legte er sich auch schon ein Brötchen auf den Teller und bestrich es mit Butter und Marmelade. Er benahm sich, als wäre er hier zuhause. Klara setzte sich etwas verstimmt zu ihm und begann ebenfalls mit dem Frühstück. Sie hatte aus lauter Höflichkeit die ganze Zeit damit gewartet, während er sich unflätig und ohne Manieren einfach direkt bediente.

»Danke für die Einladung«, murmelte Konrad, während er an der zweiten Brötchenhälfte kaute, die er sich mit Käse belegt hatte. »Die Brötchen schmecken super!«

»Das freut mich«, erwiderte Klara. »Das sind französische Kartoffelbrötchen.« Eine Weile aßen sie schweigend.

»Sag mal«, begann Klara, »Konny ist doch sicher eine Abkürzung.« Konrad nickte kauend. »Wie ist denn dein richtiger Name?«

»Konrad«, mümmelte Konny. Klara nickte. Es war keine Überraschung mehr für sie. »Aber auf der Straße hat man's mehr mit Spitznamen. Jeder hat einen. Also wurde aus Konrad Konny. Aber du kannst mich gerne bei meinem richtigen Namen ansprechen, wenn dir das lieber ist.«

»Konrad klingt schöner«, antwortete Klara. »Ich werde dich gerne so nennen.«

Nachdem sie ohne großen Appetit ein Käsebrötchen und ein wenig Obstsalat verzehrt hatte, wischte Klara sich mit ihrer Serviette den Mund ab. »Konrad«, begann sie, »ich habe dich nicht ohne Grund zu diesem Frühstück gebeten.«

Konrad sagte nichts und schaute sie nur mit hochgezogenen Augenbrauen an. Sie erinnerte ihn an den Professor mit ihrer gestelzten Wortwahl. Ob sein Bruder wohl auch so geschwurbelt daherredete? Ihrer sehr förmlichen Ansprache nach zu urteilen war Klara nun immerhin bereit, mit der Wahrheit herauszurücken.

»Ich war nicht ganz ehrlich zu dir.« Das wusste er bereits.

Er behielt weiterhin sein Pokerface. »Dass ich am Montag Abend so plötzlich blass wurde, hatte einen Grund.« Sie zerknüllte die Serviette in ihren Händen und formte lautlose Worte mit den Lippen.

Konrad konnte förmlich spüren, wie schwer sie sich damit tat, ihr Geheimnis auszusprechen. Was in ihrem Leben hatte sie so verkrampft werden lassen? Plötzlich empfand er Mitleid mit ihr. Sein Gesichtsausdruck wurde weicher.

Sie entspannte sich ein wenig. »Ich ...« Sie begann zu stottern.

»Na so schlimm wird es wohl nicht sein«, versuchte Konrad sie ein wenig aufzulockern.

Doch Klara blieb starr. »Als du von deinem Bruder erzählt hast ... Du hast seinen Namen genannt. Und plötzlich war alles wieder da.« Den letzten Satz flüsterte sie fast.

Konrad wollte sie nicht weiter quälen. »Klara«, sagte er. »Ich muss dir auch etwas sagen.«

Das brachte sie aus dem Konzept. Sie löste sich etwas aus ihrer Starre, legte die zerknüllte Serviette auf den Tisch und sah ihn völlig irritiert an. Was mochte Konrad ihr jetzt zu sagen haben? In der Situation, wo sie ihm die Wahrheit erklären wollte? Sie machte den Mund auf, doch er bremste sie durch eine beschwichtigende Handbewegung.

»Pass auf«, begann er. »Ich habe ein wenig recherchiert diese Woche.« Klara riss die Augen auf. »Und einen alten Jura-Professor meines Bruders ausfindig gemacht.« Er sah Klara forschend in die Augen. »Er konnte mir einiges über ihn erzählen. Ben war offenbar sogar mal sein Assistent.« Jetzt senkte Klara den Blick. Sie ahnte, was kommen würde. Konrad fuhr fort. »Ich denke, du kennst den Namen des Professors?«

Klara nickte. Eine Träne bahnte sich ihren Weg aus dem linken Auge, rollte über die Wange und tropfte auf ihren dunkelblauen Rock. Über die Möglichkeit, dass Konrad und

Professor Kirchberg sich begegnen könnten, hatte sie nicht einmal nachgedacht. Sie war so mit sich selbst beschäftigt gewesen. Und hatte Konrad offenbar unterschätzt. Er war schnell an sein Ziel gekommen.

»Kirchberg?«, fragte sie leise. Konrad nickte. Seine Neuigkeiten hatten sie komplett aus der Fassung gebracht. Sie war es, die ihm etwas erzählen wollte über Ben, über ihre Beziehung, über seine Mutter. Wohldosiert, auf ihre Art, in ihrem Tempo. Und jetzt war es an Konrad, ihr zu erzählen, was er bereits in Erfahrung gebracht hatte. Sie war gezwungen, das Heft aus der Hand zu geben, konnte das Gespräch nicht mehr selbst lenken, musste sich gegebenenfalls jetzt mit Erinnerungen konfrontieren, die nicht die ihren waren. Es war, als stünde sie vor einem fest verschlossenen Schrank voller Müll, der gewaltsam geöffnet wurde und dessen Inhalt sich unkontrolliert über ihr ergoss. Für einen Moment kam ein Fluchtimpuls in ihr auf. Noch könnte sie die Situation abbrechen, Konrad abermals vor die Tür bitten. Doch sie verwarf den Gedanken so schnell, wie er gekommen war. Nein, dazu war es jetzt zu spät.

»Was hat er dir erzählt?«, hörte sie sich fragen.

Konrad erzählte ihr, was er wusste. Dass Ben ein begabter Jurastudent gewesen sei, Assistent von Professor Kirchberg. Dass er mit Klara in einer kleinen Wohnung in der Altstadt gelebt hatte. Und dass der Professor ihn nach dem Staatsexamen aus den Augen verloren hätte. Er stellte fest, dass es nicht viel war, was Kirchberg ihm berichten konnte. Das Privatleben seiner Assistenten schien ihn nicht sonderlich interessiert zu haben.

»Sind diese alten Professoren alle so?«, fragte Konrad nach seinem kurzen Bericht. »So selbstverliebt und ignorant?«

»Ich weiß es nicht«, gab Klara zu. »Ich kenne nicht allzu viele. Aber gerade im Alter werden doch einige so, glaube ich.

Sie vermissen ihr Publikum.« Nach dem ersten Schrecken war sie insgeheim erleichtert, dass Konrad nicht mehr in Erfahrung gebracht hatte. So konnte sie doch noch entscheiden, wann er welche Information erhalten sollte. Sie wollte Konrad noch ein bisschen für sich behalten, ihn besser kennenlernen. Wenn er die ganze Wahrheit erfuhr, hätte er keinen Grund mehr, in ihrer Nähe zu bleiben. Dann wäre sie wieder allein. Ein zweites Mal. Das würde sie nicht verkraften.

»Lass uns ein wenig spazierengehen«, schlug sie vor. »Dann erzähle ich dir von deinem Bruder.«

KAPITEL 13

Der Himmel war etwas freundlicher geworden, doch es war nach wie vor recht kalt. Die Luft roch nach Schnee. Klara zog ihren Schal fester um den Hals. Ihre Nase und ihre Wangen waren gerötet. Sie waren in Richtung der Felder gegangen, wo die Bauern ihre Nutzpflanzen in langen Beeten zogen. Jetzt im Winter war alles zugedeckt und vor Frost geschützt. Es war sehr ruhig hier, lediglich das Krächzen der Krähen war hin und wieder zu vernehmen. Auf den betonierten Feldwegen konnte man stundenlang spazierengehen und man begegnete hier im Winter nur wenigen Menschen. Gerade an sonnigen Wochenenden wie diesem zog Klara diese Ruhe und Zurückgezogenheit dem belebten Treiben am Neckar eindeutig vor.

»Dass Ben und ich einmal ein Paar waren, weißt du ja nun schon«, fing sie an. »Ich konnte es dir am Montag einfach nicht sagen. Es war wie ein Schock für mich, als du mir gesagt hast, wer dein Bruder ist. Ich musste erst einmal zu mir kommen, bevor ich dich nochmal treffen konnte.«

Konrad sagte nichts. Dass die Frau kompliziert war, hatte er mittlerweile verstanden. Er hatte auch die Vermutung, dass es da etwas gab, worüber sie nicht reden wollte, aber er hatte Zeit. Er würde Heidelberg nicht verlassen, bevor er die ganze Wahrheit über seine Familie erfuhr. Und er würde auch nicht von Klara ablassen, bis sie ihm alles erzählt hatte.

»Wir haben uns im Sommer 1991 kennengelernt. Ich war damals gerade neunzehn, Ben ein Jahr älter«, fuhr sie fort.

»Nach meiner Ausbildung hatte ich meine erste Stelle als Sekretärin in einer Anwaltskanzlei. Ben hat dort ein Praktikum gemacht. Es war Liebe auf den ersten Blick.« Sie lächelte und man konnte in ihrem Gesicht für einen Moment das Mädchen von damals erkennen. »Naja, zumindest von meiner Seite. Ben brauchte etwas länger.« Sie schwieg einen Moment bei der Erinnerung an diese Zeit, die ihr wie ein anderes Leben vorkam. »Ich war ehrlich gesagt ziemlich stolz, als er sich dann tatsächlich für mich interessiert hat. Er hatte in der Uni bestimmt viele Gelegenheiten, aber er hat sich für mich entschieden. Das hätten mir damals nicht viele zugetraut. Er war attraktiv, gebildet und angehender Jurist. In meiner Familie hatte keiner studiert. Es war alles so selbstverständlich zwischen uns, so leicht. Ich wohnte damals in der Altstadt mit einer Kollegin zusammen, die dann mit ihrem Verlobten zusammengezogen ist, somit hatte ich ein Zimmer frei. Und da man sich das in Heidelberg nicht lange leisten kann, ist Ben kurzerhand aus seiner Studentenbude zu mir gezogen. Wir waren füreinander bestimmt.«

»Offenbar hat das ja nicht angehalten«, entfuhr es Konrad etwas unsensibel. Er konnte mit solchen Gefühlsduseleien wenig anfangen.

Klara reagierte nicht darauf, sondern fuhr fort: »Ben war ein feinsinniger Mensch, sehr gefühl- und rücksichtsvoll. Ich denke, es hatte damit zu tun, dass seine – also eure Mutter immer wieder depressive Phasen hatte. Das war als Kind sicher nicht leicht für ihn. Da lernt man, sich auf andere einzustellen.«

Konrad dachte, dass das bei einer Frau wie Klara sicher eine notwendige Eigenschaft sein musste. Er schaute sie von der Seite an. Klara wirkte entrückt, wie in einer anderen Welt. Sie schien ganz in der Erinnerung zu hängen.

»Wie war sie denn so, unsere Mutter?«, fragte Konrad.

»Ich bin ihr nur ein paarmal begegnet«, erwiderte Klara relativ kurz angebunden. »Ben ist meistens allein zu ihr gefahren. Sie war ziemlich besitzergreifend und wollte seine Aufmerksamkeit für sich allein. Vor allem, nachdem euer Vater so plötzlich verstorben war. Der Ort, in dem sie lebten, der heißt Mariabrunn, richtig?«.

Konrad nickte.

»Ich habe nicht sofort geschaltet, als du davon gesprochen hast, weil mir der Pinzgau kein Begriff war. Ich kannte nur den Ortsnamen und dass das im Salzburger Land ist. Jedenfalls – bei der Beerdigung eures Vaters in Mariabrunn war ich dabei. Es war eine sehr feierliche, würdevolle kleine Zeremonie auf diesem bezaubernden Friedhof inmitten dieses gewaltigen Bergpanoramas. Es waren nur wenige Leute da, weitere Verwandte hatten deine Eltern wohl nicht mehr – zumindest nicht in Europa. Eure Mutter war vollgepumpt mit Beruhigungsmitteln und ist fast am offenen Grab zusammengebrochen. Sehr dramatisch. Es war furchtbar.« Sie schaute Konrad an. »Darf ich dir das erzählen?«

Konrad verstand nicht. »Hätte ich sonst danach gefragt? Ich wollte alles über meine Familie wissen, also erzähle mir alles, was du weißt.«

»Okay. Also mit deinem Vater kam ich ehrlich gesagt besser zurecht als mit deiner Mutter. Ben ähnelte ihm sehr. Er war ruhig, klar, ein angenehmer Gesprächspartner. Leider konnte ich ihn kaum richtig kennenlernen, bevor er starb. Ich glaube, er hat es nie ganz verwunden, dass sie aus Wien weggegangen sind. Er hat mal angedeutet, dass sie hauptsächlich wegen deiner Mutter dahin sind, weil sie zu ihrer Tante Maridl wollte. Maridl hat deinen Bruder mehr oder weniger großgezogen. Euer Vater hat viel zurückgesteckt für eure Mutter und neben seiner Arbeit auch zu Hause das meiste organisiert und erledigt. Vor allem, seit es Tante Maridl nicht mehr gab. Nach dem Tod eures Vaters ist eure

Mutter in ein tiefes Loch gefallen. Depressionen, Alkohol, Tabletten, keine Ahnung. Das ging aber schon viel früher los – sie war psychisch nie ganz gesund. Ben war in der Zeit sehr oft bei ihr in Österreich, es war keine einfache Zeit. Wir waren beide froh, als sie einen neuen Mann kennengelernt hat, das hat Ben entlastet. Sie konnte nicht gut allein sein.«

»Und wie war sie sonst so, meine – Mutter?«, wollte Konrad wissen.

»Sie war hübsch.« Klara wechselte die Richtung und sie schlugen einen anderen Weg ein. »Schlank, tolle blaue Augen, langes, kastanienbraunes Haar. Sie war sehr offen, ziemlich esoterisch veranlagt und ein bisschen in der Hippie-Zeit hängengeblieben – sie trug noch in den Neunzigern gerne lange bunte Kleider und Indianerschmuck. Alles Normale war ihr ein Graus. Ich denke, sie hat sicher vielen Männern den Kopf verdreht.«

Sie überlegte, wie sie es sagen sollte: »Sie konnte Menschen gut manipulieren und um den Finger wickeln. Sie war charmant und wusste ihre Reize einzusetzen, andererseits war sie sehr obsessiv, was die Männer in ihrem Leben anging. Letztendlich war sie aber ihr Leben lang ziemlich unglücklich.«

Klara erzählte Konrad fragmentarisch, was sie von Ben über seine Mutter wusste. Offenbar war sie eine Frau voller Geheimnisse gewesen, die es ihren Mitmenschen nicht immer leicht gemacht hatte. Sie schien sprunghaft und launisch gewesen zu sein und Ben musste unter ihrer Egozentrik keine allzu einfache Jugend genossen haben. Er hatte kein großes Selbstbewusstsein entwickeln können und sein Licht viel zu oft unter den Scheffel gestellt. Klara selbst war nie richtig an sie herangekommen, die Mutter schien jede Annäherung blockiert zu haben.

Klaras Erzählungen wirkten auf Konrad widerwillig, manchmal zynisch. »Weißt du, was aus diesem

Lebensgefährten geworden ist?«, fragte er, um das Thema zu wechseln.

Klara machte eine wegwerfende Handbewegung. »Nein, aber ich glaube auch nicht, dass der dich weiterbringen würde. Schließlich hat er nur die letzten paar Jahre mit deiner Mutter verbracht. Die beiden sind gemeinsam auf die Kanaren ausgewandert. Er hatte dort eine Wohnung. Und schlussendlich wird es einen Grund dafür gegeben haben, warum sie nicht dort, sondern in Mariabrunn beerdigt wurde.«

»Weißt du, wie sie gestorben ist?«

»Nein«, antwortete Klara wahrheitsgemäß. Seit Bens Verschwinden hatte sie keinen Kontakt mehr zu seiner Mutter gehabt und das war auch gut so gewesen.

»Ist es nicht merkwürdig, dass wir beide uns begegnet sind?«, fragte Klara auf einmal unvermittelt. Sie waren mittlerweile wieder auf dem Rückweg zu ihrem Wohnhaus. Es war gerade mal eine Woche her, dass Konrad in ihr Leben geploppt war und jetzt spazierten sie hier zwischen den Feldern umher wie alte Freunde. Und trotz allem war der Mann nach wie vor ein Fremdkörper in ihrem gut antrainierten Alltag und sie schwankte beständig zwischen dem Wunsch, er wäre nie aufgetaucht und der Hoffnung, er würde nie wieder gehen.

»Tja, schon ein komischer Zufall«, gab Konrad ihr recht.

»Glaubst du an Zufälle?«, fragte Klara.

»Weiß nicht. In diesem Fall könnte man daran zweifeln.«

Klara spürte, wie ein warmes Gefühl in ihr aufkam. Beinahe hätte sie dem Impuls nachgegeben, Konrad zu umarmen. Aber er war nicht Ben! Das musste sie sich immer wieder bewusst machen. Er war ein Fremder, ein Gestrauchelter, ein Obdachloser, der sein Leben lang nichts mit seinem Bruder oder seiner Familie zu tun gehabt hatte. Außer der biologischen Verbindung war da nichts

Gemeinsames. Und das Leben der Brüder war so komplett unterschiedlich verlaufen, dass sich auch ihre Charaktere in völlig andere Richtungen entwickelt hatten.

Sie musterte Konrad mit einem Seitenblick. Wie er neben ihr herlatschte mit seinen derben Stiefeln und seinem abgenutzten Mantel.

Ben wäre niemals so herumgelaufen. Er hatte immer sehr auf sein Äußeres geachtet. Chinohosen, stets gebügelte Hemden, darüber ein sportlicher Pullover oder ein Sakko. Als zukünftiger Rechtsanwalt hätte er es sich nicht leisten können, sich in abgerissenen Jeans sehen zu lassen. Er hatte ebensoviel Wert auf sein Erscheinungsbild gelegt wie sie. Sie waren sich in vielen Dingen ähnlich gewesen. Sie hatten sich ohne viele Worte verstanden.

Klara stieß einen kleinen Seufzer aus. Sie standen wieder vor ihrer Haustür. Wie sollte es nun weitergehen? Vielleicht konnte sie ein wenig mehr von Konrad erfahren. Bisher hatte er ihr nur fragmentarisch von seinem Leben erzählt. Irgendetwas musste in Berlin passiert sein, worüber er nicht gern redete.

KAPITEL 14

Konrad saß auf seinem Platz auf dem Bismarckplatz, einen leeren Pappbecher vor sich, und sah dem Treiben um sich herum zu. Aus dieser Perspektive war eine Stadt wie die andere. Egal ob Berlin, Wien oder Heidelberg – wenn man am Boden saß, wurde man überall gleich behandelt. Die meisten liefen betriebsam vorbei, ohne ihn auch nur eines Blickes zu würdigen. Manche warfen ihm eine Münze hin wie einem Hund einen Knochen, ohne Blickkontakt. Andere schauten mitleidig und begleiteten ihre milde Gabe mit einem aufmunternden Wort. Wieder andere bedachten ihn mit abwertenden Kommentaren, meist wenn sie schon an ihm vorbei gegangen waren. Konrad war das alles mittlerweile ziemlich gleichgültig. Er verdiente sich auf diese Weise ein paar Euro dazu, alles andere konnte ihm egal sein. Mochten die Menschen über ihn denken oder sagen, was sie wollten, letztendlich sagten sie damit nur etwas über sich selbst aus.

Besonders lästig waren ihm diejenigen – meist Frauen – die meinten, ihm ein küchenpsychologisches Gespräch drücken zu müssen nach dem Motto, er müsse doch irgendwie wieder auf die Beine kommen. Das half ihm wenig, also konnten sie ihr unnötiges Geschwätz auch für sich behalten. Wenn er das zu bedenken gab, reagierten sie gerne beleidigt. Wer auf der Straße lebte, durfte sich keine Befindlichkeiten erlauben, der musste jegliche gut gemeinte Annäherung an seine Person hocherfreut annehmen.

Selbstverständlich durfte man auch keinen Alkohol und keine Zigaretten konsumieren, wie normale Leute das unhinterfragt taten. Das hart verdiente Geld anderer hatte man bitteschön nur für Essen und Kleidung auszugeben! Mehr als das Nötigste wurde einem in den Köpfen der meisten arbeitenden Leute nicht zugestanden. Aber was wussten die schon? Kaum einer von denen hatte es jemals erlebt, wie es war, am Ende zu sein, ohne Chance. Frau weg, Job weg, Wohnung weg. Es konnte so schnell gehen und dann war es verdammt schwer, mit über vierzig nochmal eine ordentliche Arbeit zu finden.

Er dachte an gestern. Nach dem Spaziergang hatte er das Gefühl gehabt, dass er jetzt besser gehen sollte. Klara wirkte belastet und überfordert und bevor die Lage noch einmal so eskaliert wäre wie am Montag, war er lieber freiwillig an seinen Schlafplatz zurückgekehrt. Ganz unbewandert war er nicht mit hypersensiblen Frauen, er hatte schließlich selbst mal eine gehabt. Seine Intuition sagte ihm, dass er an der Stelle sowieso nicht mehr aus ihr herausbekommen hätte.

Er wusste noch immer nicht, was aus seinem Bruder geworden war.

Mit dieser Frau war Ben also einmal zusammengewesen. Klara könnte viel mehr aus sich machen. Sie war angezogen wie ihre eigene Oma, dabei hatte sie doch eigentlich eine ganz passable Figur. Und ihre Wohnung strahlte denselben altmodischen Charme aus wie sie selbst. Sie war wohl das, was man früher als eine alte Jungfer bezeichnet hätte, dabei war sie noch gar nicht so alt. Ob sie wohl nach Ben überhaupt nochmal einen Kerl gehabt hatte? War sie schon immer so gewesen oder war sie über die Trennung einfach nicht hinweggekommen?

Er war nach Heidelberg gekommen, um seinen Bruder ausfindig zu machen und stattdessen hatte er eine etwas instabile Frau getroffen, die sozusagen seine Ex-Schwägerin war und die ihm nur bruchstückhafte Informationen geben konnte oder wollte.

Dicht neben ihm latschte ein Dackel über seine Matte. Die Figur am anderen Ende der Leine bemerkte es gar nicht. Noch nicht mal ein halber Quadratmeter Raum wurde einem zugestanden, wenn man ganz unten war.

Konrad dachte daran, wie seine nächsten Jahre wohl aussehen würden.

Er war keiner von denen, die für immer auf der Straße leben wollten und sich nichts anderes mehr vorstellen konnten. Er war kein Pennertyp. Er hatte auch andere Zeiten gekannt und da wollte er verdammt nochmal wieder hin! Er hatte keine Lust, mit achtzig noch durch die Gassen zu tingeln, mit einem vollgepackten Fahrrad, auf dessen Gepäckträger er leere Pfandflaschen sammelte. Letzten Endes war das ja auch einer der Beweggründe gewesen, nach seiner Familie zu suchen. Er hatte sich Unterstützung erhofft, einen Hafen, an dem er finden könnte, was er verloren hatte.

Leider war er dafür viele Jahre zu spät gekommen. Blieb nur noch sein Bruder. Vielleicht könnte der ihm helfen, wieder Fuß zu fassen, irgendwo neu anzufangen.

Doch vielleicht sollte er vorerst mal den Spatz in der Hand nehmen und schauen, was diese Klara für ihn tun konnte. So verklemmt sie auch wirkte, ihre Zuneigung zu ihm war ihm nicht entgangen, und vielleicht war es eine Fügung, dass sie einmal seinen Zwillingsbruder geliebt hatte.

Er sah auf die Uhr. Noch knappe zwei Stunden, bis Klara ihn am verabredeten Ort abholen würde. Sie wollte nach ihrem Feierabend mit ihm zu Abend essen. Hoffentlich würde sie sich irgendwann auch mal zu mehr hinreißen lassen als nur zum Reden. Ein warmes Plätzchen zum Schlafen würde er nicht ausschlagen, aber da musste er wohl oder übel warten, bis der Vorschlag von ihr kam. Bei der durfte man nicht zu forsch sein, das würde sie verschrecken, und dann wäre der Ofen womöglich schneller aus als ihm lieb war. Er hoffte inständig, heute wenigstens nochmal ihr Bad benutzen zu dürfen. Er grinste bei der Vorstellung, Klara könnte ihn beim Duschen überraschen. Er würde sich nicht wehren, so hässlich war sie nun auch wieder nicht. Doch unsittliche Annäherungen hatte er von dieser Dame sicher nicht zu erwarten.

Pünktlich um zehn nach fünf stand Klara vor Konrad. Er sah elend aus, wie er da auf seiner Isomatte hockte und bettelte. Er trug dieselben Sachen wie gestern. Vermutlich besaß er kaum mehr als zwei Wechselgarnituren und wie oft die gewaschen wurden, mochte sie sich gar nicht ausmalen. Er musste doch völlig durchgefroren sein.

Heute würde sie ihn fragen, wie es dazu gekommen war, dass er keinen Wohnsitz hatte. Aber zuerst mussten sie gemeinsam fürs Abendessen einkaufen. Konrad erhob sich, schüttelte seine Beine aus, packte seinen Rucksack und die Matte und lächelte sie an mit seinen blauen Augen.

»Schön, dass du da bist«, sagte er.

Klara lächelte zurück. »Was isst du gerne?«, fragte sie.

Nachdem sie im Supermarkt Salat, frische Tomaten, Basilikum und Ricottakäse sowie zwei Flaschen Rotwein und ein Baguette gekauft hatten, standen sie gemeinsam in der Küche und schnippelten Zwiebeln und Tomaten für eine Spaghettisauce. Konrad hatte sich überraschenderweise angeboten zu kochen – früher habe er das oft gemacht, sagte er.

Während die Sauce köchelte und Konrad eine Dusche nahm, deckte Klara den Tisch. Früher, dachte sie. Wer war er gewesen, früher? Bisher wusste sie nur, dass er nach seiner Jugend in Wien für einige Zeit der Berliner Hausbesetzerszene angehört und dann eine Schreinerlehre gemacht hatte. Er machte immer wieder Andeutungen über die Zeit danach, vermutlich hatte es da auch eine Frau gegeben, doch das Kapitel schien ihm ähnlich unaussprechlich zu sein wie für Klara die Zeit mit Ben. Hatte auch Konrad eine große Liebe verloren? Aber das allein würde nicht erklären, warum er kein normales Leben mehr führen konnte.

Aber führte sie denn selbst ein normales Leben? Sie hatte Arbeit und lebte in einer Wohnung. Soweit so gut. Sie war ein unauffälliges, steuerzahlendes Mitglied der Gesellschaft. Aber was machte ihr Leben eigentlich aus? Tagein, tagaus dieselbe Routine, dieselben Leute um sie herum. Sie versteckte sich doch vor jeglichen Emotionen und klammerte sich an ihrer zwanghaften Ordnung fest wie eine Blattlaus an dem sie ernährenden Grün. Was war aus dem leidenschaftlich liebenden jungen Mädchen geworden, mit Flausen im Kopf und Ideen für ein ganzes Leben? Eine verbitterte ewige Jungfer. Kein Partner, kein Sex, nicht mal ein anständiger Freundeskreis. Sie konnte sich genauso gut gleich einsargen lassen, für die Welt würde das keinen Unterschied machen.

Klara kostete den Wein. Er war schwer und süffig und stieg ihr direkt in den Kopf. Sie war Alkohol kaum gewohnt, nicht mal diese Freude erlaubte sie sich allzu oft. Konrad war vielleicht ihre Chance, endlich wieder einmal etwas Abwechslung in ihrem Leben zu haben. Er war unterhaltsam, aufregend anders, hatte ein spannendes Leben hinter sich. Eventuell würde sich sogar mehr ergeben?

Sie stellte sich vor, wie sie Konrad ein paar neue Klamotten kaufen und mit ihm zum Friseur gehen, einen anständigen Menschen aus ihm machen würde. Wenn sie sich auf ihn einließe, müsste er sich schon ein wenig anpassen. Und sicher hatte er doch selbst den Wunsch, endlich mal wieder anständig auszusehen.

Sie sollte ihm einen neuen Haarschnitt spendieren. Gleich morgen wollte sie es ihm vorschlagen. Und wenn sie dann schon mal in der Stadt waren, könnten sie gleich noch ein paar Hosen und Hemden für ihn aussuchen – vor ihrem inneren Auge erschien Konrad in beigen Hosen und einem Hemd in hellblau. Ihr Herz machte einen kleinen Sprung bei dem Gedanken, wie sie mit ihm durch die Geschäfte ziehen würde. Wie ein richtiges Paar.

»Na, was macht die Sauce?«

Klara schrak hoch. Sie hatte gar nicht bemerkt, dass Konrad aus der Dusche gekommen war. Diesmal hatte er ein Handtuch von ihr benutzt, das ihm lässig um die Schultern hing, um die Feuchtigkeit der noch fast tropfnassen Haare aufzufangen. Außer dem Handtuch trug er nur seine Hose und ein Unterhemd.

Er trat zum Herd, setzte Wasser für die Nudeln auf und mischte mit geübten Handgriffen den Salat mit der vorbereiteten Sauce.

Wenig später saßen sie sich an Klaras Küchentisch gegenüber und prosteten sich mit dem Rotwein zu. Sie hatte ganz vergessen, wie gut ein solider Teller Nudeln in der eigenen Küche schmecken konnte, wenn man nicht allein war. Das Gericht war einfach, aber äußerst schmackhaft. Offenbar hatte der Mann Vorzüge, die man ihm nicht sofort ansah.

Ben hatte nie gekocht, er hatte gerade mal ein Spiegelei fertiggebracht. Damals war Klara fürs Essen zuständig gewesen. Mittlerweile wusste sie fast gar nicht mehr, wie das ging, dabei war sie doch in einer Gaststätte aufgewachsen. Für sich alleine zu kochen machte keinen Spaß und so hatte sich Klara seit Jahren nur noch kalte Kleinigkeiten oder schnelle Gerichte zubereitet, die mit Kochen nicht viel zu tun hatten.

Gelöst vom Rotwein und der sentimentalen Atmosphäre stellte Klara ihm endlich die Frage nach seinem Leben in Berlin. Als er noch regelmäßig gekocht hatte und bevor er obdachlos geworden war. Sie hielt für einen kleinen Moment die Luft an aus Angst vor der eigenen Courage. Sie konnte nicht wissen, wie er auf die Frage reagieren würde, er schien sich nicht gern an diese Zeit zu erinnern.

»Machen wir es uns ein wenig gemütlicher?«, fragte Konrad statt einer Antwort und zeigte mit dem Kopf Richtung Wohnzimmer. Klara nickte etwas verunsichert.

Nachdem sie den Tisch abgeräumt hatten, nahmen sie den Rotwein mit zum Sofa. Wann hatte sie hier zum letzten Mal mit jemandem Wein getrunken? Sie konnte sich nicht daran erinnern.

Ben und sie hatten das früher oft gemacht, und es waren nicht selten abends noch Leute vorbeigekommen, meist Studienkollegen von ihm. Dann hatten sie an ihrem großen Küchentisch in der Wohnküche gesessen und billigen Wein getrunken. Es war eine schöne Zeit gewesen.

Seitdem war alles anders. Zuviele Menschen machten ihr inzwischen Angst. Nur manchmal, vor allem am Jahresende, wenn es schon so früh dunkel wurde, dachte sie daran, wie es wäre, sich jetzt an jemanden kuscheln zu können. Nur ein wenig Zärtlichkeit. In solchen Momenten fehlte ihr schon ein Partner. Doch diese Gedanken kamen und gingen auch wieder, und Klara war grundsätzlich ganz dankbar für ihr vor Enttäuschungen und Verletzungen geschütztes Leben.

»Du wolltest wissen, wie es bei mir in Berlin weiterging?« Konrad nahm die Flasche und schenkte sich nach. Klara sah ihn wie durch ein umgedrehtes Fernglas. Unklar, ob es der Wein oder ihre Erinnerungen waren, durch die ihr Konrad für einen Moment ganz weit entfernt vorkam.

»Ja bitte«, sagte sie schließlich und machte es sich bequem. Sie fühlte eine angenehme Schwere über sich kommen und war ganz zufrieden damit, dass Konrad redete.

»Also gut.« Auch Konrad klopfte sich ein Kissen im Rücken zurecht, fläzte sich mit seinem Glas aufs Sofa, und Klara dachte nicht einmal darüber nach, ob er den Rotwein wohl auf ihrem Polster verschütten könnte.

»Ich habe dir ja erzählt, dass ich eine Schreinerlehre anfangen wollte.«

Klara nickte.

»Wenn man jung ist, erscheint einem alles sehr einfach. Und manchmal ist es das auch. Ich hatte zu der Zeit kaum Geld und wusste eigentlich gar nicht so recht wohin. Ich hab mich also aus der Szene verabschiedet und bin erstmal wieder in die Gastro eingestiegen. Hatte da einen Kumpel in Kreuzberg, der konnte mir einen Tresenjob vermitteln. Dann hab ich mir ein WG-Zimmer in der Nähe gesucht. Kreuzberg war jung und abgerockt genug, um nicht spießig zu sein, aber man konnte dort mittlerweile auch ganz gut leben.«

Er nahm einen Schluck Wein.

»Es kam eines zum anderen. Der Job hat mir ein regelmäßiges Taschengeld eingebracht. Da ich aber nach wie vor eine ordentliche Ausbildung im Sinn hatte, bin ich die Sache angegangen und hab mir übers Arbeitsamt eine Lehrstelle besorgt. Ich hab dann eine in Pankow bekommen. Von dem schmalen Lehrlingsgehalt konnte ich aber kaum mein WG-Zimmer bezahlen. Also hab ich weiterhin bis in die Nacht am Tresen gestanden, bin dann frühmorgens nach Pankow gefahren und war tagsüber in der Schreinerei und in der Schule. War eine harte Zeit und ein ziemliches Kontrastprogramm zu meinem bisherigen Leben. Aber ich hab's durchgezogen.«

Konrad schenkte sich noch ein Glas Wein nach und machte eine fragende Kopfbewegung in Klaras Richtung, doch sie schüttelte den Kopf. Ihr war ohnehin schon schwindelig und wenn sie weitertrank, würde sie womöglich an Ort und Stelle einschlafen.

»Haben deine Eltern eigentlich nie nach dir gesucht?«, fragte sie.

»Glaube nicht. Die hatten ja auch keine Ahnung, wo sie mich suchen sollten, ich hatte jahrelang keinen eingetragenen Wohnsitz. Das WG-Zimmer lief auch so unter der Hand, ohne ordentlichen Mietvertrag. Für die war ich untergetaucht.«

»Und du? Hattest du nie das Bedürfnis, dich nochmal zu melden?«

Jetzt wurde Konrads Gesichtsausdruck ernst. »Doch«, sagte er. »Und es tut mir im Nachhinein auch leid, dass ich es nicht getan habe. Ich wollte mich bei ihnen melden, wenn ich es zu etwas gebracht hätte, aus eigener Kraft. Es klingt bescheuert, aber ich rannte immer noch der Idee nach, dass ich meinem Vater etwas beweisen wollte.«

Klara verstand das allzu gut. Auch sie kannte das Gefühl, jemandem etwas beweisen zu müssen. Ihrem eigenen Vater hatte sie es nie recht machen können. Darin hatten sie eine Gemeinsamkeit. Und doch hatte es sie ziemlich aus der Bahn geworfen, als ihre Eltern kurz hintereinander verstorben waren.

Konrad erzählte weiter: »Eines schönen Tages saß eine wunderhübsche Frau an meiner Theke und bestellte sich Gin Tonic. Helène. Es hat sofort bäng gemacht – bei uns beiden.« Er drehte sein Glas nachdenklich in der Hand. »Sie war Französin, aus Paris, und unsere Beziehung war das, was man in Frankreich eine amour fou nennt. Explosiv, leidenschaftlich – und am Ende leider nicht alltagstauglich.«

Klara spürte, wie schwer es ihm fiel, über seine Zeit mit dieser Frau zu reden. Es musste eine große Liebe gewesen sein, wie bei ihr und Ben. Nur dass ihre Liebe nicht ganz so explosiv gewesen war.

»Wir haben uns beide immer wieder ziemlich verletzt. Trotzdem haben wir uns nach einem Jahr verlobt. Helènes Eltern war das gar nicht recht. Sie kam aus sehr gutem Hause: Stadtwohnung in Paris, Chalet in den Schweizer

Alpen, Studenten-Apartment für das Töchterlein in Berlin. Für die war ich nur so ein dahergelaufener Parvenu aus Ösiland, ein Schreinerlehrling, der es auf ihr reiches Erbe abgesehen hatte.«

»Und das war dir egal?«, fragte Klara dazwischen.

»Was jetzt – die Schwiegereltern oder das Erbe?«

»Beides. Immerhin warst du der Sohn eines Chefarztes – und von seinen üblen Machenschaften wusste damals ja noch keiner.«

Konrad blickte Klara wie aus weiter Ferne an, so als ob er über diese Frage zum ersten Mal nachdachte.

»Ich glaube schon«, antwortete er nach einer Weile. »Genau genommen hat das alles kaputt gemacht. Ich war verrückt nach ihr. Und hätten wir uns gemeinsam etwas aufbauen können, wäre ich ihrem Vater nicht ebenso wenig genug gewesen wie meinem eigenen – wer weiß ...«

Eine ganze Weile schwiegen beide, jeder in seine Gedanken und Erinnerungen versunken.

Irgendwann fuhr Konrad fort: »Ich musste mich permanent beweisen, konnte es ihrem Vater und letztlich dann auch ihr nie recht machen. Irgendwann habe ich dann einen großen Fehler gemacht.«

Klara blickte ihn erwartungsvoll an, sagte aber nichts.

»Wir haben tatsächlich geheiratet – im kleinen Kreis. Ich hatte zwar mittlerweile einen gut bezahlten Job in einer großen Schreinerei, doch ihre Eltern haben uns deutlich spüren lassen, dass diese Verbindung für sie kein Anlass für ein großes Fest war. Als ich dann noch erfuhr, dass meine Eltern gar nicht meine Eltern waren – da konnte ich dem ganzen Druck nicht mehr standhalten.

Unmerklich hab ich immer mehr getrunken. Beruflich trat ich auf der Stelle, meine Ehe war schwierig. Was hätte ich in dieser Situation meinen leiblichen Eltern präsentieren können?«

Konrad kauerte vornüber gebeugt mit hängendem Kopf auf dem Sofa und Klara hätte ihn am liebsten in den Arm genommen. Aber sie spürte, dass das nicht der richtige Zeitpunkt für eine Annäherung war. Außerdem sollte sie vorsichtig sein. Sie war den Alkohol nicht gewohnt und da sollte man sich nicht zu derlei Gefühlsduseleien hinreißen lassen. Sie stand auf, ging in die Küche und holte eine Flasche Wasser und zwei Gläser. Der Abend schien noch länger zu werden, sie sollte lieber einen klaren Kopf bewahren.

»Möchtest du mir erzählen, was passiert ist?«, fragte sie einfühlsam, nachdem sie zwei Gläser Wasser eingeschenkt hatte.

»Hast du vielleicht ein Bier?«, fragte Konrad statt einer Antwort.

Klara verneinte.

Er mischte sich eine Schorle und trank sein Glas mit großen Schlucken aus. »Ich bin handgreiflich geworden«, sagte er schließlich. »Mehr möchte ich dazu nicht sagen. Aber es war falsch und ich werfe mir das heute noch vor. Dass ich betrunken war, ist keinerlei Entschuldigung dafür.«

»Immerhin siehst du das ein«, bemerkte Klara trocken.

Konrad sah sie an. »Ich denke, das mit Helène wäre so oder so nicht länger gut gegangen. Aber man hätte es anders beenden müssen. Nicht so.«

»Wie hat sie reagiert?«

»Sie hat mich rausgeworfen. Ihr Vater hat getobt, sie haben sofort die Scheidung eingereicht. Ein Freund der Familie war Anwalt und hat eine Härtefallregelung durchgebracht. Hat nicht mal ein halbes Jahr gedauert, dann waren wir geschiedene Leute. Ihren Eltern war das natürlich nur recht.«

»Und wie ist es mit dir weitergegangen?«

Konrad senkte abermals den Blick. »Ich war am Boden. Trotz allem habe ich sie geliebt, sie war mein Lebensinhalt.

Mit ihr hätte ich mir alles vorstellen können. Warum sonst hätte ich ihre Familie und die ewigen Demütigungen ertragen sollen?«

Klara dachte an Ben. Für ihn hätte sie auch so einiges in Kauf genommen.

»Ich bin zuerst bei einem Kumpel untergekommen, Johannes. Aber das ging nicht lange gut. Er konnte mein Gejammer nicht mehr ertragen und hat mich vor ein Ultimatum gestellt: Entweder ich höre auf zu saufen und fange ein neues Leben an oder ich muss gehen. Was soll ich sagen – ich bin gegangen. Der Alkohol war damals mein bester Freund. Das war der Anfang vom Ende. Es war nur eine Frage der Zeit, bis ich meinen Job auch los war und dann war der Ofen ganz aus. So schnell kann's gehen.«

Klara war betroffen. Vielleicht war es ihre Aufgabe, Konrad unter ihre Fittiche zu nehmen und ihm die zweite Chance zu geben, die er zweifellos verdient hatte. Denn dass er kein schlechter Kerl war, das spürte Klara.

Es war elf Uhr geworden. Durch das Küchenfenster konnte man Schneeflocken sehen, die im Schein der Straßenlaterne im eisigen Wind tanzten. Sie brachte es nicht übers Herz, Konrad jetzt wieder in die Kälte zu schicken.

KAPITEL 15

Konrad hatte auf Klaras durchgesessenem Sofa geschlafen wie ein Murmeltier und stand bereits kurz nach sieben in der Küche und kochte Kaffee. Er fühlte sich verpflichtet, sich ein wenig für Klaras Gastfreundschaft zu revanchieren. Sie hatte ihm zugehört, ohne ihn zu verurteilen, ihn nach seiner Beichte sogar in ihrer Wohnung schlafen lassen. Einen obdachlosen Alki und Schläger. Das rechnete er ihr hoch an. Die Reste vom gestrigen Baguette butterte er und röstete sie in der Pfanne kurz an. Im Verwerten von Lebensmittelresten war er gut. Die Leute warfen viel zuviel weg, das war nur eine der Erkenntnisse, die ihm seine Zeit auf der Straße eingebracht hatte. Diese Klara war gar nicht so übel, man musste sie nur zu nehmen wissen. Er sollte zusehen, dass er noch ein paar Nächte bei ihr bleiben konnte. Möglicherweise auch länger.

Er dachte an seinen Bruder. Allmählich fragte er sich, ob er überhaupt so bald wissen musste, was aus ihm geworden war. Seine Mission wäre damit erfüllt und es war fraglich, ob der Herr Jurist ihn ebenso anstandslos bei sich aufnehmen würde wie Klara. Möglicherweise würde er sie ja auch kränken, wenn er jetzt nur Interesse an Ben zeigte. Auch in Klara steckte eine Frau, die im Grunde ihres Herzens einen Kerl brauchte, der sich für sie interessierte. Viel zu bieten hatte er nicht, aber was mochten Frauen letztendlich am liebsten? Dass man ihnen zuhörte. Und das konnte er. Er sollte sie dazu bringen, ihm etwas aus ihrem Leben zu erzählen, das nichts mit Ben zu tun hatte. Das würde sie an ihn binden und ihm hoffentlich für eine Weile einen Schlafplatz sichern.

Klara erschien in der Küchentür. Sie war bereits fertig angezogen für die Arbeit, trug eine schwarze Bundfaltenhose und ein schlichtes, farbloses Oberteil.

»Guten Morgen«, sagte sie etwas verlegen. »Hier riecht es aber gut.«

Sie sprachen nicht weiter über den gestrigen Abend oder wie es jetzt weitergehen sollte. Als sie wenig später beide im Flur ihre Mäntel anzogen wie ein Paar, das nach dem gemeinsamen Frühstück die Wohnung verlässt, um jeder seiner Arbeit nachzugehen, und Konrad seinen Rucksack packen wollte, machte Klara eine abwehrende Handbewegung.

»Lass mal«, sagte sie. »Wenn du magst, kannst du erstmal hier bleiben.« Sie hatte sich diesen Schritt gut überlegt. Gestern Abend hatte sie spontan entschieden, aus einem Mitgefühl heraus. Doch heute Morgen war sie sich sicher, dass sie es ertragen konnte, ja sogar wollte, dass Konrad noch eine Weile bei ihr blieb. Sie konnte ihn schließlich jederzeit wieder bitten zu gehen. Doch solange er ihr gut tat und sie sich nicht beengt fühlte, war es in Ordnung für sie.

Konrad grinste. »Wenn das okay für dich ist.«

Klara hielt einen Moment inne, dann fasste sie sich ein Herz und schlug vor: »Wenn es okay für *dich* ist, würde ich dir später einen Termin beim Friseur machen. Und anschließend würde ich gern nach ein paar anderen Klamotten für dich schauen.« Sie errötete. Sie wollte ihn nicht beleidigen. Aber auch nicht dauerhaft mit einem Penner vor der Nachbarschaft erscheinen.

Konrad zuckte mit den Achseln und zwinkerte ihr zu.

»Wenn dich das glücklich macht.«

Und dann verließen sie das Haus. Klara in Richtung

Rathaus, Konrad zu seinem Pappdeckel auf dem Bismarckplatz.

Diesmal verspätete sich Klara. Abgehetzt und mit geröteten Wangen stand sie zwanzig Minuten nach fünf vor Konrads Isomatte.

»Es tut mir leid«, sagte sie. »Aber da war noch ein Bürger auf dem Amt, der hat sich fürchterlich aufgeregt und wollte unbedingt den Bürgermeister sprechen, da hat es etwas länger gedauert.« Sie strich sich mit beiden Händen über die leicht zerzausten Haare.

Konrad fragte sich, was in ihr vorging. Dachte sie, er könne nach den endlosen Stunden, die er hier saß, nicht noch ein paar Minuten länger warten? War sie so sehr festgeklebt in ihrem bürgerlichen Leben, das von Uhrzeiten und Terminen bestimmt wurde, dass sie sich tatsächlich wegen der paar Minuten verrückt machte? Er empfand in diesem Moment fast so etwas wie Dankbarkeit für seine Freiheit, jederzeit tun und lassen zu können, was er wollte. Und er verdiente dabei sogar noch Geld. Knapp sechzig Euro zählte er heute in seinem Beutel, das war kein schlechter Schnitt.

Er hatte viel Zeit zum Nachdenken, und eine seiner Lieblingsbeschäftigungen war es, Leute zu beobachten und sich Gedanken darüber zu machen, wie ihre Lebensweise die Menschen veränderte. Es war doch ganz und gar unmenschlich, wie die meisten braven Staatsbürger hierzulande so lebten. Von morgens bis abends im Büro den Fußabtreter geben, Terminen hinterherhetzen, kaum Zeit für irgendetwas, das ihnen noch Freude machen könnte. Frau, Kinder, Eigenheim und mit sechzig kurz vor der Rente der Herzinfarkt. Was wussten diese Leute eigentlich vom Leben?

Während Klara ungeduldig darauf wartete, dass er seine Sachen zusammenpackte, fragte er sich, ob er nicht in Wahrheit das bessere Los gezogen hatte.

»Ich habe für halb sechs einen Termin für dich bekommen,

wir müssen uns beeilen«, sagte Klara.

Konrad hielt inne und schaute sie verwundert an. Er musste feststellen, dass der leicht derangierte Eindruck, den sie gerade vermittelte, ihr gar nicht so schlecht zu Gesicht stand. Im Gegenteil, mit ihren roten Bäckchen und den zerzausten Haaren sah sie zur Abwechslung mal richtig lebendig aus, fast hätte man sie auf eine etwas spröde Art sexy nennen können. Aber von welchem Termin redete die Frau?

Sie deutete seinen Blick richtig. »Na wir hatten doch ausgemacht, dass du heute zum Friseur gehst.«

Ausgemacht war gut, dachte Konrad, sagte aber nichts. Er stand auf, den Rucksack geschultert, die zusammengerollte Isomatte unterm Arm. »Okay«, sagte er. »Es kann losgehen.«

Sie überquerten den belebten Platz in Richtung der Straßenbahnhaltestelle. Klara fühlte sich ein wenig aufgeregt. Auf einmal war sie in Begleitung. In Begleitung eines Mannes. Eines durchaus attraktiven Mannes, wenn man mal von seinem momentanen Zustand absah. Aber der war veränderbar. Sie unterschied sich mit einem Mal nicht mehr von den vielen Pärchen in der Stadt, in deren Gegenwart ihr immer wieder bewusst wurde, wie allein sie eigentlich war. Nicht dass sie deshalb in Depressionen verfallen wäre, aber gerade in der Vorweihnachtszeit, die demnächst wieder anstand, kam schon hin und wieder ein Gefühl von Einsamkeit in ihr auf. Jetzt hatte sie einen Partner an ihrer Seite. Gut, er war nicht ihr richtiger Partner im Sinne eines Lebensgefährten, aber er war da. Vielleicht würde er über Weihnachten bleiben, das Fest mit ihr verbringen? Genau wie sie hatte er schließlich keine Angehörigen. Bei diesem Gedanken kamen fast romantische Gefühle in ihr auf. Sie sah sich mit Konrad auf dem Weihnachtsmarkt in der Altstadt, Glühwein trinkend. Oder in ihrer Stube sitzen mit einem richtigen Christbaum.

»Wo müssen wir hin?«, Konrad stand unschlüssig zwischen zwei Straßenbahnen.

»Der Friseur ist gleich hier ein Stück weiter, wir gehen zu Fuß.«

Als er auf dem Stuhl saß, die dralle blonde Friseurin hinter sich, dachte Konrad darüber nach, wie lange er wohl nicht mehr bei einem richtig guten Friseur gewesen war. Vermutlich als er noch mit Helène zusammen zu ihrem In-Friseur Jerôme am Gendarmenmarkt gegangen war.

Wie tief war er gefallen seitdem, wenn auch um einiges an Lebenserfahrung reicher. Der verflixte Alkohol hatte ihm viel kaputtgemacht und doch war er nie ganz weg gekommen von dem Zeug. Aber er hatte es mittlerweile im Griff, war nicht davon abhängig wie die meisten um ihn herum.

»Wie sollen wir schneiden?«, fragte die Blonde jetzt. Klara blickte Konrad an und überlegte, ob sie ihm diese Entscheidung abnehmen dürfe, ohne dass er es als übergriffig empfände. Er blickte sich unschlüssig um und sein Blick fiel auf ein Magazin mit Herrenfrisuren gleich neben seinem Platz.

»Darf ich?«, fragte Klara schnell, schnappte sich das Heft und blätterte es aufmerksam durch. Als sie einen smarten Mittvierziger ohne Bart, dafür mit einem etwas konservativen Kurzhaarschnitt sah, tippte sie mit dem Zeigefinger darauf.

»So in der Art?!« Ihre Frage klang mehr wie eine Anweisung.

Die Blonde nickte. »Das kriegen wir hin.«

Exakt fünfundzwanzig Minuten später verließen Klara und Konrad den Friseurladen wieder in Richtung Innenstadt. Konrad trug jetzt eine gepflegte Kurzhaarfrisur und einen modisch gestutzten Bart. Den hatte er sich nicht gänzlich nehmen lassen, auch wenn Klara die Nase gerümpft hatte. Beim abschließenden Blick in den Spiegel hatte Konrad insgeheim zugeben müssen, dass Klaras Idee gar nicht schlecht gewesen war. Es war manchmal doch nicht ganz so verkehrt, Termine zu haben. Dieser hier hatte sich jedenfalls gelohnt. Klara musterte ihn verstohlen von der Seite, Konrad bemerkte es.

»Na, wie sehe ich aus?«, fragte er sie unverblümt. »Ist deine erste Mission hiermit erfüllt?«

»Voll und ganz«, erwiderte sie zufrieden. Wenn sie sich schon ab sofort mit einem Mann in der Stadt zeigte, dann wenigstens mit einem, der nicht aussah wie ein Sozialprojekt.

»Jetzt müssen wir uns aber wieder ein wenig beeilen, die Geschäfte schließen bald und ich würde dir gerne noch ein paar neue Hosen und Oberteile kaufen.«

Im nahe gelegenen Kaufhaus wollte er eine schwarze Jeans anprobieren, doch Klara schüttelte abschätzig den Kopf und schleppte mehrere beige und dunkelblaue Stoffhosen an.

»Schau mal, die sind sportlich und schick. Darin würdest du sicher wunderbar aussehen«, meinte sie bestimmt. Dazu wählte sie auf einem Ständer mit reduzierter Ware ein paar blaue Hemden sowie drei schlichte Pullover und eine Strickweste in einem Grauton aus. Mit einem Blick auf seinen Ledermantel stellte Klara fest, dass er wohl auch eine neue Jacke brauchte. Schließlich könne es noch kälter werden und da wäre eine warme Winterjacke doch sicher angenehmer für ihn. Konrad, der sich daran gewöhnt hatte, gebrauchte Kleidung aus den Obdachlosen-Kleiderkammern zu tragen, zierte sich erst ein wenig, dann gab er nach und sie suchte ihm in einem kleinen Laden in der Hauptstraße noch eine klassische dunkelblaue Cabanjacke aus. Die Sachen waren zwar nicht ganz nach Konrads Geschmack, aber er ließ Klara gewähren. Erstens bezahlte sie ihm die Einkäufe freundlicherweise und zweitens war es schon angenehm, mal etwas Neues am Leibe zu tragen.

Als sie mit ihren Einkäufen fertig waren, stellte Konrad einigermaßen irritiert fest, dass Klara gerade über dreihundert Euro für ihn ausgegeben hatte. Zwar hatte es bei ihm auch andere Zeiten gegeben, aber in den letzten Jahren hatte er sich beschieden und er fand das eigentlich auch gar nicht schlimm. Wenn man betrachtete, was die Leute so alles weggaben, so war es ökologisch betrachtet sicher sinnvoller, sich von dem zu bedienen, was anderen nicht mehr gefiel. Doch Klara schien in einen Kaufrausch verfallen zu sein.

»Und jetzt«, verkündete sie strahlend, »gehen wir noch hier rein.«

Ehe Konrad widersprechen konnte, fand er sich in einem Schuhgeschäft wieder.

Völlig erschöpft von der ungewohnten Aktivität saßen sie am Abend in Klaras Küche und aßen die belegten Brote, die Konrad zubereitet hatte.

»Ich hoffe, du verstehst das nicht falsch«, meinte Klara, während sie herzhaft in ihr Käsebrot biss. »Ich möchte nicht den Eindruck vermitteln, als ob ich dich irgendwie – verändern wollte. Und du bist mir auch nichts schuldig, damit das klar ist.«

Konrad wusste nicht, was er darauf sagen sollte. Ganz recht war es ihm nicht, dass Klara soviel Geld für ihn ausgegeben hatte, aber letztendlich war es ihr Wunsch gewesen. Lediglich ihre bestimmende Art während des Einkaufs hatte ihn etwas überrascht. Sie wirkte auf ihn nicht wie eine Frau, die sich allzu viel aus Mode machte, und schon gar nicht wie eine, die es gewohnt war, diesbezüglich über einen Mann zu entscheiden.

»Naja, zusammen mit den Schuhen hast du mal eben über fünfhundert Euro für mich ausgegeben«, erwiderte er.

»Für mich ist das in Ordnung. Du bist schließlich Bens Bruder. Und ich verdiene zwar kein Vermögen, aber mein

Gehalt ist anständig und ich gebe sonst nicht viel aus. Es ist nur Geld.«

Die Einstellung war Konrad sympathisch. Und wenn es Klara lieber war, dass er aussah wie ein Mensch, wenn er schon bei ihr wohnte, dann sollte es ihm recht sein.

Klara lächelte.

KAPITEL 16

Die Tage vergingen und Klara und Konrad gewöhnten sich allmählich aneinander. Mittlerweile war es Dezember geworden. Die Straßen schmückte festliche Beleuchtung, die Weihnachtsmärkte hatten geöffnet und erfreuten sich großen Zulaufs. Es war nicht mehr ganz so frostig, weshalb wohl auch in diesem Jahr die Hoffnung auf weiße Weihnachten allseits begraben werden musste. Dennoch gab es kaum ein beliebteres Gesprächsthema als das Wetter in diesen Tagen.

Klara war selig. Es war die erste Weihnacht seit vielen Jahren, die sie nicht allein in ihren vier Wänden verbringen würde. Konrad und sie gaben ein recht gutes Team ab. Zwar waren sie kein Liebespaar, doch es war erstaunlich schön, wieder mit jemandem zusammenzuleben. Konrad war ein rücksichtsvoller Mitbewohner. Er respektierte ihren Ordnungssinn und versuchte sich zurückzunehmen, wo er nur konnte. Jeden Morgen räumte er seinen Schlafsack von ihrem Sofa, brachte das Wohnzimmer in Ordnung und kochte Kaffee. Darüber hinaus revanchierte er sich für Kost und Logis mit Haus- und Küchenarbeit, kaufte ein und half ihr, wo es nötig war. Tagsüber ging er nach wie vor seinen eigenen Tätigkeiten nach. Er brauchte seine Freiheiten. Er war und blieb ein Vagabund, den man nicht zu Hause anbinden konnte, und Klara fragte nicht weiter nach. Sie hoffte nur inständig, dass keiner der Nachbarn oder Kollegen ihn einmal irgendwo auf der Straße erkannte. Doch diese Sorge war unbegründet. Bettler auf der Straße waren für die meisten Leute gesichtslos. Niemand würde den Mann im Ledermantel, der hin und wieder auf dem Bismarckplatz hockte, mit dem Kerl in Verbindung bringen, der seit geraumer Zeit in Klaras Wohnung lebte und mit dem sie auf dem Weihnachtsmarkt sogar einmal ein paar Leuten aus ihrer Abteilung in die Arme gelaufen war.

Das Thema Ben hatten beide aus unterschiedlichen Gründen gemieden und Klara hatte Konrad noch immer nicht von ihm erzählt. Es gab Tage, da vergaß sie Ben tatsächlich, so wie sie ihre eigene Schwester fast vergessen hatte. Konrad war inzwischen ein weiteres Mal bei der blonden Friseurin gewesen, weil Klara fand, dass ihm die Haare noch etwas kürzer und seitlich gescheitelt noch besser stehen würden. Und tatsächlich war sie hingerissen, als sie ihn an diesem Abend mit der neuen Frisur sah. In der einen oder anderen Mittagspause war sie außerdem losgezogen und hatte ihm mal hier ein paar T-Shirts, mal da eine neue Mütze mitgebracht. Konrad zog alles anstandslos an und ähnelte in nichts mehr dem hageren Mann, der noch vor wenigen Wochen zusammengesunken auf der Parkbank gehockt hatte.

Durch das regelmäßige Essen hatte er rasch zugenommen, seine Wangen waren nicht mehr eingefallen, den Alkohol hatte er deutlich reduziert. Er bot für sein Alter tatsächlich einen ziemlich brauchbaren Anblick.

Wenn er morgens in den Spiegel sah, dachte er manchmal an Helène. Was sie wohl sagen würde, wenn sie ihn so sähe? Als sie sich das letzte Mal begegnet waren, beim Scheidungstermin, hatte er sich gerade in der Tiefphase seines Lebens befunden. Kurz zuvor hatte er seinen Job verloren, er schlief kaum und ernährte sich fast nur von Flüssigem. Aufgrund ihres Ehevertrags, auf dem ihre Eltern bei der Heirat natürlich bestanden hatten, war Helène ihm nichts schuldig, obschon sie im Gegensatz zu ihm als Managerin ein gutes Gehalt bezog. Sie konnte ihn getrost der Gosse überlassen. Er sah sie noch vor sich in ihrem Chanel-Kostümchen, rechts und links flankiert von *Maman* und Papa, die ihr Töchterchen diesen Gang selbstredend nicht allein gehen ließen. Das Einzige, was er wusste, war, dass sie nach ihrer Scheidung wieder nach Paris zurückgegangen war.

Sie waren einmal glücklich gewesen in ihrer Drei-Zimmer-Altbauwohnung in Potsdam. Sie hatten ein schönes Leben gehabt, waren beide zufrieden in ihren Berufen, hatten einen ansehnlichen Freundeskreis und gemeinsame Hobbies. Wie hatte alles nur soweit kommen können? Er hatte die Erinnerung an sie lange Zeit erfolgreich verdrängt. Vermutlich hatte sie sich längst einen reichen Pariser angelacht und fünf Kinder mit ihm. Alles, was er ihr nicht hatte bieten können.

Die Frage, wie es weitergehen sollte mit Konrad, mit seiner Suche nach Ben und mit ihrer WG-ähnlichen Wohnkonstellation, vermieden beide. Für den Moment war es gut so, wie es war. Schon lange hatte Klara nicht mehr das Gefühl gehabt, so sehr das Richtige zu tun und so sehr im Hier und Jetzt angekommen zu sein. Und Konrad seinerseits stellte von Tag zu Tag mehr fest, wie sehr er es genoss, endlich wieder einen festen Schlafplatz, regelmäßiges Essen und täglich frische Wäsche zu haben. Ihr stilles Abkommen lief wunderbar, bis Weihnachten.

Der Heiligabend begann wie in jeder ganz normalen Partnerschaft: Konrad schmückte den Weihnachtsbaum, den er auf Klaras Wunsch hin einige Tage zuvor besorgt hatte. Den Schmuck fand er in Klaras Kellerabteil, wo er in einer verstaubten Kiste ganz hinten fein säuberlich seit Jahren ungenutzt verstaut war. Klara war unterwegs und besorgte noch ein paar Delikatessen für den Abend und die Feiertage. Es war lange her, dass sie sich auf ein Weihnachtsfest gefreut hatte.

Üblicherweise saß sie an diesen Tagen einsam und deprimiert in ihrer Wohnung vor dem Fernseher und schaute Liebes-Schmonzetten. Um zehn ging sie dann in die Christmette, um wenigstens ein paar Menschen um sich zu haben. Das warme Gefühl der christlichen Gemeinschaft spendete ihr an Weihnachten Trost, obschon sie im Allgemeinen nicht übertrieben religiös war. Aber das waren wohl die wenigsten, die an Heiligabend in die Kirche gingen. Sie zündete immer drei Kerzen an: Eine für ihre Mutter, eine für ihren Vater und eine für Kristin, ihre viel zu früh verstorbene Schwester.

Sie hatte ihre große Schwester stets bewundert, regelrecht angehimmelt, wenn sie ihr das auch nie offen gezeigt hatte. Kristin war hübsch, sportlich, intelligent – sie hätte Ben sicher gemocht, die beiden waren sich in einigem recht ähnlich. Sie hatte alles gehabt, was Klara nicht hatte, und die Eltern waren furchtbar stolz auf ihre Erstgeborene gewesen. Klara hatte ihre Position in der zweiten Reihe klaglos akzeptiert. Sie war es nicht anders gewohnt: Ein Mädchen wie sie, die in nichts mehr als dem Durchschnitt entsprach, musste primär nett und brav sein und einen anständigen Ehemann heiraten – bestenfalls einen, der das Lokal übernehmen konnte – und den Sinn ihres Lebens im Mutterglück begreifen. Selbst darin war sie gescheitert.

Dass es vielleicht auch für ihre Schwester schwierig war, immer die gutgelaunte Klassenprima zu geben, immer Bestleistungen zu bringen, war Klara damals nicht in den Sinn gekommen. Das trat erst viel später in ihren Therapiegesprächen an die Oberfläche, als es bereits zu spät war. Zu spät, um Kristin zu sagen, wie sehr sie sie geliebt, was sie ihr bedeutet hatte.

An den vielen einsamen Heiligabenden saß ihre Familie regelmäßig imaginär mit ihr am Festtisch. Sie konnte nichts dagegen tun. Dann sah sie den Vater mit einem Blick über die Tafel schauen, vor dem sie sich unweigerlich wegduckte. Sie sah ihre Mutter, wie sie nach einem anstrengenden Arbeitstag in ihrer Küche stand und unermüdlich Speisen zubereitete, wie sie funktionierte und darüber alles vergaß, was im Leben zählte. Sie sah sich selbst hin und her eilen, immer bemüht, der Mutter eine helfende Hand zu sein, um den Vater nicht zu verstimmen. Und sie sah ihre Schwester Kristin, mit einem seltsam traurig-verklärten Ausdruck, als sei sie anwesend und doch nicht mehr da.

In diesem Jahr war ihre Familie nicht eingeladen. Dieses Weihnachten waren sie zu zweit – nur sie und Konrad.

Nachdem die Kugeln hingen und der Stern auf der Spitze des Bäumchens thronte, fand Konrad, dass der Baum noch ein wenig Lametta vertragen könnte. Auf der Suche nach mehr Weihnachtsschmuck stieß er im Kellerregal auf einen kleineren Karton, direkt neben der Kiste mit den Christbaumkugeln. Er öffnete den Deckel und ahnte nicht, welchen Abgrund sie ihm offenbaren würde.

Der Karton enthielt eine Menge Fotos, offenbar Erinnerungen an Klaras Kindheit. Die meisten von ihnen waren ziemlich alt und vergilbt und nicht besonders interessant. Konrad wollte die Schachtel schon wieder schließen und weiter nach dem Lametta suchen. Doch dann fiel sein Blick auf ein Bild, das ihm extrem bekannt vorkam und ihn innerlich zusammenzucken ließ. Mit unsicheren Fingern fischte er das Foto aus dem Karton und starrte es an. Das war doch er selbst! Als junger Mann, etwa Mitte zwanzig. Er stand ganz eindeutig erkennbar auf dem Berliner Alex und trug beige Hosen und ein blaues Hemd. Konrad blickte an sich herunter. Das konnte doch nicht sein. Woher sollte Klara ein Foto von ihm haben? Außerdem hatte er zu jener Zeit stone washed Jeans getragen und Bikerjacken, aber ganz sicher keine hellblauen Hemden. Das konnte doch nur – natürlich, es musste Ben sein, sein Zwillingsbruder! Es war das erste

Mal, dass Konrad ein Foto von ihm sah. Es schüttelte ihn durch und erinnerte ihn daran, warum er eigentlich nach Heidelberg gekommen war.

Er wollte seinen Bruder finden, seinen Zwilling, der ihm ganz offensichtlich ähnelte wie ein Ei dem anderen. Und von dem zu einer Zeit in Berlin dieses Bild entstanden sein musste, als er selbst schon dort gelebt hatte. Wie anders hätte sein Leben verlaufen können, wären sie sich damals begegnet.

Aber sie waren sich nicht begegnet. Nicht in Berlin, Wien, Mariabrunn oder sonstwo.

Konrad setzte sich auf einen Hocker, das Foto in beiden Händen. Die Frisur, die Kleidung – ihn beschlich ein Unbehagen. Er hatte Klaras Fürsorge – man könnte auch sagen Übergriffigkeit – seine Kleidung betreffend angenommen ohne viel darüber nachzudenken. Natürlich waren die Sachen, die er jetzt trug, nie sein Stil gewesen, doch Stil war für ihn schon lange kein Thema mehr. Und die Leute schauten ihn ganz anders an, seit er sie trug, das gefiel ihm. Er war nicht mehr unsichtbar, nicht mehr die unterste Stufe, sondern einer von ihnen. Nicht dass er das brauchte, einer von diesen Spießern zu sein, aber es war gut, im Laden wie ein normaler Mensch bedient zu werden, und wenn er mit Klara in ein Café ging, wurde er auch nicht mehr angeschaut wie ein Aussätziger.

»Kleider machen Leute«, sagte er halblaut. Aber wen hatten diese Kleider aus ihm gemacht?

Er war zu seinem Zwillingsbruder geworden. Konrad fröstelte, und das lag nicht an der Kälte im Keller. Hatte er nicht gemerkt, dass er für Klara mehr und mehr zum Abbild seines Bruders geworden war? Hatte er sich so sehr selbst verloren, dass er sich wieder bereitwillig von einer Frau nach ihren Vorstellungen formen ließ? Bei Helène war es doch nicht anders gewesen. Auch sie hatte ihn zu ihrem

Coiffeur geschleppt und diese unsäglich bunten Pullover bei Missoni für ihn eingekauft, und er hatte alles mitgemacht wie ein Hündchen. Nur damit er in ihre feine Familie passte.

Und jetzt hatte er für Klara wochenlang den Hausmann gegeben, gekocht, sogar geputzt, sich ihren Regeln unterworfen, aus lauter Pflichtgefühl, weil sie so wunderbar auf hilflos machen konnte.

Er dachte an das selige Lächeln, mit dem sie ihn manchmal bedachte. An den Glanz in ihren Augen, die Verzückung in ihrem Gesicht, als sie auf dem Weihnachtsmarkt ihren Kollegen begegnet waren. Es fehlte doch manchmal nicht viel und sie würde seine Hand halten, wenn sie abends auf dem Sofa nebeneinander saßen und die Tagesschau guckten. War diese Frau vielleicht verrückt? Hatte sie ihn in ihr gestörtes Bild von einem perfekten Leben eingepasst, ohne dass er es gemerkt hatte?

Einem inneren Impuls folgend wäre er am liebsten aufgestanden, hätte seine Siebensachen gepackt und auf der Stelle das Weite gesucht. Aber das würde niemandem etwas bringen. Und seinen Bruder würde er dadurch auch nicht schneller finden. Nein, Klara war der Schlüssel zu seiner Familie und er musste sie mit dem Foto konfrontieren. Er wollte jetzt endlich wissen, wer Ben war, wo er war und was Klara sonst noch wusste.

Als Klara nach Hause kam, saß Konrad im Wohnzimmer, vor sich auf dem Tisch eine Flasche Bier, neben sich in der Zimmerecke den geschmückten Christbaum. Klara schaute etwas pikiert auf die Flasche, die bereits feuchte Ringe auf der Glasplatte hinterlassen hatte. Sie sah weder einen Untersetzer noch ein Glas und war verwundert – bislang hatte sich Konrad tadellos an die Regeln in ihrer Wohnung gehalten. Außerdem trug er seine alte Arbeiterhose und ein Holzfällerhemd. Sie hoffte, er würde sich zur Feier des Tages nochmal umziehen, so beging man schließlich keinen Heiligen Abend.

Dennoch beschloss sie, ihn heute am Fest der Liebe nicht darauf hinzuweisen und bewunderte stattdessen den schönen Baum. Dass sie das Lametta schrecklich fand, erwähnte sie nicht.

»Hilfst du mir mit den Einkäufen?«, fragte sie, als sie ihre Taschen in der Küche auspackte. Konrad reagierte nicht sofort. Irgendetwas war anders. Sonst war er immer sehr hilfsbereit, nahm ihr die Tüten schon in der Tür ab und tat alles, um sich sein Obdach bei ihr zu verdienen. Und gerade heute an Weihnachten war ihr sehr an Harmonie und einem freundlichen Miteinander gelegen.

»Konrad?«

Er kam langsam, sehr langsam in die Küche geschlurft und begann schweigend Wein, Baguette, Käse, Räucherlachs und andere Köstlichkeiten zu verstauen. Klara hatte sich zur Feier des Tages sogar dazu hinreißen lassen, eine Flasche Champagner zu kaufen. Sie war dafür eigens in die gut sortierte Weinhandlung in der Ladenburger Straße gegangen, um sich einen guten empfehlen zu lassen. An ihrem ersten gemeinsamen Weihnachten sollte es an nichts fehlen.

Auch ein Geschenk hatte sie für Konrad: Ein nigelnagelneues Sportrad, damit er in Heidelberg nicht auf die Straßenbahn angewiesen war. Sie hatte es hinter dem Gartenhäuschen im Innenhof versteckt und hoffte, er würde sich darüber freuen. Heute Abend würde sie es heraufholen, eine blaue Schleife hatte sie schon drangebunden. Es war ein schönes Gefühl, wenn man sein Geld für jemanden ausgab, der es nötiger brauchte als man selbst. Sie lebte sehr bescheiden und hatte in den letzten Jahren so einiges auf die hohe Kante gelegt. Wie hatte Frau Kerber an einem der letzten Sonntage gesagt? »Geben ist seliger denn nehmen.« Und sie hatte Konrad schon recht viel gegeben. Warum nur war er heute so komisch? Machte ihn Weihnachten sentimental? Vielleicht dachte er an Helène oder an seine Zieheltern. Sie hatte keine Ahnung, wann er das letzte Mal ein ordentliches Weihnachtsfest gehabt haben mochte. Klara beschloss, darüber hinwegzusehen und das Fest nicht mit Unstimmigkeiten zu gefährden.

Zwei Stunden später saßen sie gemeinsam auf dem Sofa und stießen auf Heiligabend an. Konrad war nach wie vor wortkarg. Er hatte sie gefragt, ob sie mal in Berlin gewesen sei, dabei hatte sie ihm schon vor Wochen gesagt, dass sie die Stadt nicht kannte. Klara hatte kommentarlos die Bierflasche entsorgt und den Glastisch saubergewischt, eine alte CD mit Weihnachtsliedern eingelegt und fand, sie hatten es ziemlich gut miteinander. Auch wenn Konrad sich nicht mehr umgezogen hatte. Dafür hatte sie sich umso feiner gemacht. Sie trug ein festliches dunkelblaues Kleid mit einem wunderschönen geklöppelten Spitzenkragen, das sie zum letzten Mal vor Jahren bei Frau Kerbers Geburtstagsfeier im Goldenen Anker getragen hatte. Jetzt wäre der richtige Zeitpunkt für Konrads Geschenk.

»Ich hab da noch was für dich«, sagte sie mit einem geheimnisvollen Lächeln. Und mit den Worten »Bin gleich wieder da!«, schlüpfte sie aus der Wohnungstür und hüpfte die Treppen hinunter, aufgeregt wie ein junges Mädchen.

Als sie wieder nach oben kam und keuchend vor Anstrengung das Fahrrad zur Wohnzimmertür hineinschob, fiel ihr Blick sofort auf das Foto. Es lag demonstrativ mitten auf dem Tisch, gleich neben ihrem Sektglas. Sie wusste, was das bedeutete.

Konrad, lässig auf dem Sofa lümmelnd, sah sie ganz ruhig an. »Ich hab da auch noch was für dich«, sagte er. Und mit einem Blick auf das Rad: »Was ist das? Bens altes Fahrrad?«

Klara spürte, wie ihr die Beine versagten, und rutschte auf den Sessel. Sie wurde kreidebleich.

»Wo – wo hast du das her? Schnüffelst du in meinen Sachen?«

Konrad richtete sich auf und blickte sie fordernd an. »Das war nicht nötig. Ich habe es im Keller gefunden, als ich nach dem Lametta gesucht habe. Ich denke, du bist mir einige Erklärungen schuldig.«

Das war sie nun wohl, die Stunde der Wahrheit. Klara überlegte fieberhaft. Wenn Konrad die Wahrheit erführe, würde er ganz sicher fortgehen und sie bliebe wieder allein zurück. Die Gedanken flitzten in ihrem Kopf umher wie frisch geschlüpfte Kaulquappen. Sie wollte doch nur ein schönes Weihnachtsfest mit Konrad verbringen!

Was wollte er? Die Wahrheit? Welche Wahrheit? Für sie war Ben schon seit Jahren tot. Und sie hatte gut mit seinem Suizid zu leben gelernt. Denn was er getan hatte, war Suizid gewesen.

Sie hatte ihn geliebt, bis zum Ende. Und sie fand, Konrad sollte genau das erfahren. Sie würde sich dieses Fest nicht kaputtmachen lassen, nicht noch einmal alles von Ben und seiner Selbstsucht zerstören lassen.

»Wollen wir vielleicht erst einmal etwas essen?«, fragte sie unsicher. Sie stand auf und lief in die Küche. Konrad hinterher. Er packte sie unsanft am Arm.

»Aua, du tust mir weh«, jammerte Klara.

»Dann sag mir endlich, was mit meinem Bruder ist und warum du mich zu ihm machen willst. Er hat dich verlassen und du bist nie darüber hinweggekommen? Fein, damit musst du klarkommen. Aber ich bin nicht Ben, was also soll diese ganze Scharade?«

Er zog sie am Arm ins Wohnzimmer zurück, drückte sie unsanft in den Sessel und setzte sich ihr gegenüber.

»Ich will jetzt wissen, was da los ist! Ich wollte dir Zeit lassen, bis du von selbst über ihn redest.« Das war ein wenig geschummelt. »Aber nachdem ich das Bild gefunden habe, habe ich begriffen, dass ich längst seinen Platz bei dir eingenommen habe. Die Klamotten, die Frisur, das alles ist ja wohl kein Zufall, oder?« Er blickte sie streng an.

Klara fühlte sich ohnmächtig wie als junges Mädchen, als sie von ihrem Vater dabei erwischt worden war, wie sie sich heimlich schminkte. Von ihrem Taschengeld hatte sie sich einen Lippenstift und Lidschatten gekauft. Sie wollte einmal hübsch sein und etwas Besonderes. Ihr Vater war unglaublich wütend geworden, hatte sie als Hure beschimpft und sie für mehrere Wochen mit Hausarrest bestraft.

Gleichzeitig mochte sie die Dominanz, die Konrad in diesem Moment ausstrahlte. Sie gab ihr genau das richtige Gefühl von Sicherheit, das sie so lange vermisst hatte. Ihr Herz brannte, als sie ihn ansah. Doch sah sie wirklich Konrad – oder Ben? Konrad – Ben – Ben – Konrad. Die Brüder hatten sich in ihrer Wahrnehmung längst zu einer vollkommenen Einheit vermischt. Zusammen waren sie einfach perfekt.

Konrad hatte viele Eigenschaften von Ben und sie, Klara, hatte sie einfach nur zum Vorschein gebracht. Was war falsch daran?

»Lass uns doch jetzt am Heiligabend nicht streiten«, flehte sie ihn an. »Wir essen, gehen in die Kirche und nach Weihnachten können wir reden?«

»Das ist Quatsch und das weißt du auch«, erwiderte er schroff.

»Wir sind kein Liebespaar und dieses Weihnachten verbringen wir nur gemeinsam, weil …« Ihm fiel kein passender Grund ein. Warum eigentlich? Warum zum Teufel lebte er seit Wochen mit dieser Frau zusammen, machte sich zum Deppen, schmückte einen Christbaum? Warum machte ihn die Erkenntnis so fuchsteufelswild, dass sie nicht ihn wollte, sondern offensichtlich seinen Bruder?

Er wischte die Gedanken schnell beiseite. Er war nur noch hier, weil sie ihm einen warmen Schlafplatz plus ein paar Extras bot. Wenn er sich veränderte, dann weil er selbst es wollte. Sicher niemals wieder wegen einer Frau und ganz sicher nicht zu seinem Zwillingsbruder, den er nicht einmal kannte.

» … weil ich in Heidelberg meinen Bruder zu finden hoffte und du so freundlich warst, mich hier schlafen zu lassen, bis ich ihn gefunden habe«, beendete er seinen Satz.

Klara holte die Flasche Rotwein, die sie eigentlich morgen zum Gänsebraten hatten öffnen wollen, und bedeutete Konrad, dass er sie entkorken solle. Er rührte sich nicht. Sie entkorkte den Wein selbst, holte aus ihrem Geschirrschrank zwei Rotweingläser und in der Küche ein paar Scheiben von dem Baguette sowie etwas Käse.

»Wenn wir nun keinen festlichen Heiligabend mehr begehen wollen«, sagte sie mit belegter Stimme, »werden wir also reden.«

Konrad sah sie nur an.

Klara war verunsichert. »Also, was willst du wissen?«, fragte sie.

»Um zu verstehen, was du getan hast, möchte ich wissen, wie deine Beziehung zu Ben war und warum ihr nicht mehr zusammen seid. Und«, fügte Konrad hinzu, »ich will die ganze Wahrheit wissen. Ohne Schnörkel und Lügen.«

Er nahm sein Rotweinglas und machte es sich auf seinem mittlerweile angestammten Platz auf dem Sofa bequem.

KAPITEL 17

»Unsere Beziehung war am Anfang ganz selbstverständlich,« begann Klara. »Ich meine, wir waren beide noch sehr jung und da ist alles nicht so kompliziert. Man verliebt sich, man zieht zusammen, man hat Freunde.« Sie dachte einen Moment nach, bevor sie weitersprach. »Ich habe ihn angebetet. Er war für mich alles, was ich mir hätte wünschen können. Mein Elternhaus war auch nicht ganz einfach, weißt du. Ich hatte eine streng behütete Jugend ohne viel Freiraum und war froh, als ich mit achtzehn endlich ausziehen konnte. Mein Vater war extrem dominant, meine Mutter eher unterwürfig, sie hat gemacht, was er sagte. Und dann war da noch die Sache mit Kristin, meiner Schwester ...«

Für einen winzigen Moment drohte sie den Faden zu verlieren, doch sie fing sich sofort wieder.

»Deshalb habe ich es genossen, einen Freund zu haben, der mich nicht dominieren wollte, sondern mich so sein ließ, wie ich sein wollte. Auch wenn ich bildungsmäßig unter ihm stand und meine Eltern einfache Leute waren – er hat es mich nie spüren lassen.«

»Wie wolltest du denn sein?«, wollte Konrad wissen.

Klara dachte einen Moment nach. »Stark, unabhängig, frei. Eben nicht die kleine Tippse, die sich von der Mutter die Brotbox richten und vom Vater sagen lässt, wie lang der Rock zu sein hat, den sie zur Arbeit trägt.« Klara ließ die Schultern hängen.

»Und für Ben warst du wer genau?«

»Bei ihm hatte ich zum ersten Mal das Gefühl, etwas wert

zu sein. In meiner Familie hat nur Arbeit etwas gegolten. Für uns Kinder hieß es von klein auf, im Familienbetrieb mitzuarbeiten und nach außen ein gutes Bild abzugeben. Alles andere war unwichtig. Eigene Bedürfnisse gab es nicht. Die dachten, ich heirate mal meinen Grundschulfreund Robert. Schon unsere Großeltern kannten sich gut. Robert wäre für sie der perfekte Schwiegersohn gewesen: Hotelfachausbildung, Bausparvertrag, alles grundsolide. Dass Robert dann Sabine geheiratet und schon mit Mitte zwanzig Kinder mit ihr bekommen hat, musste ich mir jahrelang anhören. Mein Vater hat Ben nie akzeptiert. Er konnte nicht damit umgehen, wenn ein anderer Mann über ihm stand.«

»Inwiefern stand Ben über deinem Vater, er muss doch viel jünger gewesen sein?«

»Nun, mein Vater war Gastronom. Wir hatten in Handschuhsheim ein Alt-Heidelberger Weinlokal in dritter Generation, das mein Vater nach der Übergabe durch meinen Großvater nur noch leidlich gut am Laufen halten konnte. Meine Schwester und ich haben den größten Teil unserer Kindheit dort verbracht. Erst haben wir dort unsere Schulaufgaben gemacht und später mussten wir mithelfen. Wir haben Gläser gespült und die Gäste bedient und uns ein bisschen Trinkgeld dazuverdient.«

Sie lächelte versonnen bei der Erinnerung an die uralte Kneipe mit ihren dunklen Holztischen und -stühlen, in denen schon Generationen von Heidelbergern ihr Schöppchen getrunken und ihren Wurstsalat gegessen hatten und in der ihre Großeltern noch mit über achtzig hinter dem Tresen gestanden hatten. Der Geruch von altem Holz und Wein stieg ihr in die Nase und eine leichte Wehmut umfasste ihr Herz.

»Mein Opa war ein Kurpfälzer Urgestein. Seine Kneipe war sein Wohnzimmer und die Gäste seine Freunde. Er und meine Großmutter kannten nichts anderes und die Geselligkeit hat sie fit gehalten bis ins hohe Alter. Mein Vater war anders. Er war nicht leutselig genug, hatte jede Menge Komplexe und verprellte sich so manchen Gast mit seiner plumpen, direkten Art. Ich glaube, er wollte etwas ganz anderes aus seinem Leben machen und ist nicht damit fertig geworden, dass der Weg mit dem Lokal für ihn vorgezeichnet war. Irgendwann kamen kaum noch Leute, was seine Laune und seinen Alkoholkonsum immer schlimmer machte ...«

Sie machte eine kurze Pause und fing sich wieder, um Konrads eigentliche Frage zu beantworten: »Ben hingegen war jung und gebildet, hatte gute Umgangsformen und eine Karriere als Anwalt vor sich. Er hatte noch die Chance, alles aus seinem Leben zu machen, verstehst du? Das konnte mein Vater nicht ertragen. Er hat ihn schlechtgeredet, wo er nur konnte.«

»Hat das eure Beziehung nicht belastet?«

Klara nahm ihr Weinglas und trank einen Schluck. »Ich weiß nicht ... vielleicht. Doch, vermutlich schon. Ben ist irgendwann nicht mehr mitgekommen zu Familienfeiern, was meine Eltern ihm wieder negativ ausgelegt haben. Mein Vater konnte tun und lassen und sagen, was er wollte, aber wehe, einer zog daraus seine Konsequenzen.«

»Und auf welcher Seite hast du gestanden?«

Klara dachte über diese Frage eine ganze Weile nach. Sie fühlte sich wie in einem Kreuzverhör. Sie nahm sich ein Stück Baguette und etwas Käse und verzehrte es ganz, bevor sie antwortete: »Ich denke, ich stand immer auf Bens Seite. Aber ich war innerlich zerrissen. Ich fühlte mich meinen Eltern gegenüber schuldig. Ben hat das gespürt. Er wollte nie, dass es mir schlecht ging, aber er konnte auch nicht gegen seinen Stolz handeln, was ich verstanden habe. Ich kann nicht sagen, wie es gewesen wäre, hätte ich andere Eltern gehabt. Es war nun einmal, wie es war.« Sie brach sich ein weiteres Stück Baguette ab und spülte es mit einem

Schluck Wein herunter.

»Dann ist eure Beziehung daran zerbrochen? An den Spannungen zwischen ihm und deinem Vater?«, fragte Konrad.

»Nicht direkt.« Klara wand sich, sie war sich nicht sicher, wie viel sie Konrad erzählen wollte. Die Ereignisse um Bens Verschwinden hatten ihr so zugesetzt, dass sie sich in einer psychiatrischen Einrichtung davon hatte erholen müssen. Seitdem hatte sie nie wieder darüber gesprochen, noch nicht einmal mit Frau Kerber. Bis heute nahm sie regelmäßig Medikamente gegen die schlimmsten Nachwirkungen und konnte inzwischen gut damit leben.

Sie rang mit der Frage, was schwerer wog: Ihr Selbstschutz oder Konrads Recht auf seine Familiengeschichte?

»Es gab da noch etwas anderes, was Ben sehr belastet hat«, hörte sie sich leise sagen.

Die Kirchenglocken der nahe gelegenen St. Vituskirche läuteten zur Christmette. Sie richtete sich etwas in ihrem Sessel auf. Konrads Blick hatte sich verändert. War da Angst in seinen Augen zu erkennen? Das Furchtbare lag spürbar in der Luft. Zweifel? Würde er ihr glauben? Wie würde er reagieren? Was passiert war, würde ihn ins Mark erschüttern. Und das alles am Heiligabend. Aber es gab jetzt kein Zurück mehr. Also erzählte sie ihm, was sie wusste. Langsam, vorsichtig, mit sanfter Stimme:

»Eure Mutter ist ja ein paar Jahre nach dem Tod eures Vaters von Mariabrunn weggezogen. Auf die Kanaren mit ihrem Lebensgefährten.«

Konrad nickte, das wusste er bereits.

»Ben hat ihr damals mit der Wohnungsauflösung geholfen.«

Klara nahm noch einen großen Schluck Wein. Allmählich begann sie die Vorzüge des Alkohols zu schätzen. Er machte manche Dinge leichter. Zwar sollte sie aufgrund ihrer

Medikamente weitgehend darauf verzichten, aber im Moment war ihr das egal. Sie wusste, dass das, was sie jetzt zu sagen hatte, Konrads Leben für immer verändern würde. Er blickte sie still und aufmerksam an.

»Ben war allein in dem Häuschen in Mariabrunn und hat alles, was noch da war, in Kisten verräumt. Durch puren Zufall oder auch durch eine Unachtsamkeit eurer Mutter ist er dabei auf einen Aktenordner gestoßen, auf dem ein Name stand, den er nicht zuordnen konnte. Er hätte den Ordner einfach nehmen und zu den anderen Sachen packen können, aber aus irgendeinem Grund wurde er neugierig und hat hineingeschaut.«

Jetzt griff Konrad nach seinem Weinglas und trank es in einem Zug leer. Noch bevor Klara es aussprach, wusste er bereits instinktiv, was kommen würde.

Klara blickte ihm traurig in die Augen. »Auf dem Ordner stand Konrad.«

Sie machte eine Pause, um zu sehen, wie er reagierte. Er war völlig erstarrt. Der ganze Ärger, seine dominante, fordernde Art waren einer kompletten Fassungslosigkeit gewichen. Wann hatte seine Mutter von ihm erfahren? Und warum hatte sie nicht nach ihm gesucht? Oder Ben? Hatten sie ihn nicht gefunden, weil er zu lange ohne Wohnsitz gewesen war? Oder hatten sie es gar nicht erst versucht?

Er wusste nicht mehr, ob er die Antworten wirklich hören wollte, doch es half nichts, jetzt davonzulaufen. Er hatte die Geister in dem Moment gerufen, in dem er die Patientenakte seiner Mutter eingesehen hatte. Womöglich wäre sein Leben friedlicher verlaufen, wenn er sich mit der Erkenntnis begnügt hätte, dass seine Eltern menschliche Versager waren. Er hätte damit leben können. Aber das, was jetzt kam, war womöglich schlimmer als alles, was er seinen Zieh-Eltern vorwerfen konnte. Er hatte genug erlebt, als dass er sich hier noch irgendetwas vormachte. Die Abgründe, die in seiner Familie geherrscht hatten, konnten immer noch unterboten werden. Er spürte, wie seine Hand zitterte und ärgerte sich gleichzeitig darüber. Er wollte vor Klara keine Schwäche zeigen, nicht vor ihr und nicht in dieser Situation.

»Was war in dem Ordner?«, stellte er endlich die entscheidende Frage.

Klara hatte geduldig abgewartet, wie weit Konrad zu gehen bereit war. Er schien es wissen zu wollen.

»Zunächst möchte ich dir erklären, warum ich dir das die ganze Zeit nicht erzählt habe«, begann sie. »Du sollst nicht denken, ich spiele ein unehrliches Spiel mit dir. Ich wollte dich schützen. Die Sache ist so ungeheuerlich, dass sie deinen Bruder völlig zerstört hat. Ich wollte nicht, dass dir dasselbe passiert. Und ich fand, es wäre einfacher, wenn du denkst, deine Mutter hätte von alledem nichts gewusst.«

»Sag es schon.« Seine Stimme klang fast wie ein Flüstern.

Klara richtete sich kerzengerade auf, stellte die Füße nebeneinander auf den Boden und legte die Arme auf die Sessellehne. So wie sie es in der Therapie gelernt hatte, wenn ihr der Boden unter den Füßen zu entgleiten drohte. »Erden« hatte die Psychologin das genannt. Sie holte tief Luft – einatmen, ausatmen, die Mitte finden. Das, was sie zu sagen hatte, bereitete ihr mindestens so viel Unbehagen wie Konrad. Sie spürte den Schweiß auf ihren Handflächen. Weiteratmen.

»Okay«, begann sie entschlossen. »In dem Ordner, den Ben gefunden hat, waren Dokumente. Briefe und Kontoauszüge.« Sie blickte Konrad hilflos an: »Glaube mir bitte: Als du mir vor ein paar Wochen von deiner Geschichte erzählt hast, dass sie dich deiner Mutter weggenommen haben und so – ich wusste nicht, dass deine Geschichte die von Bens Bruder ist. Sie klang einfach zu anders als das, was Ben herausgefunden hat. Und dann hast du dich mir ja zuerst auch nicht mit deinem richtigen Namen vorgestellt.« Und leise räumte sie ein: »Vielleicht wollte ich es auch nicht sehen. Ich dachte, ich hätte die Sache verarbeitet.«

Konrad ging nicht darauf ein. Für Rechtfertigungen war jetzt nicht der richtige Zeitpunkt.

»Was stand in den Briefen?«

Klara sprach vorsichtig weiter: »Aus den Briefen ging hervor, dass eure Mutter im Jahr vor eurer Geburt in Wien ein außereheliches Verhältnis hatte.« Sie sprach langsam, damit Konrad ihr folgen konnte. »Als sie dann schwanger war, wusste sie offensichtlich nicht mit Sicherheit, wer der Vater war. Mir ist ehrlich gesagt bis heute schleierhaft, warum sie die Briefe aufgehoben hat. Manchmal ist es besser, die Wahrheit ruhen zu lassen. Ben wäre vieles erspart geblieben. Und dir vielleicht auch.«

Der drängende Blick von Konrad erinnerte sie daran, dass sie abschweifte. Sie fuhr fort:

»Als sich herausstellte, dass sie Zwillinge erwartete, schlossen sie und ihr Geliebter ein perfides Abkommen: Er war einflussreich und wohlhabend, aber kinderlos, während sie selbst und ihr Mann jung und relativ mittellos waren. Also beschlossen sie, dass nur eines der Kinder bei ihr bleiben und das andere bei dem Geliebten und seiner Frau aufwachsen sollte. Die Sache mit der Totgeburt haben sie gemeinsam inszeniert, sehr wahrscheinlich hinter dem Rücken ihres Ehemannes.«

Sie schwieg einen Moment, um Konrad die Gelegenheit zu geben, das Gehörte gedanklich zu ordnen.

»Soll ich weiterreden?«

Konrad hob abwehrend die Hand. »Moment mal. Verstehe ich das richtig: Der Geliebte war mein Ziehvater? Es könnte also sein, dass mein Vater tatsächlich doch mein leiblicher Vater war?«

Klara zuckte die Achseln. »Vermutlich ja. Aber außer dem Briefwechsel zwischen ihm und deiner Mutter scheinen keinerlei Anhaltspunkte dafür zu existieren. Vaterschaftstests im heutigen Sinne gab es damals ja noch nicht und vielleicht wollten es die beiden auch gar nicht so genau wissen. Beide hatten kein Interesse daran, dass ihre Ehepartner – und in seinem Fall auch die Öffentlichkeit – von ihrer Affäre erfuhren. Aber das sind alles Mutmaßungen.« Sie machte wieder eine Pause.

Konrad schwieg. Dann fragte er: »Und die Kontoauszüge? Ist es das, was ich denke?«

Klara nickte. Sie rückte ein wenig auf ihrem Sessel vor und legte vorsichtig ihre Hand auf Konrads Unterarm. Er zog ihn zurück.

»Das Konto lief auf deine Mutter. Es gab jahrelang jeden Monat eine höhere Bareinzahlung und unregelmäßige Abhebungen. Keine weiteren Bewegungen und kein Hinweis auf die Identität des Geliebten. Die beiden waren sehr vorsichtig. Er hat auch nie einen Absender auf seine Briefe geschrieben und immer nur mit ›Dein A.‹ unterzeichnet.«, erklärte sie.

»A. für Alois,« murmelte Konrad. Die Erkenntnis sickerte ganz langsam in seinen Verstand, ein zähflüssiges Rinnsal aus bitterem Honig. »Mein Fall hat also gar nichts mit dem Adoptionsskandal zu tun, das war nur ein Nebenschauplatz. Das war eine ganz normale, widerliche Affäre. Sie hat mich einfach verkauft. Meine Mutter hat mich für tot erklären lassen und für Geld verkauft.«

Klara sah ihn voller Mitgefühl an. Konrad war ganz in sich zusammengesunken. Sie hätte ihn so gern in ihren Armen gewiegt und sein Haar gestreichelt, so wie sie es mit Ben gemacht hatte damals. Er hatte ähnlich reagiert wie sein Bruder jetzt. Und sie hatte ihn so gut verstehen können. Dass er bei der Mutter geblieben war, hatte für ihn kaum einen Unterschied gemacht. Er war sich völlig im Klaren darüber gewesen, dass sie genauso gut ihn hätte weggeben können. Er hatte voller Bitterkeit darüber gespottet, ob sie wohl noch im Kreißsaal per Auszählreim entschieden hatte, welches der Kinder bei ihr bleiben durfte und welches nicht. Dass sie ihm seinen Zwillingsbruder genommen und ihn sein Leben lang über dessen Existenz belogen hatte, das hatte er nicht verwinden können. Ben war sensibel gewesen. Er hatte immer das unbestimmte Gefühl gehabt, dass irgendetwas fehlte in seinem Leben. So wie Klara für immer das Gefühl in ihrem Herzen tragen würde, dass ihre Schwester fehlte. So sehr, dass sie teilweise auf Abstand von sich selbst gehen musste, um das Geschehene zu ertragen. Und ihre große Schuld.

Konrad hob den Kopf. »Hat Ben unsere Mutter darauf angesprochen?«

Klara bejahte. »Er konnte das alles nicht glauben und hat sich einen Flug nach Teneriffa gebucht, um sie mit den Briefen und den Kontoauszügen zu konfrontieren.«

»Und – wie hat sie reagiert? Was hat sie dazu gesagt?« In Konrads Blick lag etwas Flehentliches, so als hoffte er noch auf eine positive Wendung der Geschichte.

»Naja, erst hat sie gemauert und behauptet, das sei alles von diesem Arzt inszeniert worden. Im Wesentlichen hat sie ihm das Märchen vom Babyklau aufgetischt. Sie hätte von alledem nichts gewusst. Aber die Briefe waren zu eindeutig. Ben hat sie so lange in die Mangel genommen, bis sie einbrach und gestand. Es muss dann ziemlich emotional und dramatisch geworden sein. Sie hat auf die Tränendrüse gedrückt, sie hätte keine andere Wahl gehabt. Sie und ihr Mann hätten kaum Geld für ein Kind gehabt, geschweige denn für zwei, außerdem hätte sie nicht mit Sicherheit sagen können, wer der biologische Vater war. Die Lösung wäre für alle das Beste gewesen und du«, dabei deutete sie auf Konrad, »hättest es bei deinen Pflegeeltern ganz bestimmt sehr gut gehabt.«

Konrad verzog das Gesicht. »Meine Stiefmutter hat dieser Bezeichnung alle Ehre gemacht. Womöglich wusste oder ahnte sie etwas. Ich hatte jedenfalls nie das Gefühl, dass ich ihr wirklich etwas bedeutet habe.«

Konrad stand auf und holte sich in der Küche ein Bier. Er hatte jahrelang Mitleid gehabt mit seiner armen Mutter, die man um ihr Kind gebracht hatte. Er dachte, wenn er seine Eltern und seinen Bruder fände, könnte diese Lücke in seinem Leben irgendwie geschlossen werden. Er könnte seine Familie finden und alles würde gut werden. Dann musste er erfahren, dass seine leiblichen Eltern längst tot waren. Der nächste Tiefschlag.

Und jetzt das. Hätte er damals sofort mit Nachdruck nach seiner Mutter gesucht, als er von der Sache erfahren hatte, vielleicht hätte sie ihm noch ein paar Fragen beantworten können. Aber der Alkohol, die Sache mit Helène und seine verdammte Feigheit hatten ihn um diese Chance gebracht. Ein für allemal. Und wer sein richtiger Vater war, würde sich vermutlich nie mehr klären lassen.

Er setzte sich wieder zu Klara. »Wie war eigentlich Bens Kindheit?«, fragte er unvermittelt und öffnete die Bierflasche mit einem zischenden Geräusch. »Was mochte er? Welche Freunde hatte er? Welche Hobbies?«

Klara zögerte, überrascht über den plötzlichen Themenwechsel. Was konnte sie ihm sagen, ohne ihn zu verletzen? Ihr war klar, dass alles, was in Bens Kindheit besser als in Konrads gewesen sein mochte, weitere Risse in seiner Seele aufreißen konnte. Viel wusste sie allerdings gar nicht. Über seine Kindheit hatte Ben kaum geredet.

»Ich glaube, Bens Kindheit war ziemlich normal. Alles was ich weiß ist, dass euer Vater bei eurer Geburt noch in der Ausbildung war. Geheiratet haben sie wohl kurz vorher, als klar wurde, dass sie schwanger war. Sie sind dann ja zu eurer Tante nach Mariabrunn gezogen, sie hat sich viel um

Ben gekümmert, als er klein war. Was eure Mutter angeht, so weiß ich nicht genau, was sie in der Zeit gemacht hat. Ben muss dann später wohl ein ziemlich guter Schüler gewesen sein, das Lernen fiel ihm leicht und er hatte schon früh das Ziel, beruflich einmal etwas zu erreichen. Außerdem war er offenbar ein begabter Leichtathlet, hat da als Jugendlicher einige Medaillen geholt. Er ist auch zu meiner Zeit noch sehr sportlich gewesen.«

Klara überlegte, was ihr noch einfiel und wunderte sich selbst darüber, wie wenig Ben und sie eigentlich über seine Kindheit gesprochen hatten.

»Ich frage mich, wie sie das mit dem Geld gemacht hat«, sagte Konrad nachdenklich in die Stille.

»Du meinst, das von deinem Vater?«

»Ja, es diente ja wohl dafür, dass es Ben besser gehen sollte. Also zumindest finanziell. Aber wenn unser Vater – also ihr Mann – nichts davon wissen durfte, was hat sie dann damit gemacht? Die beiden mussten finanziell ja sicher ziemlich gut haushalten, da hätte so ein Extra-Taschengeld doch auffallen müssen.«

Klara dachte einen Augenblick nach. »Nun, entweder, sie hat es ganz unauffällig in die Haushaltskasse einfließen lassen ...«

»Was schwer sein dürfte, wenn man nicht viel hat.«

» ... oder ...«

»Oder ihr Mann war doch eingeweiht und sie hatten alle ihren Vorteil von ihrem lustigen Kuckuckskinderspiel«, beendete Konrad ihren Satz bitter.

»Hat unsere Mutter darüber irgendetwas gesagt?«

»Ich denke nicht«, antwortete Klara wahrheitsgemäß. Und selbst wenn – was hätte man einer Frau noch glauben können, die ihr Leben lang eine solche Lüge mit sich herumtrug?

»Es waren andere Zeiten, Konrad«, sagte sie schließlich

im Versuch, seine Enttäuschung über seine Eltern ein wenig abzumildern. »Man hat sich damals nicht so viele Gedanken über die psychischen Folgen von Trennung und Entwurzelung bei Kindern gemacht. Man dachte pragmatisch, solange ein Kind gut versorgt ist, ist alles in Butter.«

»Aber die Gefühle einer Mutter, die waren doch zu allen Zeiten gleich«, entgegnete Konrad. »Und wenn eine Mutter ihr Kind einfach hergibt, dann leidet sie entweder ein Leben lang darunter oder sie ist eine gefühlskalte, egoistische Person, die gar keine Kinder verdient hat. Ersteres scheint ja nicht gerade der Fall gewesen zu sein. Auch damals gab es Möglichkeiten der Unterstützung für junge Eltern, gerade wenn sie noch in der Ausbildung waren. Und Tante Maridl hätte sich sicher auch um ein zweites Kind gekümmert. Und es war doch absehbar, dass mein Vater irgendwann Geld verdienen würde.«

»Du vergisst, dass dein Pflegevater vielleicht dein richtiger Vater war.«

Konrad winkte ab. »Ach was, das hätte sie auch anders regeln können. Sie hätte nur behaupten müssen, ihr Mann sei der Vater, dann wäre das alles unnötig gewesen. Keiner hätte ein Interesse daran gehabt, daran zu zweifeln. Im Grunde wurde doch so nur alles unnötig kompliziert. Nein, sie hat lieber das Geld genommen und dafür einen ihrer Söhne geopfert. Und das Opfer traf nun mal mich.« Er lachte zynisch.

»Sag mal, hast du nicht vielleicht was Härteres als das hier?«, fragte er unvermittelt.

Klara ging schweigend zum Geschirrschrank und holte eine Flasche Obstler und zwei Schnapsgläser heraus.

KAPITEL 18

Der erste Weihnachtsfeiertag begann für Klara mit Übelkeit und rasenden Kopfschmerzen. Sie war wie gerädert aus einem viel zu kurzen und unruhigen Schlaf erwacht. Die Sonne schien grell durch die Ritzen des heruntergelassenen Rollladens und sie konnte durch ihre halb zugekniffenen Augen ein Stück strahlend blauen Himmels erkennen. Ekelhaft, dass ausgerechnet heute so herrliches Wetter sein musste.

Das erste, woran sie dachte, war Ben. Sie hatte erneut von ihm geträumt. Sie waren gemeinsam auf Teneriffa bei seiner Mutter gewesen und hatten sie angeklagt. Klara hatte ihr in all ihrer Wut entgegengeschrien, für was für ein Monster sie sie hielt und wie sie ihre Söhne derart habe opfern können. Das Gesicht der Mutter hatte sich zu einer hässlichen Fratze verzogen und sie hatte ihr entgegnet, dass sie als ewige Jungfer schließlich nicht mitreden könne, was das Thema Kinder anginge. Klara war fassungslos gewesen und tränenüberströmt ins Meer hineingerannt, immer weiter. Ben hatte versucht sie aufzuhalten, sie hatte ihn hinter sich gehört, aber sie war immer weiter gelaufen, bis sie ihn nicht mehr sehen konnte. Plötzlich war nur noch Wasser um sie herum gewesen und Stille. Endlose Stille. Sie lag wie ein Baby auf den wogenden Wellen, blinzelte in die Sonne und ließ sich einfach treiben. Da war nur noch Frieden. An mehr konnte sie sich nicht erinnern.

Sie rieb sich die brennenden Augen und sah auf die Uhr.

Kurz vor halb elf! Noch nie in ihrem Leben hatte sie so lange geschlafen, außer vielleicht wenn sie krank war. Langsam und bruchstückhaft setzte sie die Erinnerungen des gestrigen Abends in ihrem Kopf zusammen. Konrad und sie hatten über seine Mutter geredet. Sie hatte ihm die Wahrheit gesagt. Hatte er nach Ben gefragt? Daran konnte sie sich nicht erinnern. Nur dass sie irgendwann Obstler zusammen getrunken hatten. Ein Glas nach dem anderen. Bis die Flasche, die sie einmal für eine besondere Gelegenheit gekauft hatte, leer war. Normalerweise rührte sie das Zeug nicht an. Nun, gestern war wohl so eine besondere Gelegenheit gewesen. Kein Wunder, dass es ihr heute so schlecht ging. Konrad hatte ihr Leben schon gehörig durcheinandergebracht. Seit er aufgetaucht war, war nichts mehr wie vorher. Er brachte sie zu Dingen, die sie nie zuvor getan hätte. Und er brachte ihr die Vergangenheit zurück, mit der sie eigentlich abgeschlossen haben wollte.

Wenn alles im Leben einen Sinn hatte, welchen Sinn hatte es dann, dass sie das alles noch einmal durchleben musste? Sollte man nicht besser nach vorne blicken?

Wie hatte ihre Mutter immer gesagt: »Man kann das Leben nur rückwärts begreifen, aber man muss es vorwärts leben.« Ihre Mutter hatte zu fast jeder Lebenslage einen Spruch auf Lager gehabt. Nur für sich selbst konnte sie all die Weisheiten nicht anwenden. Was gab es für Klara noch zu begreifen? Sie wusste, was passiert war. Sie wusste, warum ihre Liebe zerplatzt war. Und warum die Dinge so gekommen waren, wie sie nun einmal waren. Sie hatte einen Klinikaufenthalt hinter sich und Therapiestunde um Therapiestunde durchlitten, um von ihrer Kindheit bis zu ihrer Trennung von Ben ihr gesamtes Leben zu verarbeiten. Wieder und wieder hatte sie darüber gesprochen. Eine Psychose überstanden und über ein Jahr lang unter den Nebenwirkungen ihrer Medikamente gelitten, bis sie endlich richtig eingestellt war. Sie hatte Techniken erlernt, wie sie ihren Alltag alleine bewältigen konnte, ohne in Löcher zu fallen. Hatte einen Job gefunden und eine Wohnung, in der sie sich wohlfühlte. Sie hatte einen Alltag gehabt, ein Leben, in dem die Tiefs überschaubar waren und die Medikamente sie vor größeren Ausrutschern bewahrten. Sie konsultierte in regelmäßigen Abständen ihren Psychiater und notfalls konnte sie auch zwischendurch jederzeit ihre Psychotherapeutin anrufen. Sie hatte maximale Sicherheit gefunden.

An Kristin oder Ben hatte sie nur noch selten gedacht und wenn, war es aushaltbar gewesen. Die Erinnerungen waren blasser geworden und sie hatte gelernt, sie von der Gegenwart zu trennen, nach vorne zu schauen. Nach vorne. Bis zu dem Tag, als dieser Mann auf der Parkbank saß. An diesem regnerischen, frostigen Novembertag. Und diese magische Anziehungskraft auf sie ausübte, als hätte ihr Unterbewusstsein schon lange vor ihr gewusst, wer er war. Und jetzt sollte das Ganze nochmal von vorne anfangen? Sie schrak aus ihren Gedanken hoch – ihre Tabletten, sie musste ihre Tabletten nehmen! Normalerweise nahm sie sie jeden Morgen um Punkt acht Uhr.

Sie rappelte sich auf und fühlte das Blut in ihren Schläfen pochen. Als sie mit den Medikamenten und einem großen Glas Wasser wieder zurück zu ihrem Schlafzimmer schlurfte, hörte sie, dass Konrad unter der Dusche stand. Gut so. Er musste nichts von ihrer Krankheit wissen. Sie legte sich wieder hin. Ihr war schlecht. Wenn Konrad fertig war, müsste sie auch dringend ins Bad. Sie hoffte, dass ihr eine Dusche und ein starker Kaffee irgendwie auf die Beine helfen würden.

Nachdem sie gestern schon nicht zur Christmette gegangen waren, würde sie heute wenigstens den Weihnachtsgottesdienst besuchen. Und vorher eine Kleinigkeit essen. Doch dazu müsste sie erst einmal richtig wach werden.

Konrad ließ mit geschlossenen Augen das warme Wasser über seinen Kopf laufen und dachte an seine Mutter. Sie hatte ihn verkauft! Für ein bisschen mehr Luxus. Vielleicht hatte sie ja ein Doppelleben geführt und das Geld regelmäßig in Salzburg verprasst? Nach allem, was er von ihr wusste, würde das zu ihr passen. Das Bild, das er sich jahrelang von ihr gemacht hatte, die Vorstellung, wie sie ihn, glücklich darüber, dass er noch lebte, in die Arme schließen würde – an einem einzigen Abend zerplatzt. Eine normale Mutter liebte ihre Kinder, verdammt nochmal! Sie gab nicht eins für das andere einfach so her, erklärte es für tot.

So als wäre ihr Sohn für sie tatsächlich gestorben. Vermutlich konnte er froh sein, dass er sie nicht mehr lebend angetroffen hatte. Sie hatte die ganze Zeit gewusst, dass es ihn gab, dass er ein paar hundert Kilometer von ihr entfernt aufwuchs, und sie hatte sich nicht darum geschert! Wahrscheinlich hatte sie deshalb sogar Wien verlassen – damit Ben und er sich nicht zufällig einmal begegneten und die ganze Lüge aufflog. Ob sie jemals bereut hatte, was sie getan hatte?

Er musste Klara noch einmal darauf ansprechen. Gestern war das nicht mehr möglich gewesen. Sie war schon nach dem zweiten oder dritten Schnaps völlig weggetreten und bald eingeschlafen. Den Rest der Flasche hatte er allein geleert. An Schlaf war für ihn kaum zu denken gewesen nach diesen Neuigkeiten. Dementsprechend mies fühlte er sich auch jetzt. Er würde die Brause noch für einen Moment kalt einstellen, das sollte reichen, um den Tag zu überstehen. Irgendwie musste dieses Weihnachten mit Klara ja jetzt weitergehen.

Als Konrad in die Küche kam, hatte Klara schon den Frühstückstisch gedeckt und saß mit einer dampfenden Tasse Kaffee in der Hand an ihrem Platz. Er wunderte sich ein wenig – in den letzten Wochen war das Kaffeekochen in aller

Regel sein Job gewesen. Klara sah fürchterlich aus. Unter ihren Augen zeichneten sich dunkle Ringe ab, ihr Haar war ungekämmt und zerzaust und sie trug ihren Bademantel über dem Nachthemd – eine Tatsache, die ihn besonders verwunderte, denn er hatte diese Frau tatsächlich noch nie im Nachtgewand am Frühstückstisch gesehen. Daher überraschte es ihn wenig, dass sie statt eines Morgengrußes nur leicht gereizt fragte, ob das Bad endlich frei sei und auch sofort dahin verschwand. Wo sie die nächste halbe Stunde blieb. Konrad hatte mittlerweile zwei Scheiben Brot und ein weiches Ei gegessen, einen Kaffee getrunken und Butter und Milch wieder in den Kühlschrank geräumt, als sie deutlich weniger derangiert wieder erschien.

»Soll ich dir Eier machen?«, fragte er aufgeräumt.

Klara winkte ab. »Ich bin froh, wenn ich den Kaffee bei mir behalte.« Und erklärend und ein wenig vorwurfsvoll fügte sie hinzu: »Ich bin diese Mengen an Alkohol wirklich nicht gewohnt.«

»War auch alles ein bisschen viel gestern«, erwiderte Konrad. »Also, ich meine damit nicht den Alkohol.«

Klara blickte ihn missbilligend an. Offenbar war *er* mehr gewohnt, sonst säße er jetzt nicht frisch wie der frühe Morgen am Tisch.

»Ich weiß, was du denkst Aber ich habe das mit dem Alkohol im Griff.«

Klara dachte sich ihren Teil. Sie wusste, dass ein Alkoholiker sein Problem niemals im Griff hatte. Doch solange er sich ihr gegenüber nicht ausfällig benahm, konnte es ihr egal sein.

Konrad wechselte das Thema mit einem Vorschlag: »Ich möchte uns nicht dieses ganze Weihnachten mit Geschichten von meiner Familie verderben. Das gestern war mehr als genug und sollte uns beide erstmal beschäftigen. Wie wäre es, wenn wir gleich einen Spaziergang machen, die Feiertage friedlich verbringen und nach Weihnachten weiterreden?«

Klara blickte ihn erstaunt, dann dankbar an. Auch ihr hatte das Päckchen gestern Abend gereicht und es verlangte sie nicht allzu dringend nach einer schnellen Fortsetzung. Ein Aufschub war sicher für sie beide das Beste.

Eine knappe Stunde später waren sie im Wald unterwegs. Sie waren mit dem Bus hinauf gefahren auf etwa halbe Höhe Richtung Königstuhl, der höchsten Erhebung des Kleinen Odenwaldes. Klara und Konrad schlugen einen schmalen Waldweg ein und versuchten so, den vielen Menschen zu entkommen, die ebenso wie sie bei dem ungewöhnlich warmen und sonnigen Wetter ein wenig Erholung vom guten Essen und dem allgemeinen Weihnachtsstress suchten.

Klara spürte, wie die frische Waldluft allmählich ihre Kopfschmerzen vertrieb und die Lebensgeister zurückholte. Es roch nach Moos und feuchtem Laub und Rinde. Der Boden war weich und federte bei jedem Schritt. Beide waren nicht in der Laune viel zu reden, deshalb gingen sie eine ganze Weile schweigend nebeneinander her. Zudem waren die hügeligen Senken und Steigungen in dieser Gegend nicht wenig anstrengend. Vor allem Konrad als eingefleischter Großstädter war das überhaupt nicht gewohnt und kam merklich ins Schnaufen, was eine Unterhaltung zusätzlich erschwert hätte.

Dazu kam aber auch, dass keiner der beiden einen Anfang fand für eine unverfängliche Unterhaltung, die die Ereignisse des gestrigen Tages vereinbarungsgemäß ausklammerte. So marschierten sie immer weiter, den sich serpentinenartig den Berg entlang windenden Wegen folgend, bergab und bergauf. Hier und da lichtete sich der Wald und gab einen atemberaubenden Blick auf die unterhalb gelegenen Stadtteile Heidelbergs preis. Die Sonne linste immer wieder durch die meterhohen Nadelgehölze und warf helle Streifen und zarte Muster auf den weichen, sandigen Waldboden.

Rechts und links der Wege konnte man die aufgeworfenen Schwielen im Erdboden finden, die die Wildschweine hier nachts und frühmorgens hinterließen. Klara musste beim Anblick der Wildschweinspuren kurz belustigt an einen Spruch von Frau Kerber denken: »Die schlimmschde Sau im Wald is die Wildsau – vor allem die menschlische!«, hatte sie mit erhobenem Zeigefinger und einem Augenzwinkern gemahnt, als Klara vor Jahren einmal zu einem Betriebsausflug in den Wald aufgebrochen war.

Bei der Vorstellung, einer Horde Wildschweine zu begegnen, wurde es ihr mulmig und sie konzentrierte sich lieber wieder auf den beruhigenden Anblick der immergrünen Nadelbäume, die der winterlichen Tristesse des Waldes ganzjährig trotzten.

Friedlich war es hier, absolut friedlich. Die Natur schien ganz auf sich selbst konzentriert zu sein, als könne sie das Elend der Welt einfach ignorieren in ihrem ewig währenden und uralten Kreislauf. Einmal sahen sie ein Eichhhörnchen, das hastig über den Weg lief und in Windeseile an einem Baum hochkletterte, wo es die Spaziergänger aus sicherer Höhe zu beobachten schien.

Klara und Konrad waren schon eine ganze Weile gegangen und bereits ziemlich aus der Puste, als sich der Weg endlich zu einem kleinen freien Plateau mit einer Aussichtsbank verbreiterte, auf die sie sich nach einer kurzen wortlosen Verständigung dankbar plumpsen ließen. Der Ausblick über Heidelberg sowie die ganz besondere Stimmung dieses Fleckchens Erde entschädigte für alle Mühsal des Aufstiegs. Und wie aus einem Munde entfuhr beiden zeitgleich ein tiefer, wohliger und auch ein bisschen ehrfürchtiger Seufzer.

Sie blickten sich an und mussten lachen.

»Ist die Natur nicht wunderschön und heilsam?«, fragte Klara etwas pathetisch, während sie den Blick über das Tal schweifen ließ. Der Wald hatte zu jeder Jahreszeit etwas zu bieten. Egal ob im Schnee oder in der vollen Sommerblüte, bei Regen, Wind oder im goldenen Herbst – hier oben fühlte sie sich immer geborgen und beschützt. Es war schon eine Weile her, dass sie das letzte Mal hier gewesen war. Es musste im Spätherbst gewesen sein, am Todestag ihrer Mutter. An diesem Tag machte sie immer einen langen Spaziergang durch den Wald. Dabei fühlte sie sich ihrer Mutter besonders nah und sie empfand etwas Tröstliches dabei, wenn sie die Natur betrachtete, die sich zu dieser Jahreszeit im letzten Aufbegehren vor dem Winter noch einmal von einer ihrer schönsten Seiten zeigte.

Beim Gedanken an ihre Mutter wurde Klara wehmütig ums Herz. Sie hatte nicht allzu viel Schönes in ihrem Leben gehabt. Eine beschwerliche, vom Krieg geprägte Jugend, der Vater gefallen, die eigene Mutter überfordert. Die Ehe mit Klaras so despotischem wie trinkfreudigen Vater, in der sie nicht weniger Arbeit und Mühsal erwartete. Ob sie jemals gefragt worden war, was sie sich für ihr Leben gewünscht hätte? Sie hatte einfach immer getan, was getan werden musste. Und dann hatte sie auch noch ihre Tochter verloren. Viel zu früh. Kristins Tod hatte ihr das Herz gebrochen. War sie zuvor noch eine anpackende und in ihr Schicksal ergebene Frau gewesen, so war sie danach nur noch ein Schatten ihrer selbst. Klara war nie mehr an sie herangekommen, bis zu ihrem Tod nicht. Sie hatte sich nicht selten bei dem Gedanken erwischt, ob es nicht besser gewesen wäre, wenn sie bei diesem furchtbaren Unfall ertrunken wäre und nicht Kristin. Ihre Schwester hatte sie gerettet und ihr eigenes Leben dafür gelassen. Nach der Beerdigung hatten die Eltern kein Wort mehr über Kristin verloren und Klara mit ihrer Schuld alleingelassen.

Doch sie wollte die Stimmung, die gerade so etwas Leichtes hatte, jetzt nicht durch düstere Gedanken verderben. Deshalb schlug sie vor, dass sie noch ein Stückchen weitergehen und oben in einem Aussichtslokal eine Apfelsaftschorle trinken könnten, bevor sie wieder nach Hause gingen.

»Wollen wir nicht zur Feier des Tages lieber etwas Schönes essen gehen?«, machte Konrad einen Gegenvorschlag. »Ich habe einen Bärenhunger. Ich lade dich ein. Sozusagen als verspätetes Weihnachtsgeschenk.« Er lächelte versöhnlich.

Den Rest der Feiertage und die Zeit zwischen den Jahren verbrachten Konrad und Klara beschaulich, in abwartend-friedlicher Koexistenz. Sie vermieden die schweren Themen, keiner stellte tiefergehende Fragen. Sie waren auf schicksalhafte Weise miteinander verbunden, ohne zu wissen, ob sie einander wirklich meinten. Jeder wollte vom anderen etwas, das ihm half, seine Vergangenheit, sein Leben besser zu begreifen und zu verarbeiten. Es war wie ein Wandeln auf Eis: Man genoss die eingefrorene Landschaft und freute sich darüber, dass der Untergrund für eine bestimmte Zeit trug, jedoch stets in dem Bewusstsein, dass er jederzeit einbrechen konnte – mit unabsehbaren Folgen.

Klara hatte sich eine Woche freigenommen und sie machten kleine Ausflüge, kochten miteinander, gingen abends zeitig zu Bett. Konrad verbrachte daneben einige Zeit in der Stadt und im Obdachlosencafé bei seinen Leuten von der Straße, wo er versuchte, den Kopf frei zu kriegen von den Gedanken, die um Klara, seinen Bruder und seine Mutter kreisten. Er trug jetzt wieder öfter seine alten Klamotten oder holte sich in der Kleiderkammer neue gebrauchte, was Klara sichtlich missfiel.

Klara besuchte in diesen Tagen Frau Kerber zweimal außer der Reihe. Schließlich war Weihnachten, und die alte Dame hatte sonst kaum noch jemanden, der sie besuchte. Sie bemerkte dabei, dass auch sie selbst niemanden hatte, mit dem sie Zeit verbringen könnte. Bisher hatte ihr das nichts ausgemacht, doch wenn Konrad jetzt etwas ohne sie unternahm, fiel es ihr auf.

Plötzlich fühlte sie sich einsam. Und zu diesem Zeitpunkt ahnte sie nicht, dass sie sich schon bald noch sehr viel einsamer fühlen würde.

KAPITEL 19

Für Silvester hatte sich Konrad angeboten, ein nettes Abendessen zuzubereiten. Er hatte seine Freude am Kochen zurückgewonnen. Während seiner Ehe mit Helène hatte er viel gekocht. Vor allem das Entdecken der französischen Küche war eine Offenbarung für ihn gewesen und er hatte es dabei sogar zu einem Lob seiner überaus kritischen Schwiegermama gebracht. Vielleicht sollte er wieder einmal französisch kochen. Das Elsass war doch gar nicht so weit und er hatte gehört, dass man dort wunderbare Delikatessen einkaufen konnte. Abgesehen davon wollte er nach der ganzen Zeit in Heidelberg und bei Klara mal wieder raus, eine andere Umgebung und andere Leute sehen. Also schlug er am Tag vor Silvester vor, dass man doch mit dem Zug nach Straßburg fahren und dort nach ein paar Feinkostgeschäften Ausschau halten könnte.

Klara reagierte überrascht und leicht verunsichert. Sie hatte sich schon sehr lange nicht mehr außerhalb der gewohnten Umgebung rund um Heidelberg bewegt. Das Maximum war ein Tagesausflug nach Weinheim im Kollegenkreis gewesen. Auch damals hatte sie zuerst gezögert, nach einer Ermutigung von Frau Kerber aber daran teilgenommen, und es war zu ihrer eigenen Überraschung ein sehr lustiger Tag geworden. Im Grunde lag es ja auch mehr am Mangel an Gelegenheit, dass sie so selten rauskam. Und am Mangel an einer passenden Begleitung. Und je seltener man sich etwas Neuem aussetzte, desto mehr machte es einem Angst, das wusste sie aus ihrer Therapie ganz genau. Damals mit Ben hatte sie ganz gerne mal einen Ausflug gemacht, warum sollte sie es also nicht auch mit Konrad wagen?

»Okay«, willigte sie ein. »Dann ruf ich mal bei der Zugauskunft an und erkundige mich nach Abfahrtszeiten.«

»Schon passiert«, entgegnete Konrad. »Ich war gestern noch am Bahnhof – wenn du magst, können wir in einer dreiviertel Stunde los.«

Klara wunderte sich und in ihre Verwunderung mischte sich auch ein wenig Ärger. So proaktiv hatte sie Konrad bisher nicht erlebt. Seit er bei ihr wohnte, hatte er sich mit Wünschen und Vorschlägen sehr zurückgehalten und die Regie ihres Miteinanders eindeutig ihr überlassen. Ob es um Alltagserledigungen, Essenszeiten oder Wochenendabläufe ging – Konrad hatte sich ihr anstandslos angepasst. Und jetzt wollte er plötzlich nach Straßburg und schien alles schon geplant zu haben. Ohne Rücksicht. Sie sah auf die Uhr: Viertel vor neun. Nervosität stieg in ihr auf. Eine dreiviertel Stunde war nicht viel, um an alles zu denken, zum Bahnhof zu fahren und dann mussten sie ja auch noch die Fahrkarten kaufen. Der nächste Blick richtete sich aus dem Fenster und zum Himmel: Er war wolkenverhangen, nicht wirklich hell und auch nicht ganz dunkel. Was sollte sie anziehen? Und was musste man mitnehmen? Brauchten sie einen Regenschirm, falls sie von einem Schauer überrascht wurden? Etwas zu trinken für die Fahrt wäre sicher nicht schlecht. Ihren Reisepass – schließlich wollten sie nach Frankreich fahren? Die Unruhe stieg. Hoffentlich würde sie den Tag gut überstehen.

Eine Stunde später saßen sie tatsächlich im Zug Richtung Straßburg. Konrad hatte mit stoischer Gelassenheit gewartet, bis Klara sich passend angezogen, ihren Pass gefunden und einen Rucksack mit Wasserflasche, Regenschirm und Snacks gepackt hatte. Sie trug Jeans und bequeme schwarze Winterstiefel, dazu T-Shirt, Pulli und eine warme Jacke. Im Rucksack hatte sie noch ein zusammengefaltetes Regencape. Für alle Fälle. Zwiebel-Look, nannte sie das. So konnte man immer etwas aus- oder anziehen. Erschöpft fischte sie die Wasserflasche aus dem Rucksack und nahm einen Schluck. Gegen Mittag würden sie in Straßburg sein, für Klara eine halbe Weltreise.

Sie saßen allein in ihrem Abteil auf gegenüberliegenden Plätzen. Es kam für Klara nicht gänzlich überraschend, denn eigentlich hatte sie damit rechnen müssen, seit die Feiertage vorbei waren: Konrad nutzte die Zeit im Zug zum Reden. Hier konnte sie ihm nicht ausweichen. Doch sie wusste nach wie vor nicht, ob sie bereit war für die Wahrheit.

»Das Jahr geht ja nun seinem Ende zu«, begann Konrad. »Und bevor ich es abschließe und ein neues Jahr beginne, möchte ich eine Sache von dir wissen.« Er blickte sie tief an. ›Du weißt, worum es geht‹, sagte sein Blick. ›Du weißt, dass du mir eine Wahrheit schuldig bist, die alles zwischen uns verändern wird. Wenn ich es weiß, wird es für mich keinen Grund mehr geben, bei dir zu bleiben. Ich werde fortgehen und dich allein lassen – wieder allein. Und es wird schlimmer sein als zuvor, viel schlimmer.‹

Klara schluckte. »Es wird alles ändern«, sagte sie tonlos.

Konrad lehnte sich auf seinem Sitz zurück und schwieg. Es war ein lautes, forderndes Schweigen, ein Ich-habe-Zeit-Schweigen. Klara fühlte, wie das Blut schlagartig in ihren Ohren zu rauschen begann und ihr Körper sich versteifte, wie ihre Hände sich verkrampften und ihr kompletter Organismus auf Schutzmodus stellte. Sie fühlte sich wie ein in die Enge getriebenes Reh kurz vor seiner Erschießung. Sie saß in der Falle und es gab kein Entrinnen.

Sie kannte diesen Zustand. In solchen Situationen war sie nicht mehr imstande, selbst zu entscheiden, was sie als nächstes sagte oder tat. Es war wie ein Riss zwischen ihrer Seele und ihrem Körper. Irgendeine Instanz in ihr entschied dann für sie, was das Beste war, ohne dass sie selbst noch einen Einfluss darauf hatte.

Langsam, ganz langsam beruhigte sich ihr Puls. Sie fühlte wieder ihre Hände und ihren Körper und er fühlte sich jetzt ganz leicht an, fast schwerelos. Konrad sah sie noch immer unverwandt an. In Klaras Kopf war jetzt eine große Leere, ähnlich dem Inneren eines Luftballons, der nach oben schwebt, immer höher und höher und sie konnte sich von oben sehen und hören, was sie sagte:

»Ben ist tot.«

Konrad wurde blass. Sein eben noch so selbstsicherer Gesichtsausdruck wich einer Fassungslosigkeit, die Klara für einen kurzen Moment Angst machte. Alles an ihm schien in sich zusammenzusacken wie ein Reifen, aus dem die Luft abgelassen wurde. Mit allem hätte er gerechnet, dass sein Bruder in Klaras Augen ein Arschloch war, dass er eine andere geschwängert, mit ihr abgehauen war, dass er sie belogen und betrogen hatte, ganz egal – aber das?

Er starrte sie an: »Tot? Wie tot? Und das sagst du mir erst jetzt?« Klara kauerte auf ihrem Sitzplatz, ein Häufchen Elend, doch tief in ihr drin schien eine Kraft zu existieren, die sie das Unfassbare jetzt mit ruhiger Stimme aussprechen ließ. Ein Widerspruch, der Konrad irritierte. Drei Worte von einer Gewalt, die ihn fast umwarf.

Sein Bruder. Sein Zwilling. Seine zweite Hälfte. Tot. Dass sein Vater nicht mehr lebte, seine Mutter, das hatte ihn enttäuscht, wütend gemacht, aber es war der Lauf der Dinge und er hatte damit rechnen müssen. Und mittlerweile fand er sogar, dass es gut so war. Aber dass der letzte Mensch, der ihm auf dieser Welt noch etwas bedeutet hätte, der einzige, der ihm alles hätte erzählen können, über die Eltern, die Familie, über seine Wurzeln, nicht mehr lebte, das wollte er einfach nicht glauben. Es fühlte sich falsch an. Warum hatte Klara ihm das die ganze Zeit verschwiegen? Hatte sie ihn auch davor ›schützen‹ wollen?

»Seit wann?«, brachte er hervor. »Und wie ist das passiert?«

Der Zug bremste scharf, die beiden wurden in ihren Sitzen vor und zurück geworfen. Eine unverständliche Durchsage drang wie von Ferne an Konrads Ohren. Sie standen auf offener Strecke. Draußen wehte ein nasskalter Wind, der an den Ästen der Bäume zerrte. Sie waren irgendwo auf der Höhe von Karlsruhe. Es war ihm egal.

Klara saß da mit gefalteten Händen und sprach mit gesenktem Blick und fester, ruhiger Stimme: »Seit seinem Besuch auf Teneriffa war er nicht mehr derselbe. Er versuchte fieberhaft, an Informationen zu kommen, ist extra nach Wien gefahren, hat bei Ämtern und sogar im Krankenhaus nachgefragt. Aber die alten Akten galten zu der Zeit noch als verschollen. Da war nichts zu machen. Die Sache wurde für ihn zur fixen Idee. Er hat deinen vollen Namen und deinen Aufenthaltsort nie herausgefunden, auch nicht die Namen deiner Zieh-Eltern oder sonst irgendetwas. Ben ist darüber verzweifelt. Zu wissen, dass seine Mutter, die ihm heilig war, die er immer auf ein Podest gestellt hatte, ihn derart belogen und seinen eigenen Zwilling weggegeben hat – das hat ihn fertig gemacht. Dass er seinen Vater nicht mal mehr fragen konnte, ob er von der ganzen Sache wusste, war das nächste, was ihn schwer belastet hat. Aus seiner Mutter war nichts herauszubekommen. Sie wollte mit der ganzen Geschichte nichts mehr zu tun haben.«

Sie blickte Konrad an. Er war unbewegt. Dafür setzte sich der Zug jetzt wieder in Bewegung und sie nahmen rasch an Fahrt auf.

»Ich nehme an, sie musste sich selbst schützen«, mutmaßte

sie. »Manche Dinge lasten so schwer auf der Seele, dass man sie besser vergisst, bevor man daran zugrunde geht.«

Sie konnte nicht einschätzen, was von dem Gesagten bei Konrad ankam. Also sprach sie einfach weiter: »Ben versank in einer Art Depression. Er trank zu viel und hockte nur noch zu Hause rum. Es war nichts mehr mit ihm anzufangen. Wir waren doch noch so jung, wir hatten alles noch vor uns, wollten leben, eine Familie gründen. Aber der Aktenordner hatte alles verändert, einfach alles. Und ich musste das Ganze wohl oder übel mittragen. Es gab keine Zukunft mehr für uns.«

Jetzt horchte Konrad auf. Was sollte das heißen? Klara sprach von der Situation, als hätte sie Ben verlassen und nicht umgekehrt. Aber das konnte ja wohl für sie kaum so traumatisierend gewesen sein, dass sie nicht darüber sprechen konnte? Er ließ sie weiter reden, unfähig, einen klaren Gedanken zu fassen.

»Er ist dann nochmal nach Teneriffa geflogen. Er dachte, wenn er seine Mutter massiv zur Rede stellt, würde er vielleicht doch etwas erreichen.« Sie blickte traurig zu Boden. »Ich glaube, er hatte sogar die wahnwitzige Hoffnung, dass am Ende alles ganz anders war. Aber das war es nicht.«

Sie schwieg einen Augenblick. Konrad starrte weiterhin auf den Boden vor sich.

»Er kam von dieser Reise nie wieder zurück«, erklärte sie jetzt aufgeräumt.

Der Zug fuhr in einen kleinen Bahnhof ein. Menschen stiegen aus und ein. Ein älterer Herr blickte fragend zu Klara und Konrad ins Abteil und entschied sich dann glücklicherweise dafür weiterzugehen.

»Was ist passiert?«, fragte Konrad.

»Er ist verschwunden«, antwortete Klara. »Eines Tages war er einfach weg. Keiner hat ihn jemals wiedergesehen.«

»Hat er ...«

»Du meinst, ob er sich das Leben genommen hat?«

Konrad nickte.

»Das wurde nie herausgefunden. Es gab keinen Abschiedsbrief oder so was, aber es wäre möglich. Ben war in einem extrem labilen Zustand damals. Da wäre alles möglich gewesen. Ich hatte zwischendurch sogar die Befürchtung, dass er auf seine – eure – Mutter losgeht. Aber er hat sich offenbar anders entschieden.«

Der letzte Satz klang fast schnippisch. Wieder wurde Konrad hellhörig, und für einen kurzen Moment hatte er das Gefühl, dass irgendetwas an der Geschichte nicht stimmte.

»Hat man jemals seinen …«

»Seine Leiche wurde nicht gefunden«, beendete Klara den Satz rasch. »Die Wohnung eurer Mutter und ihres Lebensgefährten lag direkt an einer Steilküste. Dort gibt es starke Strömungen. Es wäre eine Möglichkeit.«

Konrad blickte Klara durchdringend an. »Wie war das für dich, als Ben nicht mehr zurückkam?«

Klara schüttelte den Kopf. »Ich habe dir alles erzählt, was du wissen musst. Lass uns jetzt bitte über etwas anderes reden.«

Im selben Moment fuhr der Zug wie auf Bestellung in Straßburg ein. Klara schaute aus dem Fenster. Der Wind hatte sich gelegt und die Sonne zeigte sich zwischen den Wolken.

Sie schenkte Konrad ein Lächeln. »Wir sind da. Lass uns aussteigen.«

Konrad trottete wie benommen hinter Klara her. Wie konnte es sein, dass sie plötzlich so einfach über Bens Tod sprechen konnte? Weshalb hatte sie die ganze Zeit geschwiegen, ihm das Gefühl vermittelt, ihr Zeit geben zu müssen, um Ben zu finden? Er verstand gar nichts mehr, wollte sich aber gerade auch keine Gedanken über Klaras Psyche machen – er war mit seinen eigenen Gefühlen beschäftigt.

Er fasste Klara, die zielstrebig vor ihm herging, an der Schulter. Sie drehte sich um.

»Sag mal«, begann er. »Könnte es nicht vielleicht sein, dass mein Bruder doch noch lebt? Ich meine, seinen Leichnam, den hat man doch nie gefunden?«

Klara atmete hörbar aus. »Konrad, dein Bruder ist tot, glaube mir bitte.«

»Wie kannst du dir da so sicher sein? Ich meine, man hat doch sicher nach ihm gesucht, oder?«

»Ich weiß es einfach.«

Konrad spürte, dass aus Klara nicht mehr herauszukriegen war und gab nach. Zumindest für den Moment. Aber so einfach konnte er das Thema nicht beilegen. Da gab es noch zu viele Ungereimtheiten. Sie mauerte. Aber er würde sie nicht in Ruhe lassen, bevor er alles wusste, was sie ihm sagen konnte. Es brauchte Geduld, und die besaß er. Das war einer der Vorzüge, die ihm sein bisheriges Leben eingebracht hatte.

KAPITEL 20

Drei Monate später

Es war endlich Frühling geworden in Heidelberg. Nach dem langen und ungewöhnlich frostigen Winter streckten die ersten Krokusse und Hyazinthen ihre Köpfe aus der Erde, an den Bäumen sprossen weiße und rosa Blüten. In der Luft lag der würzige Geruch von feuchtem Gras und Blüten und das Gezwitscher der paarungswilligen Singvögel kündigte die Vorfreude auf den Sommer an.

Konrad war hartnäckig geblieben und hatte Klara immer wieder dazu gedrängt, ihm mehr zu erzählen. Es war nicht leicht gewesen für ihn, er hatte die richtigen Momente abpassen müssen, in denen Klara bereit war zum Reden. Doch nach und nach hatte er ein immer klareres Bild von seiner Mutter und den Verhältnissen in seiner Familie bekommen. Er hätte seiner Wege gehen können, nachdem er vom Tod seines Bruders erfahren hatte, doch es war wichtig und wertvoll für ihn, mit Klara jemanden an seiner Seite zu wissen, die seine Familie zumindest für einen gewissen Zeitraum sehr gut gekannt hatte und die ihm – wenn auch sehr zäh – vieles erklären konnte. Sie war eine Art temporärer Familienersatz für ihn geworden. Und wenn sie ihm auch manchmal etwas merkwürdig und schrullig vorkam, so hatte er mit der Zeit doch eine gewisse Zuneigung, fast eine Art Beschützerinstinkt ihr gegenüber entwickelt. Dies und die vielen Gespräche mit ihr hatten ihn schließlich zu der Einsicht geführt, dass er der Vergangenheit nicht länger hinterherlaufen sollte, sondern beginnen musste, nach vorne zu schauen.

Er stellte den Gedanken, Heidelberg wieder zu verlassen, also erstmal zurück. Es wartete ja niemand auf ihn. Um das finanzielle Ungleichgewicht zwischen ihm und Klara ein wenig auszugleichen hatte er, einem Aushang im Treppenhaus folgend, sogar einen Hausmeisterjob in der Nachbarschaft angenommen. Er war handwerklich schon immer recht geschickt gewesen und man hatte ihm gerne die Gelegenheit gegeben, sich im Rahmen eines Minijobs mit Tätigkeiten rund um Haus und Hof zu verdingen. Klara war es ganz recht gewesen, dass er nicht mehr auf der Straße hockte. Nicht weil sie damit per se ein Problem gehabt hätte, aber sie dachte, es würde seinem Selbstbewusstsein guttun, wenn er eine feste Aufgabe und ein regelmäßiges Einkommen hätte. Und damit hatte sie recht. Konrad fühlte sich gar nicht so unwohl in seinem ungeplanten Leben mit Klara. Er hatte einen Job, ein Dach über dem Kopf und das WG-artige Miteinander funktionierte im Großen und Ganzen sehr gut. Er spürte zwar nach wie vor, dass er Klara mehr bedeutete, jedoch hatte sie akzeptiert, dass er sich nicht wie ein zweiter Ben ausstaffieren ließ, und machte ihm keine allzu deutlichen Avancen. Letztendlich hatten beide ihre Vorteile aus der Situation.

Das Ganze hätte auch durchaus noch eine Weile so weitergehen können, wenn Konrad nicht eines Tages von Klara den Auftrag erhalten hätte, im Keller ein wenig auszumisten. Es war im Nachhinein nicht festzustellen, ob Klaras Unterbewusstsein es darauf angelegt hatte, dass Konrad die Wahrheit erfuhr, oder ob sie tatsächlich vergessen hatte, dass es da unten noch etwas gab, das ihren gemeinsamen Weg ein weiteres Mal für immer verändern sollte.

Es war ein Samstag kurz vor Ostern. Ein angenehm

warmer, sonniger Tag, einer von den Tagen, an denen die Frauen die Fenster und die Männer ihre Autos putzten. Klara hatte die Idee, ihren alljährlichen Frühjahrsputz in diesem Jahr auch auf den Keller auszudehnen, um endlich mal Platz zu schaffen und sich von einigen Dingen zu verabschieden, die sich im Laufe der Jahre so angesammelt hatten. Im Unterschied zu ihrer Wohnung war Klaras Keller erstaunlich unordentlich, was ein Grund war, warum sie ihn seit Jahren so gut wie nie betreten hatte. Das sollte sich in Zukunft ändern. Sie wollte ihren Keller wieder nutzen und in ihm Dinge ordentlich und wieder auffindbar unterbringen können. Allein hatte sie diese Aufgabe nie in Angriff genommen, da sie schon beim Anblick des vorhandenen Sammelsuriums Schweißausbrüche bekam. Doch jetzt, wo sie einen anstelligen Mitbewohner hatte, der sich in seiner freien Zeit ohnehin zu einem guten Teil um ihren gemeinsamen Haushalt kümmerte, war es angebracht, ihm diese Aufgabe anzuvertrauen.

Während Klara also die Wohnung, in der ohnehin zu keiner Jahreszeit ein Staubkörnchen zuviel zu finden war, auf Hochglanz brachte, begann Konrad damit, sich einen Überblick über die Kisten, Schachteln und anderen Dinge im Keller zu verschaffen. Er wollte systematisch Karton für Karton und Regal für Regal durchgehen und alles sortieren nach Sachen, die man behalten sollte, Sachen, die verkauft oder verschenkt werden konnten und Sachen, die entsorgt werden mussten.

Sein Blick fiel auf das Regal mit der Weihnachtsdeko. Seit er dort das Foto seines Bruders gefunden hatte, war er nur noch einmal nach Weihnachten hier unten gewesen, um die Kugeln und das Lametta wieder zu verstauen. Der Karton mit den Briefen und Fotos war nicht mehr da.

Erstaunlich, was sich alles in so einem Keller ansammeln konnte. Wer einmal auf der Straße gelebt hatte wusste, mit wie wenig man im Grunde genommen auskommen konnte. Was brauchten die Leute schon von all dem Kram, den sie in ihren Wohnungen und Kellern horteten? Und Klara – wofür brauchte sie wohl beispielsweise einen Tretroller? War sie jemals damit gefahren? Konrad schmunzelte bei der Vorstellung, wie sie in ihren adretten Büroklamotten auf einem Roller ins Rathaus fuhr. Dann gab es einen Karton mit alter Bett- und Tischwäsche. Unbrauchbare Erbstücke? Womöglich fristeten die hier ihr einsames Dasein nur, weil Klara es nicht übers Herz brachte, sie an eine gemeinnützige Einrichtung zu stiften. Und hinten in der Ecke stand eine ausgediente Kaffeemaschine, die ihren letzten Kaffee sicherlich schon Jahre hinter sich hatte. Wozu hob sie so etwas überhaupt auf?

Als Konrad die Maschine anhob, um sie zu dem Haufen mit Müll zu stellen und dabei das Regal ein wenig ins Wackeln geriet, fiel hinter dem Regal etwas zu Boden. Genau an der Stelle, wo zuvor die Schachtel mit Bens Foto gestanden hatte.

Es war ein Brief. Konrad sah ihn wie in Zeitlupe an der Wand entlang und auf den Boden rutschen. Er trat einen Schritt näher und beäugte ihn neugierig. Er war an Klara adressiert. Konrad hob ihn auf. Drehte ihn um. Der Brief war von Ben. Aus Italien. Im Absender war eine Privatadresse angegeben. Merkwürdig. Klara hatte ihm gar nicht erzählt, dass Ben einmal in Italien gewohnt hatte. Hatte er dort ein Auslandssemester absolviert? Konrad sah auf den Poststempel und erstarrte. Der Brief war in Verona abgestempelt worden und das Datum war klar zu erkennen: 12-08-03. Zu der Zeit hätte Ben nach Klaras Erzählung bereits fast zehn Jahre tot sein müssen! Konrad wurde schwindelig. Das konnte nicht sein, das konnte einfach nicht sein. Seine Hände zitterten, er musste sich an die Wand anlehnen.

Das war es also. Er hatte es die ganze Zeit gespürt. Ein

dumpfes Gefühl, dass irgendetwas nicht stimmte mit Klara, mit ihrer Geschichte. Dass sie ihm irgendetwas verheimlichte. Der Brief hier war der Beweis. Suizid! Die Frau war verrückt, vielleicht sogar gefährlich. Was konnte man einer Frau zutrauen, die einem vormachte, dass ein Mensch seit Jahren tot sei, während der ihr putzmunter Briefe aus Italien schrieb? Schon vor ein paar Monaten, als er genau an dieser Stelle den Karton mit Bens Foto gefunden hatte, war ihm der Verdacht gekommen, dass Klara nicht ganz richtig im Kopf war. Er hätte seinem Instinkt folgen und gleich abhauen sollen.

Konrad drehte den Brief in seinen Händen hin und her. Wenn er ihn jetzt öffnete, würde er endlich mehr darüber erfahren, was mit Klara los war und was nach Bens angeblichem Verschwinden wirklich passiert war. Möglicherweise wäre der Inhalt auch so erschütternd, dass er sich jetzt gut überlegen musste, ob er dem gewachsen war. Doch einfach so tun, als hätte er ihn nie entdeckt? Unmöglich. Wie sollte er mit Klara am Ostertisch sitzen, mit einer Frau, die ihm mittlerweile vertraut geworden und doch so fremd geblieben war, die im Keller mit diesem Brief die Leiche einer ungeheuerlichen Wahrheit begraben hatte?

Sollte er ihr den Brief vor die Nase halten, um eine Erklärung bitten? Womöglich würde sie ihn wieder belügen. Nein. Er musste ihn lesen. Er schaute auf die Uhr. Klara würde ihn noch eine Weile nicht vermissen, sie war beschäftigt. Er könnte sich ganz in Ruhe auf den Schemel in der Ecke setzen und den Brief lesen. Fahrig öffnete er das Kuvert, zog seinen Inhalt heraus und las:

Liebe Klara,

ich habe lange gebraucht, bis ich den Mut gefunden habe, dir diesen Brief zu schreiben und ich weiß, was ich dir womöglich damit zumute. Dennoch belastet mich die Vergangenheit zu sehr und ich will endlich reinen Tisch machen. Ich kann nur hoffen, dass ich nicht allzu viel damit aufwühle, aber du hast sicher mittlerweile eine neue Liebe gefunden und kannst das Ganze mit Abstand betrachten.

Ich kann mir vorstellen, dass es für dich nicht leicht war damals, als ich nicht mehr aus Teneriffa zurückgekehrt bin. Dass meine Mutter meinen Zwilling weggegeben und mir und ihm ein Leben lang die Wahrheit verschwiegen hat, dass sie selbst Jahre später noch nicht bereit war zur Offenheit, hat mein Leben förmlich aus den Angeln gerissen. Ich war wie betäubt vor Wut, Ohnmacht und Verzweiflung und es hätte nicht viel gefehlt und ich hätte eine große Dummheit begangen.

Ich saß auf dem Felsen vor dem Haus meiner Mutter und sah keinen Sinn mehr darin, weiterzumachen. Ich war am Ende. Da kam eine junge Frau wie aus dem Nichts und setzte sich zu mir. Wir redeten, und es war mir, als würde ich sie schon sehr lange kennen. Ich konnte mir alles von der Seele reden und sie hörte mir einfach nur zu. Sie erschien mir wie ein Engel. Sie hatte eine erstaunliche Kraft und Ruhe in sich und alles fühlte sich mit einem Mal viel leichter und klarer an. Sie war Italienerin, Seglerin und gerade wieder auf dem Weg zurück nach Italien. Im Laufe eines langen Gesprächs entwickelten wir schließlich die Idee, dass ich einfach mitfahren könnte. Weg aus meinem alten Leben, aus allen Erinnerungen und Belastungen, irgendwo noch mal ganz von vorn anfangen. Klara, es tut mir so leid, aber ich wusste damals keinen anderen Ausweg und bin mit ihr gefahren.

Ich habe mir in Italien ein neues Leben aufgebaut. Ich wollte nicht, dass ihr nach mir sucht oder dass irgendjemand weiß, wo ich bin. Deshalb habe ich bald geheiratet und den Namen meiner Frau angenommen. Es war erstaunlich leicht, an einen neuen Reisepass zu kommen und somit quasi unterzutauchen. Ich habe in Deutschland alle Brücken abgebrochen, keiner wusste, wo ich war. Ich war wie neugeboren.

Doch wie es so ist – die Vergangenheit holt einen irgendwann immer ein. Es beschäftigt mich seit Längerem, dass du nie erfahren hast, dass ich noch lebe. Und ich fühle mich zunehmend schlecht dabei. Ich weiß, dass du mich auf deine Art sehr geliebt hast, auch wenn das mit uns nicht funktionieren konnte. Deshalb denke ich, es ist an der Zeit, dass du die Wahrheit erfährst und dass ich mich deinen Fragen stelle, falls du noch welche an mich hast.

Klara, ich möchte dich um Verzeihung bitten für das, was ich dir vermutlich angetan habe. Ich war in einem Ausnahmezustand und die Flucht erschien mir als die einzige Rettung. Dann haben sich die Dinge entwickelt und es gab kein Zurück mehr. Mittlerweile sehe ich alles mit etwas anderen Augen. Vielleicht können wir uns ja irgendwann einmal treffen und uns aussprechen. Meine Kontaktdaten hast du ja jetzt.

Ich hoffe sehr, du kannst mir irgendwann einmal verzeihen.

Mit den besten Wünschen, Ben

Konrad ließ den Brief sinken und atmete einmal tief durch. Sein Bruder lebte. Und Klara wusste es. Sie hatte es die ganze Zeit gewusst und hatte ihm ein Märchen aufgetischt. Aber warum?

Konrad spürte, wie sein Puls in den Schläfen pochte. Ob sie jemals Kontakt zu Ben aufgenommen hatte? Ob es noch mehr Briefe gab? Im Grunde war es egal. Was Klara getan hatte, war perfide und durch nichts zu entschuldigen. Selbst wenn sie den Entschluss gefasst hatte, dass Ben für sie tot bleiben sollte – Konrad die Wahrheit zu verschweigen, war das Allerletzte. Sie hätte ihn für den Rest seines Lebens glauben lassen, dass er keine Chance mehr hatte, seinen Bruder zu finden. Was ging in ihrem Kopf nur vor? Ganz normal war sie nicht, das hatte Konrad schon lange bemerkt, aber das hier schlug dem Fass den Boden aus.

Er musste ruhig bleiben. Nachdenken, was zu tun war. Konfrontation wäre sinnlos. Wer wusste schon, was ihr einfiel, um ihn zu halten. Denn darum ging es doch: Für Klara war Ben gestorben und durch Konrad wieder zu ihr zurückgekehrt. Vor seinem innerem Auge spielten sich Szenen aus Stephen Kings Misery ab. Wie sie den armen Mann ans Bett fesselte und gefangen hielt, ihm den Fuß abhackte, um seine Flucht zu verhindern.

Konrad musste zusehen, dass er ohne eine weitere Erklärung verschwand. Er würde nach Italien fahren. Er hatte genug Geld auf der Seite, um sich bequem eine Zugfahrt leisten zu können und dort für eine Weile durchzukommen. Doch er musste vorsichtig sein, Klara durfte keinen Verdacht schöpfen. Er musste bis Montag warten, wenn sie wieder zur Arbeit ging, ganz in Ruhe seine Sachen packen, eine Fahrkarte kaufen und dann *ciao ciao bambina*! Ostern würde er in Verona verbringen und mit etwas Glück sogar mit seinem Bruder. Den Brief versteckte er wieder da, wo er ihn gefunden hatte. Er würde ihr eine Notiz hinterlassen, dass er zurück nach Berlin wolle. Besser, sie suchte erst gar nicht nach ihm.

KAPITEL 21

Konrad saß im Zug Richtung Verona und sah durch das Fenster frühlingsgrüne Schwarzwälder Wiesen mit zufrieden grasenden Kühen und Ziegen an sich vorüberziehen. Heute Abend würde Klara eine leere Wohnung vorfinden. Auf einem Zettel hatte er ihr mitgeteilt, dass er sich für den schönen Winter bedanke, es für ihn aber an der Zeit sei, wieder nach Berlin zurückzukehren. Es tue ihm leid, aber er brauche die Freiheit und vielleicht würden sich ihre Wege ja irgendwann noch einmal kreuzen. Wie bald sich das bewahrheiten sollte, wusste er zu diesem Zeitpunkt freilich noch nicht.

Am Samstag war er nach getaner Arbeit zu Klara raufgegangen und hatte Rückenschmerzen und große Erschöpfung vorgeschützt, um nicht mit ihr essen zu müssen. Anschließend hatte er so getan, als wäre er auf dem Sofa eingeschlafen. Noch schlimmer war der Sonntag gewesen. Um keinerlei Verdacht aufkommen zu lassen, hatte er mit ihr einen Spaziergang gemacht und zu Mittag gegessen. Zum Glück war Klara durch ihren sonntäglichen Besuch bei Frau Kerber wenigstens für zwei Stunden anderweitig beschäftigt gewesen. Die Zeit hatte Konrad genutzt, sich schon mal eine Fahrkarte zu besorgen. Abends hatte er dann einen Kinobesuch vorgeschlagen, damit er sich nicht noch länger mit ihr unterhalten musste. Doch allein eineinhalb Stunden so eng neben ihr zu sitzen, hatte ihm beinahe Schnappatmung beschert. Er hatte sich kaum auf den Film konzentrieren können, so elend war ihm zumute bei dem Gedanken, monatelang mit einer Verrückten zusammengelebt zu haben.

Klara hatte ihn nach dem Kino etwas besorgt auf seine blasse Erscheinung angesprochen und geäußert, sie könne sich morgen frei nehmen, wenn es ihm nicht gut gehe. Dabei hatte er tatsächlich beinahe so etwas wie ein schlechtes Gewissen bekommen. Doch seine Wut und sein Unverständnis für ihr Verhalten gewannen rasch Oberhand. Das hätte noch gefehlt, dass sie ihm mit ihrer Bemutterung die Tour versaute.

Jetzt konnte sich Konrad allmählich entspannen. Er ließ die Bilder der letzten Monate an sich vorüberziehen wie die Landschaft am Zugfenster und versuchte, nichts davon festhalten zu wollen. Sein Weg hatte ihn zu Klara geführt und das war ganz sicher für etwas gut gewesen. Hatte Klara den Brief im Keller wirklich vergessen? Immerhin war er der einzige Beweis dafür, dass Ben noch lebte.

Konrad öffnete die Bierdose, die er sich vor der Abfahrt noch am Bahnhof besorgt hatte, und nahm einen kräftigen Schluck. Das tat gut. Die Anspannung der letzten beiden Tage fiel allmählich von ihm ab. Er hatte sich die vergangenen Monate viel zu sehr an Klara angepasst. Zu wenig Alkohol, zuviel Ordnung. Das wäre so oder so nicht ewig gut gegangen. Er lehnte sich zurück und schloss die Augen.

KAPITEL 22

Schon bevor sie den Schlüssel in der Tür drehte, hatte Klara ein merkwürdiges Gefühl. Sie konnte es nicht zuordnen, manchmal hatte sie so etwas. Zum Beispiel wenn das Telefon klingelte und sie schon vor dem Abnehmen wusste, dass eine unangenehme Nachricht auf sie wartete. Konrad war in den letzten Tagen irgendwie anders gewesen. Sie war nicht an ihn herangekommen und er hatte nichts gesagt, aber sie hatte gespürt, dass etwas Schweres in der Luft lag. Die Leichtigkeit zwischen ihnen war ganz plötzlich weg gewesen.

Sie betrat die Wohnung und sah als erstes, dass sein Mantel nicht an der Garderobe hing. Seine Schuhe standen auch nicht davor. Und aus der Küche hörte sie nicht, wie gewöhnlich um diese Zeit, das Klappern von Geschirr und sie roch auch keinen Essensduft. Die Wohnung atmete eine verlassene Atmosphäre aus. Hier war seit Stunden niemand mehr gewesen.

Sie zog ihr Handy aus der Tasche. Nichts. Keine Nachricht von Konrad. Sie zog Jacke und Schuhe aus und ging in die Küche. Sie war völlig verlassen. Im Kühlschrank keine frischen Vorräte wie sonst montags. Klara spürte, wie ihr die Beine versagten und sie musste sich setzen. Mit zitternden Händen wählte sie Konrads Nummer. Keine Verbindung zum gewählten Teilnehmer. Jetzt kam ihr ein anderer Gedanke: Ob ihm etwas zugestoßen war? Sie stand auf und ging ins Wohnzimmer. Und da lag er auf dem Tisch. Ein kurzer Brief. Mit Konrads Handschrift. Klara wusste sofort, dass es ein Abschiedsbrief war. Ihr stiegen die Tränen in die Augen, noch bevor sie ihn gelesen hatte. Es stand nicht viel darin:

Liebe Klara,
vielen Dank für die schöne Zeit mit dir, aber ich muss wieder in die Freiheit zurück. Meine Zeit in Heidelberg ist zu Ende und ich sehne mich nach meiner alten Heimat. Ich habe es nicht über mich gebracht, es dir persönlich zu sagen, bitte verzeih mir, dass ich dir nur diese Zeilen hinterlasse.
Ich wünsche dir alles Gute und vielleicht kreuzen sich unsere Wege ja mal wieder.
Konny

Klara ließ den Brief sinken. Er hatte mit Konny unterschrieben. Wollte er ihr damit etwas sagen? War er bei ihr zu sehr Konrad geworden, hatte sie ihn zu sehr eingeengt? Sie hatte seinen richtigen Namen bevorzugt und jetzt wollte er offensichtlich wieder Konny sein. Hatte sie sich so in ihm und seinen Gefühlen getäuscht? Sie hatte den Eindruck gehabt, dass er gern mit ihr zusammen war und er durchaus Gefallen am sesshaften Leben hatte. Hatte er sie etwa nur als Winterquartier benutzt, um jetzt, wo es wärmer wurde, wieder seiner Wege zu ziehen? Oder lag es an ihr? War sie es nicht wert, dass man sie anständig behandelte? Zum ersten Mal seit Ben hatte sie wieder Gefühle zu einem Mann entwickelt, konnte sie wieder mit jemandem zusammenleben. Und jetzt das. War es ihr Schicksal, dass ihr dasselbe wieder und wieder passierte? Dass alle, die sie liebte, sie sang- und klanglos verließen? Auch Ben war damals von heute auf morgen verschwunden und sie hatte jahrelang seinen Tod betrauert, bevor er ihr mit der Wahrheit eine noch größere Wunde zugefügt hatte.

»Die Dinge wiederholen sich«, murmelte sie halblaut vor sich hin. Und vielleicht war es ihre eigene Schuld. Konrad war schließlich zu ihr gekommen, um seinen Bruder zu finden. Sie hatte ihm die Wahrheit vorenthalten, um ihn zu halten, und das war jetzt der Preis, den sie für ihre Lüge zu zahlen hatte. Vermutlich hatte sie sich seine Zuneigung nur eingebildet und er empfand genauso wenig für sie wie sein Bruder. Ausgenutzt hatten sie sie, alle beide. Ein warmes Nest hat ten sie gesucht, eine, die das Geld heimbringt, während der eine studiert und der andere seine Zeit anderweitig verbummelt hatte. Sie spürte eine Wut in sich aufsteigen, die den Kummer für einen Moment besiegte. Ja, es war gut, wütend zu sein, das hatte ihre Therapeutin ihr immer gesagt. Und Klara war wütend. Sie war wütend auf Konrad, auf Ben, auf das Schicksal, auf sich. Die Tränen, die ihr jetzt heiß über die Wangen liefen, waren Tränen der Verzweiflung und des Zorns. Aus ihrer Kehle kam ein würgender Laut und sie suchte nach einem Ventil, das sie in der kleinen Blumenvase fand, die auf dem Beistelltischchen stand. Sie enthielt die Schneeglöckchen, die sie gestern bei ihrem Spaziergang gepflückt und mitgenommen hatte. Klara packte die Vase und warf sie mit aller Gewalt gegen die Wand. Fassungslos starrte sie auf den unschönen Fleck, der sich auf der weißen Tapete bildete, auf das Wasser, das herunterrann, auf die auf dem Boden verstreuen Blumen, auf die Scherben. Sie sank auf den Sessel und schluchzte haltlos.

Am nächsten Morgen wachte Klara mit einem bleiernen Körpergefühl auf. Ihr Kopf schien fast zu platzen und sie hatte das Gefühl, als sei sie die ganze Nacht von wilden Träumen heimgesucht worden. Sie hatte von Kristin geträumt und wieder von Ben. Die beiden hatten sich an der Hand gehalten und sie ausgelacht. Böse und hämisch.

»Du bist schuld!«, hatten sie gerufen. »Du ganz allein!«

Und Klara hatte geheult und gewimmert. »Kristin, es war keine Absicht«, hatte sie geflüstert. »Ich habe das nicht gewollt. Bitte verzeih mir.«

Doch es gab kein Verzeihen, keine Gnade. Klara wusste, dass sie es verdient hatte, alles. Sie hatte versucht, bei den Eltern Kristins Stelle einzunehmen, doch es war ihr nicht geglückt. Genauso wenig wie sie Konrad zu Ben hatte machen können. Zwillinge, da waren lauter Zwillinge gewesen im Traum. Ben und Konrad, Kristin und sie selbst als kleine Mädchen in gleichen Kleidchen, Ben und Kristin als Geschwisterpaar. Die Bilder waren kreuz und quer gegangen, durchsetzt mit leuchtenden Blitzen und gewaltigen schwarzen Löchern, die sie hineingezogen hatten in eine böse Finsternis. Klara wusste nicht mehr, was Traum war und was Realität, sie wollte am liebsten die Augen wieder schließen, in einem der Löcher versinken und nie wieder auftauchen. Sie hatte es verdient, verdient, verdient.

KAPITEL 23

Konrad kam gegen Abend in Verona an. Die Luft hier war ganz anders als in Deutschland. Sie roch leicht süßlich und fühlte sich mild an auf der Haut. Und wärmer war es hier auch schon. Der Frühling und die Vorfreude auf den Sommer waren deutlich spürbar und das konnte man den Menschen auch ansehen. Auf dem Bahnhof herrschte ein buntes Treiben von Ankommenden und Abreisenden. Ostern stand vor der Tür und, wie überall, wurde auch hier in diesen Tagen viel gereist. Da wurden Omas und Opas von ihren Kindern und Enkeln begrüßt, junge Pärchen schlenderten verliebt mit Rucksäcken auf dem Rücken über den Bahnsteig, Familien bestiegen eifrig und schwer bepackt ihre Züge. Die jungen Männer trugen die Hemdärmel leger hochgekrempelt und die Frauen hatten die Blusen einen Kopf weiter aufgeknöpft über ihren kurzen Röcken. Man sah herausgeputzte Mädchen in gerüschten Kleidchen und kleine Jungen in Bermudas und flotten Hemden. Alle gestikulierten und redeten durcheinander, die Stimmung oszillierte zwischen angespannter Hektik und fröhlichem Übermut.

Ach ja, Italien. Konrad dachte nach, wann er das letzte Mal in diesem wunderbaren Land gewesen war. Helène und er waren ganz am Anfang ihrer Beziehung für eine Woche zusammen in der Toskana gewesen: Florenz, Pisa, Lucca. Und einmal waren sie für ein verlängertes Wochenende nach Rom geflogen zur Hochzeit von Helènes Cousin, der eine Römerin geheiratet hatte. Zu den Festspielen nach Verona hatten sie es allerdings nie geschafft – das war immer ein sehnlicher Wunsch von Helène gewesen, den sie sich mittlerweile sicherlich mit einem anderen erfüllt hatte. Konrad wischte den Gedanken an Helène beiseite und betrachtete die Menschen um ihn herum.

Er war schon immer fasziniert gewesen von der Gelassenheit, die man bei aller Betriebsamkeit in den italienischen Städten spüren konnte. Beim Anblick der elegant gekleideten italienischen Herren fühlte er sich zum ersten Mal seit langer Zeit ein wenig schäbig. Er blickte auf seine ausgebeulten Bundeswehrhosen, den Kapuzenpulli und die groben Stiefel, die so gar nichts von der frühlingshaften Leichtigkeit hatten, die hier so verschwenderisch um ihn herum versprüht wurde. In Deutschland machte es ihm nichts aus, wie er herumlief, und die kurze Juristenklamotten-Eskapade unter Klaras Ägide hatte er seit dem Bilderfund kategorisch beendet. Aber hier lebte in jedem Schuh der Geist von Stil und Eleganz und auch in Konrads Leben hatte es eine Zeit gegeben, in der er auf solche Dinge Wert gelegt hatte.

Er schulterte seinen Rucksack und verließ das Bahnhofsgebäude. Für die erste Nacht wollte er sich ein *ostello della gioventù*, eine Jugendherberge suchen, er musste sein Geld zusammenhalten. Und vielleicht sollte er sich ein paar neue Klamotten und einen Friseurbesuch leisten – so wie er jetzt aussah, wollte er seinem Bruder nicht unbedingt entgegentreten.

Als Konrad am nächsten Tag von seiner Herberge zu Fuß in Richtung *centro* ging, dachte er zum ersten Mal richtig darüber nach, was er seinem Bruder sagen wollte, wenn er ihm begegnete. Seit dem Fund des Briefes war er viel zu aufgeregt gewesen, als dass er sich eine konkrete Vorstellung davon gemacht hätte, wie die erste Begegnung ablaufen konnte. Er war völlig darauf fixiert gewesen, von Klara wegzukommen und seinen Bruder so schnell wie möglich aufzusuchen. Er hatte bewusst darauf verzichtet, Bens Telefonnummer ausfindig zu machen, um sich vorab anzukündigen. Die Sache war zu wichtig, als dass er sie mit einem krampfigen Telefonat beginnen wollte. Und wozu auch – er hätte es ohnehin keinen Tag länger in Heidelberg ausgehalten. Er wollte seinem Bruder Auge in Auge gegenüberstehen.

Beschwingt lief Konrad über eine Kreuzung, ein Auto hupte und er konnte sich in letzter Sekunde gerade noch auf den Bordstein retten. Plötzlich mischte sich in seine Euphorie ein ganz anderer Gedanke, den er bisher erfolgreich verdrängt hatte: Was, wenn sein Bruder gar nicht zuhause war …? Er könnte über Ostern verreist sein. Oder wenn er gar nicht mehr in Verona wohnte? Immerhin war der Brief mehr als fünfzehn Jahre alt, da konnte so einiges passieren. An die Möglichkeit, dass Ben mittlerweile tatsächlich gestorben sein könnte, wollte er erst gar nicht denken. Er hatte alles auf eine Karte gesetzt und er würde seinen Bruder treffen. Und wenn er dafür bis zum Mond reisen müsste. Doch zuvor wollte er sich ein wenig ansehnlicher machen. Sein Bruder sollte sich schließlich nicht für ihn genieren.

Die *piazza* im Herzen der malerischen Altstadt, auf der Konrad sich irgendwann wiederfand, war offensichtlich einmal ein römisches Forum gewesen. Er erinnerte sich wie aus einem anderen Leben daran, wie er schon in der Toskana und in Rom andächtig vor alten römischen Monumenten gestanden hatte, die den Besucher sofort in eine um viele hundert Jahre zurückliegende Zeit katapultierten. Und an dieser Wirkung änderten auch die vielen Touristen und modernen Einrichtungen ringsumher nichts. Menschen aus aller Herren Länder strömten in sämtliche Richtungen und schwappten mal hierhin, mal dorthin in die zahlreichen Eisdielen, Cafés, Restaurants und Geschäfte. Ein Schuhladen reihte sich neben den anderen, ein Modegeschäft löste das andere ab. Und selbst der billigste Laden schien noch einen gewissen Anspruch an den italienischen Chic zu haben. Konrad steuerte eine Eisdiele an und gönnte sich erst einmal eine Portion Schokoladeneis. Die Kugel Eis war sündhaft teuer, aber ein *gelato* musste in Italien einfach sein.

Er setzte sich auf den Rand eines Brunnens, blinzelte in die bereits angenehm wärmende Frühlingssonne und genoss den süßen, schokoladigen Schmelz auf der Zunge. Nirgendwo konnte man ein Eis so sehr genießen wie in *bella Italia*. Er konnte seinen Bruder schon verstehen: Wozu in Deutschland bleiben, wenn man in diesem wundervollen Land leben konnte? Ob Ben wohl schon ein halber Italiener geworden war? Er mochte ihm äußerlich vielleicht ähneln, aber das Leben hatte die Brüder sicher komplett unterschiedlich geprägt. Ob Ben Kinder hatte? Dann wäre er Onkel. Konrad lächelte versonnen bei dem Gedanken. Warum nicht – wo er selbst schon keine Familie hatte, wäre das doch vielleicht ganz schön. Wie er wohl reagierte, wenn Konny plötzlich vor seiner Tür stand? Ob er ihn auf Anhieb erkennen würde? Dass Ben sich über das Wiedersehen freuen würde, glaubte Konrad mittlerweile ganz fest, schließlich hatte er laut Klara ebenso verzweifelt nach ihm gesucht wie umgekehrt.

Er war aufgeregt wie ein kleines Kind vor Weihnachten. Zunächst sollte er sich ein Paar ordentliche Schuhe kaufen. Davon gab es hier schließlich genug. In Heidelberg hatte er weder einen Anlass gehabt noch hätte er sich wohl dabei gefühlt, das bisschen, was er sich von der Stütze und dem Hausmeisterjob auf die Seite gelegt und nicht zum Haushalt beigesteuert hatte, für Schuhe auszugeben. Hier überraschte ihn schon nach den wenigen Stunden in dieser Stadt ein völlig anderes Lebensgefühl. Er hatte regelrecht Freude daran, ein Paar nach dem anderen anzuprobieren und auch, wenn er sich nicht die teuersten leisten konnte, so gab es hier doch eine ansehnliche Auswahl auch für kleines Geld. Auf die Schuhe folgten zwei leichte Sommerhosen, ein paar T-Shirts im Doppelpack und drei Hemden. Die Sachen waren günstig und machten etwas her. Doch er wollte es nicht übertreiben – schließlich war die Zukunft ungewiss und er konnte nicht wissen, wie lange er noch von seinem Ersparten leben musste.

Erschöpft von seinem ungewohnten Einkaufserlebnis holte er sich an einem Straßenstand eine Pizza und ein Bier und hockte sich zu ein paar jungen Leuten auf eine Steinbrüstung vor einer Kirche. Ein ungewohntes Glücksgefühl überkam ihn. Wann hatte er zum letzten Mal empfunden, dass das Leben auch schön sein konnte? Und warum zum Teufel war er nicht früher auf die Idee gekommen, das Land zu verlassen? Auf der Straße leben konnte man auch hier, aber es war wärmer und die Menschen strahlten deutlich mehr Freude aus. Er musste an Klara denken. Wie sie seine Nachricht wohl aufgenommen hatte? Ob sie ihn suchte? Aber dafür müsste sie ja nach Berlin reisen und so weit würde sie wohl nicht gehen. Er dachte daran, wie schwer es ihr schon gefallen war, mit ihm nach Straßburg zu fahren. Sie hatte Probleme mit Veränderungen, das war ihm aufgefallen, auch wenn sie sich bemüht hatte, es zu verbergen. Sicher würde sie versucht haben ihn anzurufen, aber er hatte sein Handy ausgeschaltet, seit er Heidelberg verlassen hatte. Vielleicht hätte er sie doch einfach fragen sollen, warum sie ihm die Wahrheit verschwiegen hatte. Sicher hatte sie Gründe, die nicht in purer Bosheit zu suchen waren. Im Grunde war sie doch eine ganz liebenswerte Person, die eben ein paar Probleme mit sich selbst hatte, aber wer hatte die nicht …

Er biss herzhaft in die Pizza. Sie schmeckte herrlich. Hatte er etwa ein schlechtes Gewissen? Ein bisschen vielleicht schon. Sich einfach so aus dem Staub zu machen, war nicht die feine englische Art. Und seinen Hausmeisterjob hatte er mit einer knappen schriftlichen Kündigung fristlos hingeschmissen. Das würde auf Klara zurückfallen, schließlich hatte sie sich für ihn eingesetzt. Nun, vielleicht könnte er von seinem Bruder mehr über sie erfahren und möglicherweise könnte er dann auch sie und ihre Beweggründe besser verstehen.

Aber jetzt sollte er erst einmal an sich denken. Er genoss seine Mahlzeit und überlegte dabei, wie er am Besten vorgehen sollte. Einfach zu Bens Adresse gehen und klingeln? Und wenn ja, wann wäre der richtige Zeitpunkt? Abends? Oder sollte er bis zum Wochenende warten? Und was sollte er sagen, wenn Ben nicht selbst die Tür öffnete, sondern seine Frau oder eins seiner Kinder? Und was, wenn er nicht mehr dort wohnte? Konrad würde es nicht erfahren, wenn er nicht irgendwann dort aufkreuzte. Und sollte Ben tatsächlich weggezogen sein, dann würde die Suche eben weitergehen. Konrad war für alles gewappnet. Heute wollte er erst einmal noch ein bisschen diese herrliche Stadt genießen.

KAPITEL 24

Die letzten beiden Nächte hatte sie kaum geschlafen, im Büro hatte sie sich krankgemeldet. Sie war dankbar, dass sie so zeitnah einen Termin bei Frau Dr. Wolters bekommen hatte. Klara kauerte wie ein Häufchen Elend auf dem hellen Ledersessel, die Beine eng übereinandergeschlagen, die Hände ineinandergekrampft und starrte auf den Boden.

»Jetzt erzählen Sie mal, was genau passiert ist«, ermunterte die Ärztin sie zum Reden.

Klara wusste nicht recht, wo sie anfangen sollte. Seit Konrads Verschwinden hatte sie kaum mit jemandem gesprochen und wenn, dann nur das Nötigste. Sie hatte dem Bürgermeister telefonisch Bescheid gesagt, dass sie krank war und sie hatte den Termin bei Frau Dr. Wolters vereinbart. Ansonsten hatte sie sich zuhause eingeigelt und still vor sich hingelitten.

Ihre Therapeutin sah sie ruhig und geduldig an. Sie ließ ihr Zeit, die richtigen Worte zu finden.

»Es ist wieder passiert«, presste Klara hervor.

»Was genau ist wieder passiert?«

»Dass ich verlassen wurde. Von heute auf morgen. Ohne Anzeichen. Einfach so.«

Dr. Wolters wartete einen Moment, dann fragte sie: »Sie haben also das Gefühl, dass sich die Ereignisse von damals wiederholen?«

Klara dachte einen Augenblick nach. »Nein, ganz so ist es nicht. Konrad hat mir einen Abschiedsbrief hinterlassen.«

»Waren Sie und Konrad ein Paar?«

»Nein«, gab Klara zu. »Aber es hat sich so angefühlt.«

Dr. Wolters nickte verständnisvoll. Nach einer Weile redete Klara weiter:

»Ich meine, er sah genauso aus wie Ben heute aussehen würde. Ich fühlte mich gleich zu ihm hingezogen. Ich dachte, das wäre ein Zeichen, dass wir uns durch Zufall am Neckar begegnet sind.«

Dr. Wolters war durch die präventiven Sitzungen, die nach wie vor alle sechs bis acht Wochen stattfanden, grob über Klaras Leben im Bilde. Klara hatte ihr von der Begegnung mit Konrad berichtet und auch, dass er bei ihr eingezogen war. Von ihren Gefühlen für ihn hatte sie allerdings bisher nichts erwähnt.

»Seit wann hatten Sie das Gefühl, dass da mehr war zwischen Ihnen und Konrad?«, fragte Dr. Wolters jetzt.

Klara dachte nach. »Ich weiß nicht. Wir haben zusammengelebt, es hat sich angefühlt wie damals mit Ben. Wir haben uns blind verstanden, es gab keine Probleme zwischen uns.«

Dr. Wolters fragte ganz konkret, ob Klara und Konrad eine sexuelle Beziehung unterhalten hätten, was Klara verneinte, worauf die Therapeutin ihr die Frage stellte, ob das nicht üblicherweise zu einer Paarbeziehung dazugehöre und wenn ja, worauf Klara denn ihr Gefühl begründe, dass sie eine solche geführt hätten?

Die Frage war hintergründig und Klara merkte es. Sie musste zugeben, dass es keinerlei Anhaltspunkte dafür gab, dass Konrad irgendwelche Gefühle für sie hatte, die über rein freundschaftliche hinaus gingen.

»Also waren Sie mehr eine Zweck-WG?«, fragte Dr. Wolters.

Klara antwortete: »Vielleicht, ja. Aber welchen Zweck sollte unser Zusammenleben denn sonst erfüllt haben, wenn es nicht irgendwelche Gefühle gab?«

Die Therapeutin ließ ihr wiederum Zeit, sich diese Frage selbst zu beantworten. Klara spürte wieder Zorn in sich aufkommen.

»Also denken Sie, meine Wohnung war für ihn nur ein warmes Nest während der kalten Wintermonate?«

»Ich denke gar nichts«, antwortete die Therapeutin sanft. »Aber vielleicht denken Sie das ja?«

Klara spürte Tränen aufsteigen. Die Ärztin reichte ihr die bereitstehende Taschentücherbox. Während der nächsten Minuten hörte man nur Klaras Schniefen und ihr geräuschvolles Schnäuzen im Raum. Als sie sich etwas gefangen hatte, stellte sie fest:

»Möglicherweise habe ich mich da in etwas hineingesteigert. Vielleicht wollte ich, dass es genauso wird wie damals mit Ben.«

Die Therapeutin zog interessiert die Augenbrauen hoch. »Woran machen Sie das fest?«

»Nun, ich habe ihm Kleidung gekauft. Kleidung, wie sie Ben gern getragen hat. Und ich wollte, dass er die Haare kürzer trägt.«

»Glauben Sie, dass Konrad das auch gefallen hat?«

Klara schüttelte traurig den Kopf. »Vermutlich nicht. Er war ziemlich wütend, als er es bemerkt hat.« Sie nestelte an dem zerknüllten Papiertaschentuch in ihrer Hand. »Und jetzt ist er weg.« Sie blickte ihre Ärztin an. »Habe ich ihn vertrieben? Habe ich es verdient?«

Diese gab den Ball zurück: »Ich stelle Ihnen mal eine andere Frage: Wofür, glauben Sie, könnte diese scheinbare Wiederholung der Dinge gut gewesen sein?«

Klara überlegte eine Weile. Kristin kam ihr in den Sinn. Das mit ihr war eine völlig andere Sache gewesen. Ihre Schwester war ertrunken, weil sie ihr helfen wollte. Das war eine Tragödie und Klara würde für den Rest ihres Lebens mit ihren Schuldgefühlen leben müssen. Klara war beim Kajakfahren in den Neckar gefallen und von einer starken Strömung erfasst worden, die sie schnell abgetrieben hatte. Kristin war ihrer kleinen Schwester hinterhergesprungen. Sie war eine hervorragende Schwimmerin gewesen, doch das hatte ihr in diesem Fall nichts genützt. Sie war bei ihrem Sprung ins Wasser ganz unglücklich mit dem Kopf auf einem der Ruder aufgeschlagen und untergegangen wie ein Stein. Klara hatte ihr nicht helfen können. Sie war nicht gegen die Strömung angekommen, die sie irgendwann ans andere Ufer getrieben hatte. Da war Kristin schon tot gewesen. Vom Kopf her wusste Klara, dass es nur ein schrecklicher Unfall gewesen war, aber irgendein Teil in ihr glaubte, dass sie auch ein bisschen froh darüber gewesen war, die Schwester im Konkurrenzkampf um die elterliche Gunst ausgeschaltet zu haben. Vielleicht hätte sie ihr doch noch helfen können, vielleicht hatte sie ja absichtlich einen Moment zu lange gezögert? Sie hatte in der Folge versucht, Kristin zu ersetzen, worüber sie sich selbst und ihre eigene Trauer völlig vergessen hatte. An die Eltern war sie nie mehr wirklich herangekommen, sie glaubte bis heute, dass auch sie insgeheim ihr die Schuld an dem Unglück gegeben hatten. Irgendwann hatte sie Wahnvorstellungen bekommen, Stimmen gehört, die ihr rieten, ebenfalls ins Wasser zu gehen, um ihre große Schuld zu sühnen. Ein Radfahrer konnte sie beim Versuch, von der Brücke zu springen, gerade noch aufhalten und hatte einen Notruf abgesetzt, woraufhin sie für eine Weile in der geschlossenen Abteilung der Psychiatrie untergebracht worden war.

Klara blinzelte aus tränenverschleierten Augen ihre Therapeutin an, die sie immer noch freundlich und erwartungsvoll anschaute. Ach ja, sie sollte sich ja überlegen, wofür Konrads Verschwinden wohl gut gewesen sein könnte. Anfangs wehrte sich alles in ihr dagegen, der ganzen Situation irgendetwas Gutes abzugewinnen. Die Männer waren vermutlich alle gleich – wenn es schwierig wurde, hauten sie einfach ab. Doch da sie ihre Therapeutin und deren Fragestellungen nun schon eine Weile kannte, dachte sie weiter nach. Schließlich musste sie einräumen, dass sie sich die ganze Zeit der Illusion hingegeben hatte, dass aus Konrad und ihr ein Liebespaar werden könnte und dass es wieder so sein könnte wie damals mit Ben.

»Ich habe wieder versucht, einen Menschen durch einen anderen zu ersetzen«, sagte sie leise. »Ich denke, es hätte vielleicht etwas werden können, aber vermutlich bin ich noch nicht so weit.«

Dr. Wolters nickte zustimmend: »Man kann eine Wunde nicht reparieren, indem man sie einfach mit derselben Farbe übertüncht«, sagte sie sanft. »Man muss sie heilen lassen, um Platz zu schaffen für etwas Neues. Und das Neue muss man dann auch zulassen und annehmen, so wie es ist. Sie können Ben nicht zurückholen, aber sie hatten die Chance, Konrad kennenzulernen. Wollten Sie das überhaupt?«

Darauf wusste Klara keine Antwort. Sie war erschöpft, die Gedanken kreisten in ihrem Kopf herum wie Asteroiden im Weltall. Die Sitzung endete mit der Erkenntnis, dass engmaschig weitere Gespräche notwendig waren, in denen Klara mit Hilfe der Therapeutin daran arbeiten wollte, aus ihrer selbst gewählten Einsamkeit herauszufinden und sich ein lebenswertes soziales Leben aufzubauen, in welchem sie anderen Menschen eine Chance geben würde, sie wirklich kennenzulernen. Ohne Ben und ohne Konrad.

Doch bis dahin war es noch ein weiter Weg.

KAPITEL 25

Das Haus befand sich in einer ruhigen Wohngegend am Stadtrand von Verona. Es war eines von den privilegierteren Wohngebieten, die von ihren Bewohnern frühmorgens mit dem Auto in Richtung Arbeit oder Schule verlassen wurden, während die Zugehfrauen zu Fuß durch die Straßen eilten und in die verwaisten Häuser schlüpften. Es war ein hübsches, nicht zu großes Steinhaus mit einem kleinen Vorgarten, in dem herrlich duftende Oleander und Rhododenren blühten. Der Garten machte einen auffallend gepflegten und sehr aufgeräumten Eindruck. Nicht dass die anderen Gärten hier ungepflegt gewirkt hätten, aber Konrad schoss der Gedanke durch den Kopf, dass diese sprichwörtliche Ordnung durchaus einem Menschen mit deutschen Wurzeln zuzuordnen sein könnte. Vielleicht ein Indiz dafür, dass Ben nach wie vor hier wohnte.

Es war später Nachmittag, die Sonne brannte für die Jahreszeit bereits recht kräftig vom Himmel, und außer ein paar nach Nahrung suchenden Vögeln, die geräuschvoll in den Büschen herumhüpften, und dem Zirpen der Zikaden war kein Laut zu hören. Direkt unter der auf einem Keramikschild angebrachten Hausnummer entdeckte Konrad eine Klingel. Es stand kein Name darauf. Sein Herz schlug höher. Gleich konnte es soweit sein. Der Moment, auf den er seit mehr als einem Jahrzehnt gewartet hatte, war womöglich nur noch einen Wimpernschlag entfernt. Er blickte an sich herunter und war zufrieden mit seinem Erscheinungsbild:

Er trug seine neue dunkelblaue Stoffhose, dazu ein gestreiftes Sommerhemd und hellbraune Ledersneakers. Nichts deutete darauf hin, wo er die letzten Jahre seines Lebens verbracht hatte. Ben musste es ihm schließlich nicht sofort ansehen, dass er es im Gegensatz zu ihm nicht zu Wohlstand und einem gutbürgerlichen Leben gebracht hatte.

Seine Hand zitterte vor Nervosität, als er den ausgestreckten Zeigefinger zur Klingel führte. Er hätte nicht sagen können, wie lange er so dagestanden und gezögert hatte, als sich mit einem Mal die Haustür öffnete. Ein Mann trat heraus. Er war groß gewachsen und sportlich-schlank. Sein dunkles Haar war kurz geschnitten, sein Teint leicht gebräunt. Er trug eine modische beige Bermudahose, dazu ein weißes Poloshirt und um den Hals einen legeren blau gemusterten Sommerschal. In der Hand hielt er eine Sporttasche, aus der ein Tennisschläger herausragte. Seine Erscheinung war von einer lässigen Attraktivität, seine selbstbewusste Körperhaltung sprach die Sprache eines Mannes, der den Erfolg kannte. Sein Blick fiel auf Konrad, den Fremden an seiner Gartenpforte. Ihre Blicke trafen sich.

Konrad erkannte ihn sofort. Die Ähnlichkeit war nicht zu leugnen. Der Mann sah aus wie eine etwas kräftigere und sportlichere Ausgabe von ihm selbst in einem besseren Leben. Ben kam auf ihn zu. Blieb dann wie angewurzelt stehen. Sie blickten sich unverwandt in die Augen, die Zeit schien stillzustehen. Die beiden Männer trennten nur noch etwa eineinhalb Meter und ein Gartenzaun, und keiner vermochte ein Wort zu sagen. Ben machte einen weiteren Schritt auf Konrad zu, stellte die Tasche neben sich auf den Boden, sein Blick wurde ungläubig. Es war, als blickten sie durch die Augen des anderen in einen Teil der eigenen Seele. Konrad fragte nur »Ben?«. Bens Augen wurden feucht, er nickte nur, dann sagte er fast stimmlos: »Konrad!«. Kam auf Konrad zu, öffnete ihm die Tür.

Nur einen Augenblick später lagen sich die Brüder in den Armen. Sie brauchten keine Worte und Worte hätten nicht beschreiben können, was beide in diesem Moment fühlten. Weit über vierzig Jahre hatte jeder der beiden etwas vermisst, wovon er erst in diesem Moment wusste, was es gewesen war. Konrad liefen die Tränen über die Wangen, es war, als käme er heim nach einer langen, sehr langen Reise. Er hatte sich so viele Gedanken gemacht, wie sein Bruder wohl wäre, ob er sich für ihn interessieren würde, ob er selbst sich ihm mit seiner wenig rühmlichen Vita präsentieren konnte. Alle Bedenken waren wie weggeblasen in einem einzigen Moment, der sich anfühlte wie eine Ewigkeit. Die beiden lösten sich voneinander, fassten sich an den Händen und schauten sich an. Strahlend, weinend, erschüttert, außer sich vor ungläubiger Freude. So viele Jahre hatten sie versäumt, lange Zeit nicht einmal von der Existenz des anderen gewusst, und jetzt standen sie da und fühlten sich einander so nah, als wären sie niemals etwas anderes gewesen als Brüder. Sie hatten den fehlenden Teil in ihrem Leben gefunden und das war größer als alles, was beide bisher erlebt hatten.

Keiner der beiden hätte zu sagen vermocht, wie lange sie schon so dastanden, ohne ein einziges Wort miteinander zu wechseln, als eine ältere, etwas mollige Frau im Türrahmen erschien, einen Besen in der Hand, und neugierig zu den beiden hinüber schaute. Als sie Konrad erblickte, ließ sie den Besen fallen, schlug mit weit aufgerissenen Augen die Hände vors Gesicht und bekreuzigte sich. Ben drehte sich zu ihr um, sprach und rief ihr lachend etwas auf Italienisch zu, was Konrad nicht verstand. Lediglich die Begriffe *fratello* und *gemello* – Zwillingsbruder – konnte er herausfiltern. Er hatte seinen Bruder gefunden. Seinen Zwilling. Seine zweite Hälfte.

Das Auftauchen der Haushälterin namens Concetta hatte

den sprachlosen Zauber, der zwischen den Brüdern entstanden war, abrupt beendet. Ben blickte Konrad an, fasste ihn an beiden Schultern, als müsse er sich noch mal vergewissern, dass er wahrhaftig in Fleisch und Blut vor ihm stand, und sprach noch einmal seinen Namen aus:

»Konrad.« Es war eine Feststellung, keine Frage.

Ben legte seinen Arm um Konrads Schulter und zog ihn mit sich zum Haus. Er entschuldigte sich für einen kurzen Moment und tippte eine Nachricht an seinen Tennispartner in sein Smartphone. Er konnte jetzt nicht Tennis spielen gehen, es gab Wichtigeres. Anschließend bedeutete er seiner noch immer völlig aufgelösten Angestellten, eine kleine Stärkung zuzubereiten, und führte Konrad durch Flur und Wohn-Essbereich in einen Teil des Hauses, der durch seine großen Glasfronten als Wintergarten erkennbar war. Er forderte Konrad auf, es sich gemütlich zu machen, entschuldigte sich noch einmal und verschwand in Richtung Kellertreppe.

Konrad sah sich staunend um. Sein Bruder hatte sich hier in Verona ganz offensichtlich ein ansehnliches Leben geschaffen. Im Gegensatz zum landestypischen und eher schlichten Äußeren des Hauses mit seiner schmucklosen Steinfassade überraschte die Einrichtung im Inneren durch zurückhaltende Modernität. Die Möbel waren geradlinig und elegant, die Farben extrem reduziert. Die Räume gingen offen ineinander über und enthielten überall nur das Wesentliche. Konrad fiel auf, dass es außer dem Modell eines grünen Jaguar E-Type im Bücherregal und drei großen Schwarz-Weiß-Fotografien an den Wänden keinerlei Dekoration im Haus gab. Die Tische waren blank poliert und frei von jeglichem Schmuck, es gab weder Sofakissen noch frische Blumen.

Bei aller Mondänität fehlte es dem Interieur an Gemütlichkeit, an Seele – offenbar an einer Frau. Konrad schoss ein Bild von Klaras Wohnung in den Kopf. Auch bei ihr war ihm als erstes diese fast sterile Sauberkeit aufgefallen, dennoch war ihre Wohnung im Vergleich wesentlich beseelter gewesen als dieser *clean chic* hier. Und trotzdem fühlte sich Konrad auf Anhieb wesentlich wohler im Haus seines Bruders. Bei Klara hatte ihn von Anfang an ein beengtes Gefühl umfangen, als würde er mit seiner bloßen Anwesenheit etwas beschmutzen. Hier hingegen konnte er atmen, die reduzierte Umgebung vermittelte ein Gefühl von Freiheit, von einer Konzentration auf das, was zählt: die Menschen darin. Das Haus vermittelte ein ganz bestimmtes Lebensgefühl, eine Lässigkeit, gepaart mit Eleganz und Stil, Ordnung und Lebenskunst. Für einen kurzen Moment kam ihm der Gedanke, ob er wohl einen ähnlichen Lebensweg eingeschlagen hätte, wäre er derjenige gewesen, der bei der Mutter aufgewachsen war. Doch Erfolg war vermutlich nicht allein eine Sache des Elternhauses.

Ben kam zurück, in der Rechten eine edel aussehende Flasche und in der Linken zwei schlanke Gläser.

»Dieser Tag muss gefeiert werden!«, rief er Konrad fröhlich zu. »Der verlorene Bruder ist aufgetaucht, ein solcher Anlass verdient nur einen Jahrgangschampagner.«

Und mit einem lauten Plopp öffnete er die Flasche und ließ das bernsteinfarbene Getränk mit einer geübten Bewegung in die Gläser rinnen. Es war lange her, dass Konrad einen Schaumwein dieser Güteklasse getrunken hatte. Schon merkwürdig, wie konträr sein Leben bisher abgelaufen war. Bei Helènes Eltern war auch so manch edler Tropfen geflossen, bei den Franzosen war Champagner ohnehin fast ein Grundnahrungsmittel. In den letzten zehn Jahren hingegen war für ihn selbst der Discounter-Fusel ein seltener Luxus gewesen.

Jetzt jedoch gab es erstmal viel zu fragen und viel zu erzählen und letztendlich würde er sich nicht schämen, vor seinem Bruder die Hosen herunterzulassen und ihm reinen Wein über sein Leben einzuschenken. Auch den Discounter-Wein. Doch alles zu seiner Zeit.

Sie prosteten sich zu, die Gläser waren sehr fein und hatten einen vornehmen Klang. Konrad erinnerte sich spontan daran, was für einen lächerlichen Wert seine Eltern immer auf ihre wertvollen mundgeblasenen Gläser gelegt hatten.

Concetta brachte eine Platte mit Antipasti, dazu in Schinken eingewickelte Grissini und kleine Pizzabrötchen, die sie auf die Schnelle aufgebacken hatte. Sie strahlte Konrad an und forderte ihn auf ordentlich zu essen. Konrads Italienisch-Kenntnisse waren zwar begrenzt, aber das verstand er. Ihre Herzlichkeit war echt und ungekünstelt. Aus einer großen Karaffe schenkte sie zwei Wassergläser voll, die zumindest nicht ganz so edel wirkten wie die Champagnergläser. Konrad nahm ein paar große Schlucke. Sein Hals war völlig ausgetrocknet und auch dass er Hunger hatte, merkte er erst jetzt. Beim Anblick der italienischen Köstlichkeiten lief ihm das Wasser im Munde zusammen und er langte dankbar zu.

Ben beobachtete ihn amüsiert. »Na du siehst ja aus, als hättest du seit Tagen nichts zu essen bekommen.« Er klopfte ihm aufmunternd auf die Schulter. »Greif nur zu, es ist genug da.«

Konrad fühlte sich ertappt. Möglicherweise hatte er in den letzten zehn Jahren seine Manieren tatsächlich ein wenig schleifen lassen. Man musste es ihm ja nicht gleich anmerken, dass er Hunger in der Tat nur zu gut kannte. Er nahm sich eine der bereit gelegten Servietten und tupfte sich betont geziert den Mund ab.

»So war das nicht gemeint«, versetzte Ben sofort freundlich und hielt ihm auffordernd einen Teller mit Schinken vor die Nase. Offenbar hatte er gemerkt, dass er seinen Bruder in Verlegenheit gebracht hatte und wollte seinen Lapsus wiedergutmachen. Konrad spürte eine warme Welle der Herzlichkeit. Keiner fragte, woher er kam. Er hatte selten in seinem Leben das Gefühl gehabt, dermaßen richtig im Hier und Jetzt zu sein.

Ben bestürmte ihn weder mit Fragen noch erwartete er sofort Erklärungen über sein Leben. Er war einfach da, feierte seine Existenz, und das Wichtigste war in diesem Moment, dass die beiden Brüder sich gefunden hatten. Für einen Augenblick hatte Konrad das Gefühl, als wären sie niemals getrennt gewesen.

Nach dem Essen saßen sie mit einer Flasche Cognac auf der Veranda in einer gemütlichen Lounge-Ecke mit Blick in den Garten. Die Sonne wanderte allmählich Richtung Horizont und beschien die geschmackvoll gestaltete Anlage mit ihrem langsam ins Rötliche gehenden Licht. Concetta hatte die Wasserkaraffe aufgefüllt sowie etwas Obst und ein paar Knabbereien gebracht, nicht ohne nochmals ihre Überraschung und eine fast mütterliche Freude über den wiedergefundenen Bruder zu bekunden. Konrad hatte ihr daraufhin mithilfe von Handzeichen bedeutet, wie gut es ihm geschmeckt hatte, was sie hocherfreut zur Kenntnis nahm. Anschließend hatte sie das Geschirr abgetragen und sich zurückgezogen.

»Wo wohnst du eigentlich hier in Verona?«, fragte Ben beiläufig und nahm zwei Zigarren aus einer Holzschachtel neben ihm.

Beim Essen hatten sie sich mehr oder weniger über sehr oberflächliche Dinge unterhalten. Über das Leben in Italien, wie es sich vom deutschen unterschied und was Ben so in seinem Alltag machte. Konrad hatte erfahren, dass er allein lebte, Rechtsanwalt war und in seiner Freizeit gerne Sport trieb. Fragen über sein eigenes Leben war er geschickt ausgewichen und hatte Ben nur sehr rudimentär von seiner Ex-Ehe und seinem Leben in Berlin berichtet. Er wollte den richtigen Zeitpunkt abwarten, um ans Eingemachte zu gehen. Und Ben schien zu spüren, dass er seinen Bruder nicht sofort mit allzu intimen Fragen überrumpeln sollte.

»Hast du ein Hotel in der Stadt?«, fragte er.

»In der Nähe vom Bahnhof«, entgegnete Konrad.

Ben runzelte die Stirn und bot Konrad eine Zigarre an. »Dann holen wir deine Sachen hierher. Du wohnst natürlich bei mir! Ich kann dich fahren, sofern du nicht mit dem Auto hier bist.«

Es klang nicht, als duldete er Widerspruch. Konrad hatte insgeheim auf dieses Angebot gehofft, Bens Behausung war wesentlich einladender als die Bruchbude, in der er die letzten beiden Nächte verbracht hatte. Dennoch zögerte er einen Moment. Wenn Ben seinen schäbigen Rucksack mit seinen paar Habseligkeiten sähe, würde er schnell merken, wie es um Konrads Lebenssituation stand. Andererseits – irgendwann würde er es ohnehin erfahren und diesen Eiertanz konnte er nicht ewig aufrecht erhalten. Vielleicht war das dann eben bereits der richtige Zeitpunkt, Ben aufzuklären. Er hatte in den letzten Monaten schon so oft über seinen Schatten springen müssen, da kam es auf dieses eine Mal auch nicht mehr an.

»Pass auf, Ben«, sagte er und nahm einen tiefen Zug von der Zigarre. Der süßlich-rauchige Tabak schmeckte köstlich. Sein Bruder wusste, wie man es sich gut gehen ließ.

»Ich denke, ich bin dir eine Erklärung schuldig. Ich besitze kein Auto. Und auch sonst nicht allzu viel.« Und er erzählte seinem Bruder seine Geschichte. Von seiner Flucht aus Wien nach Deutschland, der schwierigen Beziehung zu Helène, der üblen Trennung, wie er seinen Job verloren und wie er schließlich ohne Dach über dem Kopf dagestanden hatte. Auf die Frage, wie er auf Bens italienischen Wohnsitz gekommen war, hielt er sich zunächst noch bedeckt. Zu Klara würden sie noch früh genug kommen, das musste nicht alles gleich am ersten Abend raus.

Ben rauchte, nippte ab und zu an seinem Cognac und hörte seinem langen Bericht aufmerksam zu. »Das klingt, als hättest du die letzten Jahre nicht viel Spaß gehabt«, sagte er schließlich nachdenklich. »So eine Scheidung kann einen gewaltig aus der Bahn werfen. Ich hab das auch durchgemacht. Glücklicherweise hat es mich nicht die Existenz gekostet.«

Konrad blickte ihn an. Er war etwas erstaunt über die lässige Reaktion seines Bruders. Er hatte mit Entsetzen gerechnet oder mit Mitleid, möglicherweise sogar mit Verachtung.

Doch als könne er seine Gedanken erraten fügte Ben hinzu: »Glaub mir, ich habe in meiner Laufbahn als *avvocato* schon so manches erlebt. Dagegen ist deine Geschichte fast noch harmlos.« Und mit einem aufmunternden Klaps auf Konrads Rücken meinte er: »Umso besser, dass wir uns gefunden haben, Bruder. Wir werden gemeinsam schon eine Aufgabe für dich finden, und solange wohnst du bei mir. Ab sofort wirst du nicht mehr um jeden Euro betteln müssen.«

KAPITEL 26

Als Konrad am nächsten Morgen aufwachte, dauerte es einen kleinen Moment, bis er sich besinnen konnte, wo er war. Er fühlte sich noch immer wie in einem Traum. Es war ziemlich spät geworden. Nachdem er Ben über die Eckdaten seines Lebens in Kenntnis gesetzt hatte, hatten sie noch relativ spät gemeinsam sein Gepäck aus der Jugendherberge geholt. Ben hatte zu diesem Zweck eigens ein Taxi gerufen, weil er nach dem Champagner und dem Cognac nicht mehr fahren wollte – er schien in diesen Dingen sehr korrekt zu sein. Musste er wohl auch als Rechtsanwalt. Von dem, was allein die Taxifahrt gekostet hatte, hätte Konrad eine gute Woche leben können. Anschließend hatten sie noch eine ganze Flasche eines wunderbaren schweren italienischen Rotweins im Wintergarten getrunken. Wobei Konrad wesentlich mehr getrunken hatte als Ben. Ihm war dabei wieder einmal der große Unterschied zwischen einem Wein und einem Fusel aufgefallen: Was er die letzten Jahre so weggesoffen hatte, war – mit Ausnahme der wenigen Gelegenheiten mit Klara – lediglich ein mehr schlecht als recht schmeckendes Betäubungsmittel gewesen, während so ein wirklich guter Wein einfach eine pure Gaumenfreude war. Die Wirkung des Alkohols war zwar auch hier nicht zu verleugnen, aber bei einem solchen Wein war es vor allem der Geschmack, diese perfekte Mischung aus rauchigen, holzigen, vanilligen und beerigen Noten, der den Genuss ausmachte. Und nicht zuletzt – und das spürte Konrad deutlich – war man nach einem guten Tropfen am nächsten Tag nicht halb so verkatert.

Ben und er hatten sich viel zu erzählen gehabt und auch, wenn sie mehr als vier Jahrzehnte ohne den anderen gelebt hatten, hatte Konrad zwischendurch immer wieder das Gefühl, als wäre er bei der einen oder anderen Anekdote aus Bens Leben selbst dabei gewesen. Ben hatte ihm von seiner Kindheit bei ihrer gemeinsamen Mutter erzählt. Sie musste eine charismatische, aber wenig mütterliche Person gewesen sein, soweit hatten sich seine Erinnerungen mit Klaras Eindruck gedeckt. Der Vater habe sehr an ihr gehangen, was sie wohl schamlos ausgenutzt hatte. Ben war erst drei Jahre alt gewesen, als Tante Maridl starb, und seither hatte sich der Vater neben seinem Beruf noch um den Löwenanteil des Haushalts und um Ben gekümmert. Die Mutter hatte den Ton vorgegeben und er hatte nach ihrer Pfeife getanzt und darüber schien er letztendlich zerbrochen zu sein. Ben war sehr traurig geworden, als er das erzählte. Er hatte den Vater sehr geliebt und dessen früher Tod hatte ihm den Boden unter den Füßen weggerissen. Er war nicht damit klargekommen, dass er plötzlich einfach nicht mehr da war, und er hatte seiner Mutter einen guten Anteil Schuld daran gegeben. Es gab also offensichtlich noch mehr Gründe als den einen großen Vertrauensbruch, die schlussendlich zum Zerwürfnis und zu Bens Abtauchen geführt hatten.

Auch Konrad hatte Ben von seiner Kindheit erzählt, von seinem autoritären alten Herrn und seiner kontrollierenden Mutter. Von seinem verzweifelten Gefühl, nicht richtig zu sein in dieser Welt, und von seinem Traum von Amerika. Das Gespräch war sehr offen gewesen, die Brüder hatten sich nichts vorzumachen. Jeder war ein Teil des anderen und hatte somit selbstverständlich nicht nur Interesse, sondern mehr das Recht darauf, alles Wichtige vom anderen zu erfahren. Ben hatte sich sehr betroffen gezeigt über Konrads Geschichte, doch es war kein Mitleid gewesen – es war echte Anteilnahme und eine wundervoll empathische Form von Trauer – für Konrad etwas völlig Neues.

Ben schien ein sehr geradliniger und dabei recht sensibler Mensch zu sein. Obschon er bei der leiblichen Mutter aufgewachsen war, hatte auch er mit seiner Familie nicht das große Los gezogen. Und dennoch war er immer seinem inneren Antrieb gefolgt, der ihn dazu leitete, das Richtige zu tun. Er hatte seinen großen Plan durchgezogen: Er wollte es einmal besser haben als seine Eltern, er wollte etwas erreichen, Gutes tun, anderen zu ihrem Recht verhelfen und selbst ein anständiges und finanziell unabhängiges Leben führen. Nun, das war ihm gelungen. Und Konrad musste sich eingestehen, dass sein Groll gegen die Umstände, die ihn seiner Meinung nach in seine Misere getrieben hatten, möglicherweise gar keine Grundlage hatte. Womöglich wäre sein Leben gar nicht viel anders verlaufen, wäre er an Bens Stelle bei der Mutter geblieben.

Angesichts seines Bruders überkam Konrad plötzlich eine große und bisher ungekannte Scham gegenüber dem Leben. Genau betrachtet hatte er sogar die besseren Startbedingungen gehabt. Wenn seine Eltern auf eines Wert gelegt hatten, dann war es Bildung. Sie hätten Konrad die beste Ausbildung ermöglicht, er hätte mit entsprechenden Noten sogar im Ausland studieren können. Ben hingegen war auf dem Land aufgewachsen, wo es genau eine einzige Schule am Ort gab, er hatte sich alles selbst erarbeiten müssen und es dennoch geschafft. Während er wie ein trotziges Kind nur darauf bedacht gewesen war, möglichst das Gegenteil von dem zu tun, was seine Eltern von ihm erwarteten. Nun, das war ihm gelungen. Auf ganzer Linie. Er war obdach- und mittellos, hatte weder Frau noch Kind und trug seine gesamte Habe in einem einzigen schmutzigen Rucksack mit sich herum.

Konrad richtete sich auf, stopfte sich das weiche Kopfkissen in den Rücken und blickte sich um. Erst weit nach Mitternacht hatte er das Gästezimmer bezogen, in dem er nach Aussage seines Bruders so lange bleiben konnte, wie er wollte. Auch hier war alles vom Feinsten. Das Bett war mit einer eleganten, dezent gemusterten Bettwäsche bezogen, gegenüber gab es einen geräumigen Einbauschrank gleich neben der Tür zum eigenen Gästebad, das in einer geschmackvollen Kombination aus Marmor und Holz eingerichtet war. Durch das gekippte Fenster hörte Konrad die Vögel im Garten eifrig miteinander plaudern. Merkwürdig, dass sie ihn nicht schon früher geweckt hatten. Ein Blick auf die silberne Wanduhr sagte ihm, dass es schon spät am Vormittag war. Er hatte so gut geschlafen wie schon lange nicht mehr. Ben hatte ihm gesagt, dass er am Vormittag einen Gerichtstermin hätte und danach gegen halb zwei mit ihm zu Mittag essen wollte. Er hatte also noch ein wenig Zeit bis dahin.

Er dachte an Klara. Immerhin hatte er erst durch sie seinen Bruder gefunden. Auch wenn sie ihm seine Existenz vermutlich für immer verschwiegen hätte. Aber er sollte das Thema bei Ben anschneiden. Irgendwie ließ ihn die Frage nicht los, was mit ihr los war und was damals zwischen seinem Bruder und ihr vorgefallen war, dass er sich auf diese Weise aus ihrem Leben gestohlen hatte. Irgendwann würde sein Bruder sicher ohnehin wissen wollen, wie er ihn gefunden hatte. Er selbst hatte offenbar auch einige Jahre nach ihm gesucht, sogar einen Privatdetektiv auf ihn angesetzt, doch mit ebenso wenig Erfolg wie damals die Behörden nach dem Tod seiner Eltern. Als Obdachloser war man für die Gesellschaft einfach unsichtbar, das wurde in solchen Momenten besonders deutlich.

Konrad reckte und streckte sich wie eine Katze am frühen Morgen, wühlte sich aus dem kuscheligen Bett und ging ins Bad. Hier war offenbar für alles gesorgt: In der Dusche gab es Duschgel und Shampoo, frische Handtücher hingen über der Wandheizung. Am Waschbecken standen ein Zahnputzbecher mit mehreren Einmalzahnbürsten sowie Zahnpasta bereit. Daneben lagen eine noch originalverpackte Seife, diverse Pflegeprodukte sowie ein neues Rasierset. Es schien, als wäre sein Bruder jederzeit bereit, spontan Gäste zu beherbergen.

Konrad nahm eine ausgiebige Dusche, hüllte sich in den flauschigen Bademantel, der an einem Haken neben der Tür hing, und benutzte anschließend in einer spontanen Eingebung das Rasierzeug. In seinem neuen Leben durfte der alte Bart nach all den Jahren endlich ab. Klara hätte ihre Freude daran. Einmal mehr fiel Konrad auf, wie die Umgebung den Menschen veränderte: Er konnte in diesem stilvollen Ambiente nicht herumlaufen wie ein Penner und war froh über seine neuen Kleider. Es war dasselbe wie bei den Toiletten: Wenn man eine versiffte Bahnhofstoilette benutzte, war es einem egal, wie man sie verließ. Ging man hingegen auf ein anständiges, sauberes Örtchen, war man bemüht, keine Spuren zu hinterlassen.

Das Leben auf der Straße hatte ihn abgestumpft. Er hatte zwar nie ganz die Contenance verloren und immer darauf geachtet, wenigstens sauber zu sein, aber es war schwierig gewesen. Man hatte nicht ständig ein Badezimmer parat, man musste das Duschen und Waschen organisieren und häufig eben mit einem Waschbecken, kaltem Wasser und Kernseife vorliebnehmen. Das veränderte einen.

Wenn er so darüber nachdachte, hatte er die meiste Zeit seines Lebens von einem Extrem ins andere gelebt: Vom wohlbehüteten, wenn auch emotional unterkühlten Oberschichts-Elternhaus im Wiener Nobelbezirk in die Berliner Hausbesetzerszene, wo er zum ersten Mal eine Art von Familiengefühl empfunden hatte. Dann, nach einer kurzen Episode in seiner Berliner WG, die Ehe mit einer Frau aus dem französischen Geldadel, auf die fast nahtlos der Absturz in die Obdachlosigkeit gefolgt war. Erst mit Klara hatte er zu so etwas wie Mittelstands-Normalität gefunden. Allerdings war er ihr nie ebenbürtig gewesen, er hatte sich immer ein wenig wie der geduldete Mitbewohner gefühlt, der ohne sie ganz schnell wieder in der Gosse gelandet wäre. Es war richtig gewesen, ihr erst einmal den Rücken zu kehren. Konrad spürte ganz deutlich, dass er hier, an diesem Ort, zur Ruhe kommen und zu sich selbst finden konnte.

Er sollte seine Chance wahrnehmen und versuchen, hier in Verona zu einem ordentlichen Leben zu finden, in dem er sich selbst wieder ins Gesicht schauen konnte. Unabhängig von irgendeiner Frau und irgendwann hoffentlich auch unabhängig von Ben. Konrad schaute in den Spiegel. Er sah einen gut aussehenden Mann mittleren Alters, der noch etwas vor sich hatte. Er gefiel sich, so ohne Bart. Er wollte sich nicht mehr verstecken, er wollte sich den Menschen zeigen und stellen. Und er versprach dem Mann im Spiegel, ab sofort besser auf sich aufzupassen und irgendwann als ein Mensch abzutreten, der diese Welt mit dem guten Gefühl verließ, etwas aus seinem Leben gemacht zu haben. Mit diesem Gedanken spritzte er sich noch ein paar Tropfen Rasierwasser ins Gesicht und machte sich gut gelaunt auf die Suche nach der Küche.

Mit einem hervorragenden italienischen, von Concetta zubereiteten *caffè* und zwei Brioches saß Konrad wenig später auf der Terrasse und sog die angenehme Frühlingsluft ein. Er fühlte sich vollkommen entspannt, so als wäre eine lang getragene Last mit einem Mal von seinen Schultern genommen worden. Zum ersten Mal seit Jahren, vielleicht sogar in seinem ganzen Leben, verspürte er so etwas wie eine Perspektive, eine Gewissheit, dass alles gut werden würde. Er fühlte sich ganz. Vielleicht war das so, wenn man seinen Zwilling gefunden hatte. Vielleicht war er bisher nur halb herumgelaufen und hatte Ben gebraucht, um zu sich selbst zu finden. Er war das fehlende Puzzleteil gewesen, das er immer gesucht hatte. Das er in keiner Frau und auch in sonst nichts gefunden hatte. Das ihn nach vorne blicken und den Entschluss in ihm ganz laut werden ließ, dass die zweite Hälfte seines Lebens anders verlaufen würde als die erste. Er war jetzt bei seiner Familie. Zumindest bei dem Teil, der davon noch übrig war, aber er schien der beste Teil zu sein.

Concetta betrat die Terrasse und fragte ihn mithilfe von Handzeichen, ob er noch etwas brauche. Konrad war es ein wenig unangenehm, so plötzlich von hinten bis vorne bedient zu werden, und er verneinte, wenngleich er liebend gerne noch so einen köstlichen *caffè* gehabt hätte. Sie nahm ihm mit einem mütterlich-wohlwollenden Lächeln die leere Tasse ab und verschwand wieder im Haus.

Konrad hatte eine gute Stunde einfach nur dagesessen und die Stimmung und seine Gedanken auf sich wirken lassen. Concetta hatte ihm natürlich doch noch Wasser sowie ein paar Grissini und eingelegte Oliven gebracht. Offenbar konnte sie es nicht ertragen, wenn jemand nichts zu essen und zu trinken vor sich stehen hatte. Vermutlich eine sehr italienische Eigenschaft. Sie konnte ja nicht wissen, dass Konrad den Zustand des Verzichts sehr gut kannte und keineswegs permanent kulinarisch versorgt sein musste. Der *dottore* – so nannte sie Ben – wusste gutes Essen und Trinken sehr zu schätzen und so dehnte sie ihr Versorgerbedürfnis selbstverständlich auch auf seinen Zwillingsbruder aus.

Gegen ein Uhr kam Ben nach Hause. Sein Gerichtstermin war gut gelaufen und er brachte beste Laune mit.

»Komm, lass uns zum Mittagessen in die Stadt fahren«, schlug er vor. Und mit einem Augenzwinkern fügte er hinzu:

»Ich stelle dir meinen Lieblingsitaliener vor. Du wirst ihn lieben!«

Bens Lieblingsitaliener, wie er ihn scherzhaft nannte, lag in einer ruhigen Seitengasse in der Veroneser Innenstadt, etwas abseits von den Touristenströmen. Das Lokal war klein – Konrad zählte gerade einmal sieben Tische – und schlicht, aber gemütlich eingerichtet. Ben und die Wirtsleute begrüßten sich herzlich und die Aufregung über den wiedergefundenen Bruder dauerte einige wort- und gestenreiche Minuten an. Immer wieder fielen die Worte *fratello* und *gemello*. Der *padrone*, der über siebzigjährige Vater des jungen Wirts, wurde mitsamt seiner Frau extra aus der Küche geholt, um Konrad ebenfalls zu bestaunen. Nachdem auch er mehrere Male umarmt und in gebrochenem Deutsch willkommen geheißen worden war, konnten sich die beiden endlich setzen.

Konrad fühlte eine Mischung aus Verwirrtheit, Bedrängnis und Rührung über diese unerwartete Begrüßung. Noch nie in seinem ganzen Leben hatte er das Gefühl gehabt, dass sich Menschen – noch dazu solche, die er gar nicht kannte – so sehr über seine schiere Existenz freuten. Nicht einmal Helène oder Klara hatten ihm das Gefühl gänzlich nehmen können, in der gesellschaftlichen Hierarchie unter ihnen zu stehen. Hier in Italien hatte er plötzlich keine Vergangenheit mehr. Er war nicht mehr der Obdachlose, der sich so durchschlug und froh sein musste, wenn sich irgendjemand seiner erbarmte. Er war auch nicht mehr der geklaute Junge aus dem Wiener Spital. Er war der *fratello* des scheinbar allseits beliebten und geachteten *dottore* und wurde ohne Vorbehalte als solcher akzeptiert.

Ben hatte nichts bestellt, es wurde einfach serviert, was die Küche an frischen *piatti del giorno* zu bieten hatte. Und das war einfach köstlich. Vorab gab es ein herrliches hausgemachtes, noch ofenwarmes Weißbrot mit einem wunderbaren Olivenöl sowie verschiedene Bruschette, gefolgt von einer herzhaft abgeschmeckten Minestrone. Anschließend Pasta al ragù, dann gegrillten Wolfsbarsch mit Rosmarinkartoffeln und zum Abschluss *caffè* und Tiramisu. Dazu tranken sie eine Karaffe leichten, fruchtigen Hausweins. Es war keine große Küche gewesen, aber alles, von den Nudeln bis zum Dolce, war zu einhundert Prozent mit Liebe gekocht. Selbst der Wein kam, wie Konrad von Ben erfuhr, vom familieneigenen Gut am Gardasee. Es war alles in allem genau das, was man sich als Tourist immer wünschte, aber selten geboten bekam.

Konrad lehnte sich erschlagen zurück. Er war pappsatt und sein Bauch fühlte sich an, an wolle er gleich platzen. Ben hatte ihm während des Essens von seinem Leben in Verona berichtet. Von seiner Exfrau Sara, von der er sich gütlich und leider kinderlos getrennt hatte, von seinem Beruf, seinem Alltag und seiner Freizeit, die er gerne mit gutem Essen und an den Wochenenden mit Segeln am Gardasee verbrachte. Eine feste Partnerin hatte er nicht – was dieses Thema anging, so hatten sie wohl beide ihre Probleme, was zumindest bei Ben nicht am mangelnden Status liegen konnte.

Ben erzählte Konrad jede Einzelheit mit Eifer und Leidenschaft und es schien, als wolle er sich seinem Bruder im besten Licht präsentieren – eine Tatsache, die Konrad so überrascht wie beglückt registrierte. Ihm kam der Gedanke, dass ihr Verhältnis heute ein ganz anderes sein könnte, wären sie zusammen bei dieser schwierigen Mutter aufgewachsen. Womöglich wären aus einem Buhlen um ihre Gunst schon frühzeitig Neid und Eifersucht entstanden. Vielleicht wäre Konrad immer neidisch auf seinen Bruder gewesen, dem das Lernen scheinbar zugeflogen und der zielstrebig genug gewesen war, seinen Weg zu gehen. Vielleicht hätte er ihm sogar die Schuld für sein eigenes Scheitern gegeben. Vielleicht war alles genau richtig so, wie es war.

KAPITEL 27

Heidelberg – zwei Monate später

Die letzten Wochen hatten Klara ungemein gut getan. Ihre Psychotherapeutin hatte ihr den überraschenden Vorschlag gemacht, an einem mehrwöchigen Achtsamkeits- und Meditations-Seminar im Allgäu teilzunehmen. Zunächst war Klara natürlich erschrocken bei der Vorstellung, allein in eine fremde Umgebung mit unbekannten Menschen reisen zu müssen. Doch dann hatte sie an ihren Entschluss gedacht, ihr Leben zu verändern, und wenn Frau Dr. Wolters ihr diesen Schritt zutraute, sollte sie selbst das auch tun. Ihr Reiseziel war schließlich ein nur wenige Zugstunden entferntes Meditationsinstitut, in dem es notfalls jederzeit psychologische Hilfe für sie gab. Sie reichte also kurzfristig Urlaub ein, was bei ihren geringen Fehltagen kein Problem war, und fuhr.

Und tatsächlich legte der Aufenthalt im Allgäu in Klara einen Schalter um, von dem sie nicht geahnt hatte, dass es ihn überhaupt gab: Allein das Überwinden ihrer Angst vorm Reisen, das Verlassen ihrer sicheren Umgebung für ganze zwei Wochen ohne zu wissen, was ihr bevorstand, wäre jahrelang für sie überhaupt nicht denkbar gewesen.

Im Allgäu angekommen verbrachte sie zunächst viel Zeit mit sich allein: Lange Spaziergänge, Entspannungsmassagen, viel Ruhe. Mit sich klar zu kommen, ohne Ablenkung, Arbeit und Alltagsdruck, war eines der wesentlichen Kursziele. In Einzel- und Gruppentherapiegesprächen lernte sie bessere Wege kennen, die zur Entspannung führten, als Medikamente. Auch ihre Bedenken bezüglich der anderen Kursteilnehmer erwiesen sich vom ersten Tag an als unbegründet: Die Gruppe war sehr homogen und angenehm, es herrschte eine Atmosphäre diskreter Offenheit, die es Klara erlaubte, jederzeit reden oder auch schweigen zu dürfen – ganz ohne Druck. Die anderen hatten ganz ähnliche Probleme wie sie selbst und auch das war eine wertvolle Erfahrung für sie: Sie war nicht allein. Und vieles relativierte sich sogar im Vergleich zu den anderen Geschichten. Alles in allem wurde Klara in diesen Wochen eines bewusst: Sie hatte sich jahrelang vergraben, hinter ihrer alltäglichen Routine und ihren Zwängen versteckt und viel zu sehr in der Vergangenheit gelebt, anstatt in die Zukunft zu blicken und sich zu öffnen für das, was das Leben ihr noch zu bieten hatte.

Sie dachte auch viel über Konrad nach und sprach sowohl mit ihrem Therapeuten als auch mit zwei anderen Kursteilnehmerinnen, zu denen sie eine besondere Verbindung spürte, über ihn.

Nach wie vor war sie sich nicht sicher, ob sein Verschwinden sie genauso beschäftigen würde, wenn er nicht Bens Bruder wäre. Statt ihn als eigenständige Person anzunehmen, hatte sie versucht, einen zweiten Ben aus ihm zu machen und damit zu einem Teil ihrer Vergangenheit. Sie selbst hatte verhindert, dass er mehr in ihr sehen konnte als eine enttäuschte und verlassene Frau. Und so saß sie nun in ihrem selbst erschaffenen, einsamen Gefängnis, aus dem nur sie selbst sich befreien konnte, wenn sie nicht weiterhin bei lebendigem Leibe begraben sein wollte. Vielleicht hatte sie Konrad gebraucht, um all das zu erkennen. Ihn zu treffen und wieder zu verlieren war ihre Chance, die Klara wiederzufinden, die sie einmal gewesen war: Eine Frau mit Zukunft, mit Träumen, voller Liebe und voller Leben.

Nach ihrer Rückkehr nach Heidelberg mistete sie als

erstes ihre Wohnung aus. Alles, was sie an ihre Eltern erinnerte, wurde kompromisslos entsorgt. Was sie nicht wegwarf, verkaufte sie. Es war wie ein Befreiungsrausch.

Als sie nach neuen Möbeln Ausschau hielt, wurde ihr bewusst, dass sie noch nie in einer von ihr selbst ausgesuchten Einrichtung gelebt hatte. Sie war nahtlos mit den Möbeln, die sie von zu Hause mitgenommen hatte, erst in die WG und dann in ein gemeinsames Leben mit Ben umgezogen. Nach dem Tod ihrer Eltern waren noch ein paar Erbstücke dazugekommen, nichts eigenes.

Das sollte sich ändern.

Während sie auf die neuen Möbel wartete, bestellte sie eine Malerfirma, die ihre Räume in freundlichen Pastellfarben strich. Sie hatte sich bisher nie gestattet, ihre Wände bunt zu gestalten, aus Angst vor der imaginären Meinung anderer. Doch wen hatte es zu interessieren, ob ihr Wohnzimmer gelb oder fliederfarben war oder ob sie jede einzelne Wand in einer anderen Farbe streichen ließ? Und ob sie Rosa liebte und ihr Schlafzimmer eher einem Jungmädchentraum ähnelte als dem einer gestandenen Frau? Sie verdiente gut und war kinderlos – für wen also sparen und warum nicht einfach mal etwas nur fürs eigene Wohlbefinden tun? Über die Kraft der Farben hatte sie im Seminar einiges gelernt. Und als Nächstes waren ihre Klamotten dran. Jahrelang hatte sie Seriosität mit Unscheinbarkeit verwechselt und viel zu wenig auf ihre eigenen Wünsche und Bedürfnisse gehört. Und da ihr Kleiderschrank für die Renovierung ohnehin dran glauben musste, konnte sie auch gleich seinen Inhalt unter die Lupe nehmen. Die grauen Bundfaltenhosen, die faden Kostüme und biederen Blusen mussten raus, und an ihre Stelle traten modische, farbenfrohe Oberteile, bunte Sommerkleider und sogar einige figurbetonte Jeans, was für ihre Verhältnisse schon sehr mutig, jedoch mit einem schicken Blazer kombiniert sogar bei der Arbeit tragbar war.

Sie war schließlich noch keine sechzig!

Klara durchlebte in diesen Wochen eine regelrechte Metamorphose. Im Anschluss an das Meditationsseminar hatte sie sich mit Frau Dr. Wolters´ Hilfe um entsprechende Anschlusskurse in Heidelberg gekümmert, in denen sie das Erlernte weiter vertiefte. Zwar konnte sie noch lange nicht auf ihre Tabletten verzichten, aber sie setzte es sich zum Ziel, irgendwann einmal ohne sie auszukommen. Aus der Allgäuer Gruppe hatten sich zwar keine Freundschaften fürs Leben entwickelt, doch sie stand in regelmäßigem E-Mail-Austausch mit einigen der Teilnehmer. Es war wichtig für sie, in Kontakt mit Gleichgesinnten zu bleiben, mit Menschen, die sie verstanden, ohne zu bewerten, die viel von ihr wussten und denen sie alles sagen konnte. Sie hatten sogar ein Treffen für den Herbst geplant, auf das sich Klara schon jetzt freute.

Allein die immer wieder auftauchenden Gedanken an Konrad machten sie traurig. Sie vermisste ihn. In der Therapie arbeitete sie unter anderem daran, die Gefühle für Ben und Konrad auseinanderzudröseln und sich bewusst zu werden, welcher Bruder was für sie bedeutete. Vermisste sie einfach nur jemanden an ihrer Seite? Vermisste sie Ben so sehr, dass sie Konrad zu seinem Ersatz gemacht hatte? Oder vermisste sie tatsächlich Konrad und die Energie, die er in ihr tristes Leben gebracht hatte?

Am Ende war sie ihm dankbar, denn ohne ihn wäre sie wahrscheinlich nie aufgewacht aus ihrer selbst gewählten Lethargie.

Manchmal abends, wenn sie so allein in ihrer Küche saß und ihr Abendessen zu sich nahm, dachte sie darüber nach, wie es wohl wäre, wenn sie einfach nach Berlin fahren und ihn suchen würde. Doch das traute sie sich wirklich noch nicht zu. Das Seminar war eine Herausforderung gewesen, die sie gemeistert und die ihr Kraft gegeben hatte. Doch eine Reise nach Berlin ohne jeden Anhaltspunkt, wo in dieser großen Stadt sie Konrad suchen sollte, war etwas anderes: Konrad konnte überall und nirgends sein.

Mindestens einmal pro Woche ging Klara am Neckar entlang, immer in der Hoffnung, dass er wieder dort säße, auf der Bank, und sie noch eine Chance hätten herauszufinden, was zwischen ihnen sein könnte.

KAPITEL 28

Verona

Irgendwann wollte Ben natürlich wissen, wie Konrad ihn eigentlich gefunden hatte. Es war ein milder frühsommerlicher Abend, sie saßen nach dem Essen bei einem Bier im Garten, da stellte er die Frage, auf die Konrad bereits vorbereitet war. Und so erzählte er seinem Bruder die ganze Geschichte: Vom Fernsehbericht über die gestohlenen Kinder, von der Patientenakte, seinem jahrelangen Zögern, von seinen Erlebnissen in Wien und Mariabrunn und davon, wie er schließlich in Heidelberg gelandet war. Und von seiner schicksalhaften Begegnung an jenem verregneten Novembermorgen auf einer Bank am Heidelberger Neckarufer.

In der friedlichen Abendstimmung im Garten seines Bruders, mit dem Klang der Zikaden in den Ohren und dem üppigen Duft der frühsommerlichen Blüten in der Nase, kam ihm die Erinnerung daran vor wie aus einer anderen Welt.

Als er Klaras Namen nannte, wurde Ben blass. Bisher hatte Konrad ihm nur von Berlin erzählt, von Agnes und Helène, seiner Zeit als Schreiner und seiner Arbeitslosigkeit. Den Heidelberger Teil seiner jüngsten Geschichte hatte er bewusst außen vor gelassen.

Ben stand auf und lief im Garten umher, wobei er sich immer wieder mit beiden Händen durch die Haare fuhr. So aus der Contenance hatte Konrad seinen souveränen Bruder bislang noch nicht erlebt. Er war sichtlich geschockt davon, dass dieser Teil seiner Vergangenheit so unerwartet mit seinem Bruder in seinen eben noch so friedlichen Garten schwappte. Konrad ertappte sich ganz kurz bei der Frage, ob es ein Fehler gewesen war, Klara zu erwähnen. Doch warum hätte er lügen sollen? Schließlich war Klara das Element, das sie verband. In welches Wespennest er auch immer damit gestochen hatte, es war richtig gewesen, und die Reaktion seines Bruders war der deutlichste Beweis dafür.

Nachdem Ben sich einigermaßen gefasst hatte, sprachen sie lange über Klara. Ben hatte sie kennengelernt, als sie noch sehr vom dramatischen Tod ihrer Schwester traumatisiert war. Mit ihrer etwas scheuen, verletzlichen Art hatte sie seinen Beschützerinstinkt geweckt und ihre unverhohlene Bewunderung hatte ihm geschmeichelt. Doch irgendwann war die Beziehung für ihn zum Gefängnis geworden. Da waren die offenen Anfeindungen ihres Vaters, ihre starken Stimmungsschwankungen, die er nicht immer einordnen konnte, und ihr kompromissloses Klammern. Obschon sie das nie geäußert hatte, hatte er immer befürchtet, sie könne sich etwas antun, wenn er sie verließe. Er war ihr Halt, ihr Anker und das hatte ihn mit der Zeit überfordert. Seine Entscheidung auf Teneriffa war also auch eine Flucht vor dieser Zwickmühle gewesen. Seinen Tod konnte sie ihm nicht vorwerfen, somit musste er auch kein schlechtes Gewissen haben. Das hatte er sich zumindest eingeredet. Sara war genau im richtigen Moment aufgetaucht, als hätten die Götter ein Einsehen gehabt und ihm nach seiner Mutter und Klara endlich eine Frau geschickt, die ihm Halt und Trost gab. Bens Blick war bei der Erinnerung an diese Begegnung zärtlich geworden. Sara war ihm erschienen wie eine Siegesgöttin: schön, stark, unabhängig. Sie verkörperte einfach alles, was er in diesem Moment dringend brauchte. Er hatte auf dieser Klippe gesessen und tatsächlich darüber nachgedacht, wie es wäre, einfach zu springen, alles hinter sich zu lassen.

»Hättest du es getan?«, fragte Konrad.

Ben wiegte den Kopf hin und her. »Ich weiß es nicht«, antwortete er ehrlich. »Es war eine Grenzerfahrung und ich habe selbst schon unzählige Male darüber nachgedacht, was passiert wäre, wäre Sara nicht vorbeigekommen. Ich bin ihr in jedem Fall unendlich dankbar und das wird auch immer so bleiben.«

Er hatte dann ja auch tatsächlich alles hinter sich gelassen, nur eben auf andere Art und Weise. Er war mit Sara bis vor die italienische Küste gesegelt und einfach bei ihr geblieben. Glücklicherweise war bei der Grenzkontrolle nicht aufgefallen, dass ein blinder Passagier an Bord war. Später hatte sie ihm gestanden, dass es von ihrer Seite Liebe auf den ersten Blick gewesen war. Konrad hatte ein Foto von Sara gesehen. Eine interessante Frau, nicht im klassischen Sinne schön, ein bisschen verwegen, ein bisschen Hippie, in jedem Fall apart. Die beiden hatten rasch geheiratet, Ben hatte ihren Namen angenommen und sein Inkognito war perfekt.

»Hast du gar nicht mehr an Klara gedacht oder an deine Freunde in Deutschland?«, wollte Konrad wissen.

»Die Sache hat sich zum Selbstläufer entwickelt«, erwiderte Ben. »Es war nicht so geplant, erst war es eine verrückte Idee, dann kam das eine zum anderen und dann war ich drin in diesem Film und kam nicht mehr raus.« Seine Studiennachweise hatte er sich in abenteuerlicher Weise durch einen Freund seiner Frau aus Heidelberg beschaffen lassen, um in Italien weiterstudieren zu können. Die erste Zeit hatten Sara und er in Rom verbracht, wo Ben seinen Abschluss machte. Erst später waren sie nach Verona gezogen, in die Nähe ihrer Familie. Ben hatte dort zunächst in einer Anwaltskanzlei als Angestellter gearbeitet, später hatte er sich dann selbstständig gemacht.

»Und Sara?«, wollte Konrad wissen.

»Sie ist Künstlerin, sehr begabt und durchaus erfolgreich. Das Bild in deinem Zimmer ist von ihr.«

Konrad dachte an den stark abstrahierten Elefanten über dem Bett im Gästezimmer. Sehr bunt, sehr schräg – er passte zu dem Bild, das er sich von seiner Ex-Schwägerin gemacht hatte. Sie schien einige Ähnlichkeit mit Bens und seiner Mutter zu haben.

»Unsere Ehe hat ganze zwölf Jahre gehalten, wovon die letzten mehr ein Kampf waren, den wir schließlich verloren haben.« Man merkte Ben an, dass die Erinnerung an seine gescheiterte Ehe ihn nach wie vor schmerzte.

Konrad hörte ihm ruhig zu. Mochte sein Bruder ihm erzählen, was er aus freien Stücken erzählen wollte.

»Wir haben uns beide sehnlichst Nachwuchs gewünscht, aber es hat nicht funktioniert und darüber haben wir uns verloren«, fügte Ben nach kurzem Schweigen erklärend hinzu. Er wollte nicht weiter über dieses Kapitel reden, was Konrad ganz recht war. Er war nicht besonders gut in sowas. Er selbst war froh, dass Helène und er nie ernsthaft über Kinder nachgedacht hatten: Nicht auszudenken, wie er sich erst gefühlt hätte, wenn er auch noch vor seinen Kindern versagt hätte!

Der Abend klang schließlich in einer Stimmung von Klarheit und emotionalem Aufgeräumtsein aus. Ben erinnerte sich noch gut an den Brief, den er Klara in einer sehr sentimentalen Phase seines Lebens geschrieben hatte. Aber da von Klara nie etwas zurückgekommen war, hatte er doch annehmen müssen, dass seine Zeilen sie entweder nie erreicht oder schlichtweg nicht mehr interessiert hatten. Im Laufe der Jahre hatte er es weitestgehend geschafft, Klara aus seiner Erinnerung zu verdrängen, wenn auch nicht ganz. Klara war für ihn wie ein leiser, aber beständig anwesender Klang aus einem völlig anderen Leben.

Es war nun alles gesagt, es gab keine offenen Geheimnisse mehr und das war gut so. Konrad ging mit dem befriedigenden Gefühl ins Bett, dass ein Kreis geschlossen, dass eine Sache zum Abschluss gekommen war, als sei ein Lebenszyklus nach vielen Irrwegen wieder auf dem richtigen Weg, zu seiner eigentlichen Bestimmung zu finden.

Konrad hatte sich alsbald ganz gut eingefunden in seinem neuen italienischen Leben. Die Brüder hatten viel geredet über die Vergangenheit, die Gegenwart und auch die Zukunft, und Ben hatte den Vorschlag gemacht, dass Konrad fürs erste ganz offiziell bei ihm einziehen sollte. Das Haus war groß genug und sie hatten viel nachzuholen. Darüber hinaus wollte er seinem Bruder dabei helfen, festen Boden unter die Füße zu bekommen, indem er ihm zunächst einen Sprachkurs bezahlte und ihn anschließend bei seiner beruflichen Entwicklung coachte. Er war der Meinung, es täte Konrad nicht gut, sich weiterhin mit Gelegenheitsjobs über Wasser zu halten, und er brauche für sein Selbstwertgefühl und für das Ankommen im gesellschaftlichen Netzwerk einen anständigen Beruf. Und Ben war ein Mann der Tat: Es dauerte nicht lange, da hatte er Konrad bei einem Aufbaukurs für Schreiner angemeldet – schließlich waren die technischen Entwicklungen seit Konrads letzter Berufstätigkeit nicht stehengeblieben. Vorab musste er schon mal Italienisch an der Abendschule pauken.

Konrad war es nicht mehr gewohnt, zu lernen und sich nach einem durchgetakteten Tagesablauf zu richten, und er hatte mehr als einmal daran gedacht aufzugeben. Doch er wusste auch ganz genau, dass dies seine letzte Chance war, in ein normales Leben zurückzufinden. Sein Bruder forderte ihn zwar unerbittlich, doch er war auch seit langem der erste Mensch, der an ihn glaubte.

Nachdem Konrad sich ein wenig eingelebt, erstaunlich rasch ein ganz ordentliches Italienisch gelernt und sich auf sein neues Leben eingelassen hatte, kam Ben irgendwann mit der überraschenden Neuigkeit auf ihn zu, dass der Freund eines Freundes eine Stelle in seiner Schreinerei zu vergeben hätte. Konrad beherrschte die neue Sprache mittlerweile gut genug, um seine Aufgaben zu verstehen, und der Rest würde sich schon richten. Konrads Herz hatte einen Sprung gemacht, als Ben ihm Namen und Adresse für sein erstes Vorstellungsgespräch in seinem neuen Leben auf den Tisch gelegt hatte. Vor ihm lag die Chance auf eine Arbeit, die nach all den Jahren wieder ein würdiges Mitglied der Gesellschaft aus ihm machen könnte. Mit dem Lebenslauf hatte Ben ihm natürlich geholfen, aber durchblicken lassen, dass Konrads potenzieller künftiger Arbeitgeber selbst eine bewegte Vergangenheit hinter sich hatte und auf Bens Empfehlung vertraute. Dabei hatte er vielsagend gegrinst, allerdings nicht ohne seinen Bruder wissen zu lassen, dass er ohne entsprechende Leistung auch ganz schnell wieder draußen wäre.

Konrad hatte seine Chance ergriffen, sich mit Verve in seinen Job geworfen, und nachdem er auch die notwendigen Behördengänge erfolgreich absolviert hatte, war er in Italien ein offizieller Steuerzahler. *Viva Italia!*

KAPITEL 29

Es war Juli geworden in Verona. Der italienische Sommer war heiß und trocken. Konrad fand sich insgesamt in seiner neuen Heimat und auch in seinem Beruf gut zurecht. Lediglich das ungewohnte Klima machte ihm zu schaffen – nach all den Jahren auf den Straßen im deutlich kühleren Berlin war er es nicht gewohnt, spätestens zur Mittagszeit vor der unbarmherzigen Sonne flüchten und den größten Teil des Tages in klimatisierten Räumen verbringen zu müssen.

Den Gedanken, den Obdachlosen in Italien könne es besser gehen als denen in Deutschland, musste er spätestens jetzt verwerfen. Es war vermutlich kein Spaß, wenn man keinerlei Möglichkeit hatte, der schier unerträglichen Hitze zu entfliehen. Dagegen schien es wesentlich einfacher, den deutschen Winter zu ertragen. Gegen Kälte konnte man sich wenigstens schützen.

Der südländische Rhythmus war etwas völlig Neues für Konrad. Zwischen zwölf und frühestens drei oder halb vier Uhr wurde das öffentliche Leben auf Pause gedrückt. Während dieser Zeit sah man höchstens ein paar Touristen durch die Stadt flanieren oder Kinder auf dem Nachhauseweg von der Schule. Pünktlich zur Ladenöffnungszeit fluteten die Menschen dann wieder in Massen die Straßen, Cafés und Restaurants und belebten die Szene. Die Abende waren lang, die Geschäfte schlossen deutlich später als in Deutschland und man konnte bis spät in die Nacht ganze italienische Großfamilien auf den Straßen und in den Restaurants antreffen. Zu Zeiten, in denen der deutsche Michel seinen

Nachwuchs schon längst in den Schlaf gesungen, bei einem gepflegten Bierchen die Tagesschau angesehen hatte und bereits auf dem Weg ins Bett war, sprangen hier noch die Kleinkinder munter in den Gärten und auf den Straßen umher. Der Geräuschpegel war dementsprechend an manchen Abenden in Bens Garten so, dass in Deutschland vermutlich längst irgendein unmutiger Nachbar wegen Ruhestörung die Polizei gerufen hätte. Hier aber schien man die Lebendigkeit und das Beisammensein mit Verwandten und Freunden zu genießen und sich nicht daran zu stören, dass es auch mal etwas lauter zuging.

Eines Samstagmorgens – Konrad und Ben saßen gemeinsam beim Frühstück auf der Terrasse – kam Ben erneut mit einer überraschenden Idee auf seinen Bruder zu.

»Du bist ja jetzt schon eine ganze Weile hier und scheinst dich gut eingelebt zu haben«, begann er.

Konrad nickte, während er herzhaft in ein Hörnchen biss.

»Unser Gespräch über Klara lässt mich nicht los«, fuhr Ben fort.

Konrad stutzte. Das Gespräch lag mehrere Wochen zurück und seitdem hatten sie kaum mehr über Klara gesprochen. Er hatte seine Zeit in Heidelberg abgelegt wie seine Obdachlosenklamotten. Und auch wenn er ab und zu an sie dachte, so hielt sich sein schlechtes Gewissen doch in Maßen. Schließlich hatte sie ihn von vorne bis hinten belogen, was seinen Bruder anging, und das konnte er ihr nicht verzeihen. Er schaute Ben fragend und abwartend an. Er kannte ihn mittlerweile gut genug um zu wissen, dass auf diese Einleitung sicher mehr folgte als heiße Luft. Ben war perfektionistisch, tatkräftig und sehr umtriebig. Er redete nicht lange um den heißen Brei herum – wenn er einen Plan hatte, setzte er ihn ohne unnötige Umschweife in die Tat um. Er war nicht umsonst so erfolgreich in diesem Land, in dem die Dinge nicht immer so flott liefen wie man das aus der Heimat gewohnt war – das hatte Konrad schon mitbekommen. Organisation, Präzision und fehlende Scheu vor kniffligen Aufgaben waren Bens hervorragendste Eigenschaften. In der Hinsicht waren die Brüder so weit voneinander entfernt wie die Sonne vom Mond.

»Ich denke«, sprach Ben weiter, »es ist an der Zeit für uns, ein für allemal einen Strich unter die Vergangenheit zu ziehen.«

Konrad verstand nicht. Er für seinen Teil hatte das Gefühl, gerade sehr gut ohne seine Vergangenheit zurecht zu kommen. Und wie kam sein Bruder dazu, ihn ganz selbstverständlich in seine Idee mit einzubeziehen?

Ben trank seinen *caffè* in einem Zug aus und faltete die Hände bedächtig auf dem Tisch. »Ich denke, es ist nicht gut, wenn wir so tun, als gäbe es kein Gestern. Ich habe es lange verdrängt, aber seit du mir erzählt hast, dass du bei Klara gewohnt und bei ihr meinen Brief gefunden hast, weiß ich, dass ich einen guten Teil meines Lebens abgestreift habe wie ein altes Kleidungsstück.«

Konrad nickte. Das hatte er auch getan und er wusste nicht, was daran falsch sein sollte.

»Dass mich das Thema die letzten Wochen so beschäftigt hat, zeigt mir allerdings, dass da noch einiges in meinem Inneren schwelt und jetzt wieder hochgekommen ist.«

Konrad verstand noch immer nicht, worauf sein Bruder hinauswollte, unterbrach ihn aber nach wie vor nicht, sondern fischte sich ein weiteres Brioche aus dem Brotkorb und tunkte es in seinen *caffè*.

Ben griff jetzt nach Konrads Unterarm. »Wir müssen uns unserer Vergangenheit stellen und die hinterlassene verbrannte Asche zusammenkehren.«

Das klang jetzt etwas sehr pathetisch. Konrad blickte seinen Bruder verstört an. Doch bevor er ihn fragen konnte, was das alles zu bedeuten hatte, löste Ben seine kryptischen

Andeutungen auf:

»Ich möchte gerne mit dir gemeinsam nach Österreich und Deutschland reisen.«

Konrad verschluckte sich und bekam einen Hustenanfall. Ben klopfte ihm besorgt auf den Rücken. Als er wieder zu Atem kam, konnte er nicht sofort antworten. Was wollte Ben mit ihm in Österreich – und vor allem in Deutschland? Er hatte ihm erzählt, dass er seit seiner Flucht damals nie mehr über die deutsche Grenze gefahren war. Er hatte dieses Kapitel einfach hinter sich lassen wollen. Und jetzt sollten sie gemeinsam dahin? Etwa zu Klara?

Nachdem Konrad sich wieder beruhigt hatte, erklärte Ben ihm seinen Plan:

»Pass auf: Wir haben unser halbes Leben miteinander verpasst. Unsere Eltern sind tot, doch wir haben eine gemeinsame Freundin, und zumindest mit der können wir vielleicht noch etwas zu einem Abschluss bringen. Ich habe mir überlegt, dass wir gemeinsam an die Gräber unserer Eltern fahren und uns verabschieden. In Frieden, verstehst du? Ich habe genau wie du mein halbes Leben lang damit gehadert, wie unsere Mutter uns das antun konnte, ich habe letztlich deshalb mit ihr gebrochen und eine neue Identität angenommen. Ich habe getan, als gäbe es sie nicht mehr. Und Klara habe ich ebenfalls sehr weh getan. Ich habe sie alle glauben lassen, ich sei tot, weil das mein einziger Ausweg zu sein schien, aber ich habe nicht eine Sekunde darüber nachgedacht, was ich ihnen damit antue. Mutter hat mich geliebt, auf ihre Weise, und Klara auch. Es war nicht richtig, einfach so feige davonzulaufen, und doch war es damals mein Weg, zu dem ich stehen muss.«

Ben machte eine Pause. Sein Vortrag war ungewöhnlich emotional. Er blickte Konrad an, als wolle er überprüfen, ob er ihm folgen konnte. Dann fuhr er fort:

»Auch du hast deine Eltern verlassen und dich nie wieder

um sie gekümmert. Vielleicht wäre es auch für dich an der Zeit, dich mit einigen Dingen auszusöhnen. Hast du jemals darüber nachgedacht, wie es ihnen dabei gegangen sein mag? Dass sich vor allem deine Stiefmutter die Entscheidung vielleicht nicht leicht gemacht hat, dich anzunehmen? Und dass sie dir nicht mehr geben konnte, weil sie es einfach nicht in sich hatte? Womöglich könnten wir beide heute anders dastehen, wenn wir uns früher mit all dem auseinandergesetzt hätten. Doch dafür ist es nie zu spät.«

Jetzt blickte Konrad etwas verwundert. »Was heißt anders dastehen?«, schnappte er. »In meinem Fall magst du ja Recht haben damit, und glaube nicht, ich hätte es nicht auch schon bereut, nicht das Bildungsangebot meiner Eltern angenommen zu haben. Aber du hast doch alles erreicht, was man sich nur wünschen kann!« Dabei blickte er mit einer vielsagenden Geste um sich.

Ben schüttelte den Kopf. »Das meine ich nicht. Schau uns doch mal an: Zwei *lonesome cowboys* auf der Suche nach dem Glück. Keiner von uns hat es geschafft, eine Frau zu halten, eine Familie zu gründen. Wir werden später niemanden haben, der unsere Gräber besucht. Hast du darüber schon mal nachgedacht?«

Jetzt schüttelte Konrad den Kopf. Er war in den letzten Jahren viel zu sehr mit seinem eigenen Leben beschäftigt gewesen, der Gedanke an eine Familie wäre in seinem Fall geradezu abwegig gewesen. Aber er konnte schon verstehen, dass ein Mann wie Ben, der eigentlich alles hatte, sich Gedanken darüber machte, warum er allein lebte. Er selbst hatte dieses Thema immer auf später verschoben. Wenn er erstmal wieder Boden unter den Füßen hätte, einen Job, eine eigene Wohnung ... Aber Ben hatte natürlich recht. Es gab Gründe, warum er das alles nie aus eigener Kraft geschafft hatte, und es gab auch Gründe, warum seine Ehe mit Helène schief gegangen war. Er hätte alles haben können, und doch stand er jetzt mit nichts da. Und das war nicht allein Helènes Schuld gewesen, das war ihm mittlerweile schon klar geworden.

»Lass mich da mal eine Nacht drüber schlafen«, antwortete er seinem Bruder im Wissen, dass der eine Antwort von ihm erwartete, die er jedoch nicht sofort zu geben imstande war. Ben würde ihn nicht unter Druck setzen, aber er hatte offensichtlich seinen Entschluss gefasst. Dennoch würde er akzeptieren, dass sein Bruder ihm keine spontane Antwort darauf geben konnte.

»Ich verspreche dir, ich werde mir Gedanken darüber machen.«

Den Rest des Tages verbrachte Ben auf dem Golfplatz, während Konrad eine kleine Radtour durch die Weinberge machte, die sich rund um Verona auf dem hügeligen Land verteilten. In den letzten Wochen hatte Konrad damit begonnen, seine viel zu lange vernachlässigte Kondition ein wenig aufzupolieren, indem er sich auf Bens Mountainbike den Fahrtwind um die Nase wehen ließ. Anfangs hatte er nur kleine Runden geschafft – die lange Zeit auf der Straße und das Zuviel an Alkohol hatten ihn steif und träge gemacht. Doch mittlerweile schaffte er bereits auch größere Strecken durch die wunderschöne norditalienische Landschaft. Besonders nach einer arbeitsreichen Woche genoss er das Gefühl, wenn die Gedanken gleichsam von der frischen Luft, die ihn umwehte, durchgewirbelt und neu sortiert wurden.

Die Gräber besuchen. Was stellte sein Bruder sich da nur vor? Sollten sie gemeinsam ein paar Kränze niederlegen und ein Gebet sprechen? Und was sollte das bringen? Eine Aussöhnung mit den Menschen, die sie ihr Leben lang betrogen und verraten hatten? Die eine Mutter hatte ihn abgelehnt und weggegeben, die andere nur gedrillt und ihm stets das Gefühl gegeben, nicht zu genügen. Und wer ihr leiblicher

Vater war, würden sie so auch nicht erfahren.

Und dann Klara.

Plötzlich spürte er einen Stich in der Herzgegend. Er verlangsamte seine Fahrt und atmete tief durch. Vermutlich hatte sich nur ein Brustmuskel verkrampft. In den letzten Wochen hatte er jeden Gedanken an Klara erfolgreich verdrängt. Und Konrad war gut im Verdrängen. Doch sein Bruder hatte es mit seinem Vorschlag geschafft, sie und alles was mit ihr zusammenhing wieder an die Oberfläche zu holen.

Er trat verärgert in die Pedale und nahm eine Linkskurve, in der er im selben Moment einem großen Lastwagen ausweichen musste, der fast die ganze Fahrbahn für sich vereinnahmte. Konrad strauchelte und wäre um ein Haar gestürzt. Er fuhr rechts ran und atmete tief durch. Der Lastwagen fuhr ungerührt weiter, vermutlich hätte er es nicht mal bemerkt, wenn Konrad seinetwegen im Straßengraben gelandet wäre. Er musste sich konzentrieren. Die Italiener fuhren wie die Henker und das hatte schon so manchen Radfahrer auf den engen Straßen, die sich an den Bergen entlang schlängelten, das Leben gekostet. Vorsichtig fuhr er noch ein kurzes Stück weiter und machte am Rande eines Weinberges Rast. Der Schweiß tropfte ihm von der Stirn und sein Atem ging heftig. Er nahm ein paar Schlucke aus seiner Wasserflasche und ließ den Blick über die in langen Reihen gepflanzten Weintraubenstöcke schweifen. Ganz langsam beruhigte sich sein Puls.

Alles war doch gerade gut so, wie es war. Er hatte seinen Bruder gefunden, er hatte Arbeit. Er konnte zum ersten Mal seit Jahren optimistisch in die Zukunft schauen, er führte ein lebenswertes Leben. Wozu sollte er jetzt bitteschön alte Wunden aufreißen?

Wenn er an seine Zeit in Heidelberg dachte, empfand er – wenn auch widerstrebend – eine gewisse Wehmut. Klaras

Zuneigung hatte ihn warm aufgefangen in einer Zeit, in der er kein Zuhause und keinerlei tiefergehende Beziehungen gehabt hatte. Sie hatte einen Menschen aus ihm gemacht, der sich wieder etwas wert war. Hätte Klara ihn nicht bei sich aufgenommen – wer wusste schon, ob er aus eigenem Antrieb überhaupt die Kraft gehabt hätte, bis nach Italien zu reisen, um sich seinem Bruder zu stellen. Wenn er so darüber nachdachte – er war damals so voller Selbstzweifel, Schamgefühle und Versagensängste gewesen, dass er möglicherweise aus Angst vor der eigenen Courage einmal mehr aufgegeben hätte.

Nachdenklich sah er einem alten Weinbauern zu, der Reihe für Reihe mit dem Traktor seine Reben bewässerte. Seine Haut war wettergegerbt und runzlig – er mochte sicherlich schon jenseits der siebzig sein. Dennoch schien er seine Arbeit mit Freude und Sorgfalt zu verrichten, seine Augen leuchteten hell in dem von der Sonne gebräunten Gesicht. Er hatte eine Lebensaufgabe, die er vermutlich so lange verrichten würde, bis er eines Tages auf seinem Weinberg tot umfiel. Konrad fragte sich, wo er selbst wohl in zwanzig oder dreißig Jahren wäre. Er würde sich eine eigene Wohnung suchen. Vielleicht würde er sogar eine Frau finden, die es mit ihm aushielt. Und vielleicht hatte Ben ja auch recht und es gehörte zu einem Neuanfang dazu, die Vergangenheit richtig abzuschließen. Nicht einfach vor ihr davonzulaufen, wie er es bisher immer getan hatte, sondern sich ihr zu stellen und schließlich ganz bewusst loszulassen.

Der Weinbauer fuhr jetzt ganz dicht an ihm vorbei und nickte fast unmerklich mit dem Kopf, als sich ihre Blicke begegneten. Konrad nickte zurück, nahm noch einen großen Schluck aus der Wasserflasche und stieg wieder aufs Rad. Während er in einem wesentlich gemäßigteren Tempo zurück nach Hause radelte, reifte in ihm ein Entschluss. Wenn es Bens Wunsch war, gemeinsam in ihre alte Heimat zu reisen, würde er sich dem nicht entgegenstellen. Nach allem, was sein Bruder für ihn getan hatte, war Konrad es ihm schuldig, ihm zur Seite zu stehen. Er würde es ihm nie vergessen, dass er ihn ohne Wenn und Aber aufgenommen und ihm in ein Leben geholfen hatte, das so viel besser war als sein altes. Ben war zum wichtigsten Menschen in seinem Leben geworden und verdiente seine absolute Loyalität. Konrad wusste zwar nicht, ob er das, was Ben sich da vorstellte, bis zum Ende durchziehen konnte, doch er wollte es versuchen. Und genau so würde er ihm das auch sagen.

KAPITEL 30

Knappe drei Wochen später saßen Ben und Konrad frühmorgens im Auto in Richtung Österreich. Vor ihnen lag eine etwa siebenstündige Fahrt nach Wien. Ben hatte das Auto dem Flieger vorgezogen. Er wollte die Reise zelebrieren. Es war, wie Konrad es antizipiert hatte: Ben hatte bereits alles vorbereitet und gar keinen Zweifel daran gehabt, dass die Reise stattfinden würde. Seine Kanzlei konnte er durchaus für ein, zwei Wochen allein lassen und auch Konrad hatte sich Urlaub nehmen können. Ben hatte die Reise minutiös vorbereitet. Ihre erste Etappe sollte die Brüder auf den Wiener Zentralfriedhof führen, zum Grab von Konrads Eltern. Anschließend wollten sie das Grab von Bens Eltern – beziehungsweise ihrer gemeinsamen Mutter – in Mariabrunn besuchen. Nebenbei wollte Ben hier auch zu Tante Maridl, die ebenda begraben lag. Er hatte ihr viel zu verdanken und auch wenn sie viel zu früh verstorben war, hatte er eine sehr lebendige Erinnerung an sie.

Die ungleich größere Prüfung bestand in Konrads Augen darin, schließlich gemeinsam Klara gegenüberzutreten. Wenn er daran dachte, wurde sein Brustkorb eng. Dass sein Bruder ihn praktisch dazu zwang, sich seinen Gefühlen zu Klara zu stellen, sich mit ihr und seiner überstürzten Flucht auseinanderzusetzen, bereitete ihm Unbehagen. Doch er hatte sich entschieden und es gab kein Zurück. Besser, er dachte nicht allzu viel darüber nach und ließ einfach alles auf sich zukommen.

Konrad seufzte und lehnte sich in seinem bequemen

Ledersitz zurück. Immerhin hatte Ben ein Auto, in dem es sich angenehm reisen ließ, und Concetta hatte ihnen noch eine ordentliche Vesper mitgegeben. Während Konrad herzhaft in eines der liebevoll hergerichteten Fenchelsalami-Panini biss, dachte er daran, wie er noch vor gar nicht allzu langer Zeit hungrig, heimat- und mittellos mit dem Zug in Verona angekommen war. Wie viel reicher war sein Leben seitdem! Mit einem satten Gefühl von Zufriedenheit schlummerte er wenig später in seinen Sitz gekuschelt ein.

Als Konrad erwachte, waren sie bereits kurz vor der österreichischen Grenze. Er richtete sich auf und massierte sich den verspannten Nacken. Er hatte tatsächlich geträumt, und in seinem Kopf schwirrte ein ziemlicher Wirrwarr aus Bildern. Seine Kindheit in Wien. Die Mutter mit ihrer kunstvoll aufgetürmten Frisur, wie sie ihm das Hemd für die Einschulung zurechtzupfte und ihm über die akkurat gescheitelten Haare strich. Die ganze Familie beim Sonntagsspaziergang im Prater – ein seltener Moment, bei dem er sogar eine gewisse Nähe zu seinem Vater empfunden hatte. Dann die Eltern alleine an ihrem riesigen Esstisch, einander an den Händen haltend, in Tränen aufgelöst. Er hatte versucht, mit ihnen zu reden, doch sie hatten ihn nicht gesehen. So hatte er seine Eltern im wahren Leben tatsächlich nie gesehen. Der Traum hinterließ ein Gefühl, das ihn befremdete. Es war eine Mischung aus Angst, Wehmut und – zu seinem großen Erstaunen – Trauer. Er sah zu seinem Bruder, dessen Blick war besorgt.

»Was ist los?«, fragte er. »Du hast ganz schön lange geschlafen. Du siehst aus, als sei dir der Leibhaftige persönlich begegnet?«

»So ähnlich«, murmelte Konrad nur.

Am späten Nachmittag erreichten sie Wien. Ben hatte zwei Einzelzimmer in einem kleinen, aber feinen Stadthotel in der Innenstadt gebucht, ganz in der Nähe vom

Stephansdom. Bereits beim Passieren der Stadtgrenze wurde es Konrad irgendwie komisch zumute und er spürte, wie sein Herzschlag beschleunigte. Nach all den vielen Jahren würde er seine Heimatstadt wiedersehen, die Stadt seiner Kindheit, die Stadt, die er wohl mehr als alles andere aus seiner Erinnerung verbannt hatte. Bis auf das kurze Intermezzo mit der Einsicht in diese unsägliche Akte hatte er Wien nie mehr besucht. Er hatte tatsächlich gedacht, er könne lässig damit umgehen – so vieles war schließlich seither passiert, er war ein erwachsener Mann. Und doch fühlte er sich augenblicklich zurückversetzt in den Jungen, der er einmal war, mit all seinen Wünschen, Träumen und Hoffnungen.

Konrad atmete tief durch. Er war verwirrt. Er konnte mit den aufkommenden Gefühlen nicht umgehen, und er spürte Ärger in sich aufkommen. Ärger auf Ben, Ärger auf sich selbst, Ärger auf diese hirnverbrannte Idee. Er hatte diese Stadt und alles, was damit zu tun hatte, seinerzeit aus guten Gründen für immer hinter sich gelassen. Und er hatte recht gut damit gelebt. Seine Hände krampften sich in seine Oberschenkel, er spürte seine schweißnassen Handflächen. Doch er sagte nichts. Ben sollte ihm auf keinen Fall anmerken, dass er eine Scheißangst hatte. Da hatte er seinen Stolz.

Während sie sich durch den regen Feierabendverkehr zum inneren Bezirk durchmäanderten, lenkte Konrad sich ab, indem er Ben ein wenig über die Stadt erzählte. Ben war noch nie in Wien gewesen. Seine Jugend hatte sich hauptsächlich in Mariabrunn und Salzburg abgespielt, einen gemeinsamen Besuch der Hauptstadt hatten seine Eltern immer vermieden. Und nachdem er zum Studieren nach Deutschland gegangen war, hatte sich keine Gelegenheit mehr dazu ergeben.

In den Außenbezirken, die sie durchfuhren, erkannte Ben einiges wieder. Die riesigen Gemeinde-Mietshäuser hatten ihr Gesicht im Wesentlichen behalten und er konnte sogar noch einige kleinere Geschäfte erkennen, die zwar einen neuen Namen, aber noch beinahe dieselbe Optik hatten. Als er ein Alt-Wiener Lokal erblickte, in das er schon als Kind mit seinen Eltern eingekehrt war, musste er unwillkürlich an die wundervolle Wiener Küche denken – das einzige, was er in Deutschland tatsächlich schmerzlich vermisst hatte. Beim Gedanken an die herrlichen Wiener Schnitzel, die nirgends so gut waren wie hier, und die guten Kuchen und Torten aus den ehrwürdigen Hofzuckerbäckereien lief ihm das Wasser im Mund zusammen. Er vermisste aber auch die gemütliche Geborgenheit, die er als Kind hier empfunden hatte. Die Ruhe, die die Straßen in seiner Erinnerung ausstrahlten. Die Geschichten, die die vielen alten Häuser ihm erzählten.

Doch je näher sie dem 1. Bezirk, der Inneren Stadt, kamen, desto deutlicher waren die Veränderungen zu sehen. Es waren jede Menge neuer Gebäude entstanden, alles war viel schicker und moderner geworden. Allerdings auch fremder. An Stelle der netten kleinen Einzelhandelsgeschäfte waren Handy-Shops, Souvenirläden und Filialen großer Ketten entstanden. Wo man früher in einfache, aber gemütliche Wirtshäuser eingekehrt war, protzten jetzt neumodische Cafés mit Glasfronten und Außenbestuhlung für die Touristen. Sie erreichten die berühmte Ringstraße, die rund um das historische Zentrum Wiens führt, und Konrad erzählte Ben ein wenig über die architektonisch beeindruckenden Gebäude, die diese Straße rechts und links säumten wie Blumen einen Wegrand: Die Wiener Staatsoper, die Hofburg, die wunderschöne Votivkirche, das Kunsthistorische und das Naturhistorische Museum, Parlament und Rathaus, das Burgtheater und einige andere mehr. In seinem früheren Leben hatte er vieles über die Stadt gelernt, in der man auf Schritt und Tritt an die Kaiserzeit erinnert wurde, und es war zu seinem eigenen Erstaunen doch einiges hängen geblieben. Sein Vater hatte viel Wert darauf gelegt, dass der Bub über die historisch bedeutsamsten Bauwerke der Stadt Bescheid wusste. Konrad sah sich vor seinem inneren Auge als kleinen Jungen: Einen sensiblen, etwas melancholischen Buben, der viel mit sich allein war und sich in eine Welt träumte, die nicht die seine war. Der sich meist sehr einsam fühlte in seinem an Emotionen armen Elternhaus mit seiner unterkühlten Mutter und dem strengen, machtbesessenen Vater, für den nur Bildung etwas galt und nach dessen Facon jeder zu funktionieren hatte. Wie viel hatte er erlebt seit damals, wie sehr hatte er sich verändert.

Doch auch in Wien hatte die Zeit ganz offensichtlich nicht stillgestanden. Das Bild seiner Heimatstadt war das verblasste, vergilbte Bild einer Kindheit in den frühen Siebzigern. Das Bild einer behäbigen, etwas altmodischen, aber urvertrauten Stadt, in deren Straßen er mit dem Fahrrad und später mit dem Moped herumgekurvt war. In der er seinen ersten scheuen Kuss bekommen hatte. In der er sein erstes Mädchen zum romantischen Ausflug in den Wienerwald entführt hatte, ohne dass sein Vater davon wissen durfte, weil das Mädel als Tochter einer Wäscherin nicht gut genug gewesen wäre. Das Bild einer Stadt, deren Bewohner dem Balkan und seinen Gebräuchen näher waren als dem sich immer schneller drehenden Karussell des Westens. Einer Stadt, die viel Wert legte auf ihre Kultur, ihr Patriarchat, ihre Mehlspeisen und den Schmäh. Dass jetzt hier neben den historischen Altbauten modernste Gebäude standen, dass sich amerikanische Ketten breitmachten, dass die Leute so kunterbunt herumliefen wie in Berlin oder New York, war für ihn befremdlich. Wien hatte sich herausgeputzt, es war mondän geworden, es war geschäftig. Es war für Konrad ein bisschen wie ein Kulturschock. Daneben war diese Reise aber noch viel mehr: Sie war die Begegnung mit einem Teil seiner selbst, den er lange vergraben hatte.

KAPITEL 31

Konrad und Ben gingen von ihrem Hotel aus den kurzen Fußweg zur Börsegasse, wo sie die traditionelle Straßenbahnlinie 71 nahmen, die direkt zum Wiener Zentralfriedhof fährt. Der im 11. Bezirk, dem Stadtteil Simmering, gelegene Friedhof war sich im Gegensatz zum inneren Stadtbild beruhigend treu geblieben. Er wirkte wie eine Oase der Stille im emsigen Treiben ringsum mit seinen wunderschönen Jugendstil-Gebäuden, allen voran die prachtvolle Karl-Borromäus-Kirche, auf die man vom Haupteingang aus direkt zulief, den prunkvollen Grabstätten berühmter Persönlichkeiten, den kunstvoll angelegten Grünflächen neben den völlig naturbelassenen Bereichen. Dazwischen lagen die mal eher schlichten, mal zu kleinen Tempeln sich erhebenden Gräber wie ewige, in sich ruhende Memento Mori-Mahnmale in einer sich stets wandelnden und dabei beständig lebendigen Welt. Es war ein magischer Ort, den Konrad noch gut von früher kannte. Auf dem Wiener Zentralfriedhof schien die Natur mit der Architektur, das Leben mit dem Tod, der Himmel mit der Erde zu einer einmaligen Einheit zu verschmelzen. Menschen und Tiere erlebten hier eine wundervolle, fast göttlich anmutende Ruhe und Vollkommenheit, in deren Angesicht man nur ehrfürchtig staunen konnte.

Es war wieder ein warmer Tag, auch wenn der Himmel heute etwas wolkenverhangen war und leichte Windböen durch die Blätter rauschten. In den ausladenden Bäumen tirilierten unzählige Vögel, in den Blumen summten die

Bienen und Hummeln um die Wette, hier und da huschte ein Eichhörnchen vorbei. Die Luft roch nach Blüten, feuchter Erde und Moos. Die beiden Brüder schritten schweigend nebeneinander her, jeder in seine Gedanken versunken.

Ben war natürlich vorbereitet und hatte sich vorab bei der Friedhofsverwaltung die genaue Lage des Grabes geben lassen und sie auf einem Plan eingezeichnet, den er sicherheitshalber in der Tasche seines Jacketts trug. Zielsicher führte er seinen Bruder durch die Friedhofsanlage, vorbei an Steinengeln, Pyramiden, kleinen Tempeln.

Konrad dachte daran, wie er als Kind an so mancher Beerdigung eines Alten Herrn aus seines Vaters Studentenverbindung oder anderer wichtiger Personen hatte teilnehmen müssen. Seine Eltern hatten Wert darauf gelegt, bei gesellschaftlichen Anlässen dieser Art als die perfekte Familie aufzutreten. Er konnte sich noch gut an die morbide Stimmung dieser Trauerfeiern erinnern, die er, in einen steifen Anzug gepresst, zwischen lauter alten Leuten über sich hatte ergehen lassen müssen, während andere Jungen draußen spielten oder Fahrrad fuhren.

Vor einem mittelgroßen und wild umwucherten Familiengrab blieb Ben schließlich stehen. Der Grabstein hatte bereits bessere Jahre gesehen, er war an mehreren Stellen porös, die Inschriften waren vom Regen ausgewaschen und teilweise kaum noch zu lesen. Das Grab selbst war mit einer Steinplatte verschlossen, auf der ein theatralisch hingegossener Steinengel den Betrachter an die Ewigkeit erinnern sollte. Lebende Pflanzen, frische Blumen oder Kerzen suchte man vergebens. Das Grab wirkte verlassen, als gebe es niemanden mehr, der sich darum kümmerte. Konrad warf einen Blick auf den Grabstein. Ganz oben waren die Namen der Großeltern väterlicherseits Anna und Leopold mit Geburts- und Todesjahren eingemeißelt. An seinen Großvater und dessen Begräbnis erinnerte Konrad sich kaum, er war bei seinem Tod noch sehr klein gewesen. Die Großmutter war schon lange vor seiner Geburt verstorben. Direkt darunter standen die Namen von Konrads Eltern sowie die seines Onkels und seiner Tante. Er stand vor dem Grab und atmete tief durch. Seit er vom Tod seiner Eltern erfahren hatte, war er nicht ein einziges Mal auf die Idee gekommen, ihr Grab zu besuchen. Er war sehr erfolgreich darin gewesen, alles zu vermeiden, was ihn mit seiner Kindheit konfrontieren konnte. Er sah Ben unschlüssig an. »Was nun?«, schien sein Blick zu sagen. Doch Ben schaute ihn nur auffordernd an, als wolle er ihm die Entscheidung überlassen, was zu geschehen hätte.

Nachdem sie eine Weile schweigend beieinandergestanden hatten, setzte sich Ben auf eine Bank ganz in der Nähe. Mit einem kurzen Blickkontakt hatten sie sich darauf verständigt, dass Konrad noch einen Augenblick länger verweilen wollte.

Ben hatte seinen Frieden mit dem Mann gemacht, der wahrscheinlich ihr Vater war. Dass ihre Eltern sie ein Leben lang im Ungewissen gelassen hatten, war verwerflich, aber in der gegebenen Situation eine in sich logische Entscheidung gewesen. Von dem Babyskandal hatte er in Italien gar nichts mitbekommen und letztendlich war der ja auch nur eine Rahmenhandlung in der persönlichen Familientragödie gewesen, die ihn und seinen Zwillingsbruder getrennt hatte. Ben hatte gelernt zu akzeptieren, dass Menschen mitunter Schlechtes taten, doch ihre Beweggründe für gut hielten. Ihm war es wichtig, dass auch Konrad das verstand, und er hoffte, dass ein Besuch am Grab der Eltern ihm dabei half.

Er hatte in den letzten Wochen und Monaten viel über Konrad nachgedacht. Seiner Meinung nach war dessen Abwärtsfahrt auch eine Folge davon, dass er sich nie mit seinem Ursprung ausgesöhnt hatte.

Konrad stand eine ganze Weile unschlüssig am Grab. Blickte den Stein an, las die eingravierten Namen, betrachtete den Engel, der ebenso geduldig zu warten schien wie sein Bruder. Der laue Wind streichelte ihm sanft durch die Haare wie die Hand einer Mutter.

Worauf sollte er also warten? Darauf, dass sich irgendetwas in ihm regte? Er verspürte keine Trauer. Nicht um die Menschen, mit denen er schon vor Jahren ein für allemal abgeschlossen hatte. Zuviel war passiert und es gab zu wenig gute Erinnerungen, um ihren Tod zu bedauern. Das einzige, was er vielleicht ein bisschen bedauerte, war, dass er es nicht geschafft hatte, ihnen als erwachsener, gereifter Mann noch einmal gegenüberzutreten und sich ihnen zu stellen.

Nun, das ließ sich ändern: Jetzt würden sie ihn anhören müssen, konnten ihn nicht mehr klein machen, nicht mehr abweisen, ihn nicht mehr einschüchtern.

Der steinerne Engel schien mit gütigem Blick auf die Toten herabzublicken. Und auch wenn Konrad es sich kaum eingestehen wollte, so musste er doch feststellen, dass die Gefühle, die da ganz allmählich in ihm hochkamen, irgendwie guttaten.

»Es tut mir leid«, begann er seine innere Zwiesprache mit seiner Mutter. »Es tut mir leid um die gute Zeit, die wir nicht miteinander haben konnten.«

Wo kam das jetzt her? Er linste zu Ben hinüber, doch der hatte sich dezent abgewandt und blickte in den offenen Raum des Friedhofsparks.

Konrad spürte jetzt den milden Blick seiner Ziehmutter auf sich ruhen, den Blick einer Frau, die ihn einfach angenommen hatte, ohne zu hinterfragen, und die versucht hatte, einen ordentlichen Menschen aus ihm zu machen – im Rahmen ihrer Möglichkeiten. Er fühlte, wie sie ihn auf ihrem Schoß hin und her wiegte, in der ihr eigenen, etwas steifen und bemühten Art, und hörte dabei das Lied, das sie ihm oft vorgesungen hatte. Diese Melodie hatte er nie wieder im Ohr gehabt, bis jetzt.

»Ich habe mein Bestes gegeben«, hörte er sie sagen. »Aber ich weiß, dass das nicht genug war.«

Konrad spürte, wie seine Augen feucht wurden, und in seinem Hals bildete sich ein Kloß. Er ließ es geschehen. Ben saß immer noch in derselben Position auf seiner Bank. Er gab ihm alle Zeit, die er brauchte.

»Ich bin unter deiner Gefühlskälte fast erfroren!«, schleuderte er seiner Mutter, die nicht seine richtige Mutter war, jetzt entgegen. Auf einmal erschien ganz überraschend ihre Mutter vor seinem inneren Auge, Frieda, eine groß gewachsene, streng dreinblickende Frau. Als Kind hatte er oft ehrfürchtig die Schwarz-Weiß-Fotografie von ihr auf der Anrichte im Wohnzimmer betrachtet. Er hatte sie nie kennengelernt und wusste nicht viel über sie, außer dass die ehemals wohlhabende und angesehene Familie im Krieg alles verloren und eine schlimme Geschichte von Vertreibung und Flucht hinter sich gelassen hatte. Ihr Mann war im Krieg gefallen und sie hatte ihre drei Kinder allein großgezogen.

»Es waren andere Zeiten damals, Konrad«, sagte die Großmutter und er sah ihr Bild deutlich vor sich. »Ich hatte alles verloren und musste um unser Überleben kämpfen. Ich konnte deiner Mutter nicht mehr geben.«

Er sah seine Mutter als kleines Mädchen auf der Flucht, wie sie sich – viel zu jung – um die jüngeren Geschwister kümmerte. Er sah sie als junge Frau in Wien zwischen der herrischen Schwiegermutter und ihrem despotischen Ehemann stehen, zu schwach, um für sich selbst einzustehen, geschweige denn für ein Kind, das nicht einmal das ihre war.

Konrad war verstört, doch er fühlte, dass es gut war, was geschah, und er fühlte, dass er es geschehen lassen sollte.

Er wandte sich dem Vater und der Großmutter zu, die jetzt beide wie eine imaginäre Front aus Härte und Unerbittlichkeit vor ihm standen.

»Wusstet ihr nicht, was das mit mir macht?«, klagte er sie an. »Ich hätte eine Mutter gebraucht, die mich liebt, und einen Vater, der mir das Gefühl gibt, etwas wert zu sein!«

Jetzt hörte er den Vater sprechen: »Es war das Beste für uns alle«, sagte er bestimmt. »So war für euch beide gesorgt. Und nun mach du das Beste für dich aus deinem Leben. Hör auf dein Herz und mach nicht denselben Fehler wie wir. Du hast das Glück, dass du die Wahl hast.«

Der Engel schaute unverändert sanft und verzeihend auf die in der Erde Ruhenden. Seine Mutter hatte funktioniert, ihr Leben lang, genau wie zuvor ihre Mutter. Sie hatte keine Wahl gehabt. Ein Kind gehörte zu einer anständigen Ehe dazu und wenn sie schon kein eigenes zur Welt bringen konnte, so musste sie wenigstens eines annehmen. Dass die Kinderlosigkeit ihr anzulasten war, stand außer Frage – etwas anderes hätte sein selbstherrlicher Vater nie auch nur angedacht. Was diese jahrelange zusätzliche Belastung und Scham ihr angetan hatten, wollte Konrad sich gar nicht vorstellen. Wie hätte sie da die Liebe in sich finden können, die sie an ihn hätte weitergeben können?

Und sein sogenannter Vater, der sein Leben in der Zwangsjacke der Wiener Gesellschaft verbringen musste? Jeder Schritt, jedes Wort wohlüberlegt, immer der honorige Herr Professor, ganz wie sein werter Herr Papa vor ihm, ebenfalls ein namhafter Mediziner. Was, wenn er tief in seinem Herzen viel lieber etwas ganz anderes gemacht hätte? Hatte er nicht mal davon gesprochen, dass er als Bub immer von der Fliegerei geträumt hatte? In seiner Familie gab es ausschließlich Ärzte, Juristen und Universitätsprofessoren. Eine Pilotenausbildung wäre für ihn schlichtweg unmöglich gewesen. Und ob er seine Frau aus Liebe geheiratet hatte, war ebenfalls fraglich.

Konrad atmete tief durch und versenkte sich noch einmal in die Grabinschriften, als könne er darin die Wahrheit lesen. Sein Vater als junger Bub. Er hatte fast nie über seine Kindheit geredet. Sie musste sehr düster gewesen sein, voller Erwartungen und Zwänge. Welche unerfüllten Träume mochte er wohl sonst noch gehabt haben? Wovon konnte ein kleiner Junge überhaupt träumen während des Krieges?

Konrad staunte über die Welt, die sich gerade in ihm auftat. Diese Einsichten, das dämmernde Verständnis für seine Eltern waren etwas völlig Neues für ihn, und er konnte sie einfach hinnehmen, ohne davonzulaufen. Es fühlte sich erstaunlich gut an. Irgendwie – friedlich. Zum ersten Mal seit Ben von dieser Reise angefangen hatte, musste Konrad sich eingestehen, dass es vielleicht doch nicht die schlechteste Idee gewesen war, hierher zu kommen.

Er blickte Ben ein weiteres Mal an, der hatte den Kopf in seine Richtung gewandt und nickte ihm nur mit ernster Miene zu, als könne er seine Gedanken erraten. Er erhob sich und ging zögerlich auf seinen Bruder zu. Konrad wischte sich verstohlen die Feuchtigkeit aus dem Augenwinkel. Ben legte ihm die Hand auf die linke Schulter.

»Setzen wir uns noch einen Moment?« Er war genau zum richtigen Zeitpunkt gekommen. Es war alles gesagt und alles verstanden. Konrad spürte, dass sich etwas Wesentliches in ihm bewegt hatte. Er bekreuzigte sich in Richtung des Engels und wandte sich von dem Grab ab.

Auf der Bank saßen die beiden noch einen Moment schweigend, bevor Ben die Stille unterbrach: »Weißt du eigentlich, Konrad«, sagte er nachdenklich, »dass ich dir ganz schön dankbar dafür bin, dass du mich gefunden hast?«

Konrad horchte auf. Alles, was er in den letzten Wochen erreicht hatte, hatte er Ben zu verdanken. Wenn einer dankbar sein musste, dann doch er selbst.

»Ich bin mein Leben lang immer irgendetwas hinterhergerannt«, fuhr Ben fort. »Dem Erfolg, der Anerkennung, dem Geld. Das hat mir nicht immer gut getan, das kannst du mir glauben. Meine Ehe ist nicht ohne Grund in die Brüche gegangen, ich war einfach nicht für meine Frau da, als sie mich am dringendsten gebraucht hätte.«

Jetzt wurde es Konrad ein wenig unbehaglich. Solche Gespräche verunsicherten ihn.

Ben fuhr fort: »Erst durch dich habe ich gelernt, was Leben auch heißen kann: Freiheit, mal die Seele baumeln lassen und vor allem eins: Dass Familie das Wichtigste ist auf der Welt.«

Und Ben erzählte Konrad zum ersten Mal von den Schattenseiten seines erfolgreichen Lebens. Dass er keine Frau und keine Kinder hatte, war zwar bekannt, Konrad hatte bislang aber den Eindruck gehabt, dass es sich sein Bruder trotzdem recht gut gehen ließ. Es war neu für ihn, dass Ben offenbar unter einem massiven permanenten Druck litt, alles richtig machen, sich und der Welt etwas beweisen zu müssen.

»Ich war im Grunde immer getrieben. Schule in Österreich, Studium in Deutschland, nebenbei in den Semesterferien mehrere Praktika im Ausland. Dann der Wechsel nach Italien, hier auf das deutsche gleich noch das internationale Recht auf Italienisch draufgeschafft. Und dann die eigene Kanzlei – glaub mir, das war kein Spaziergang.«

»Und nebenbei auch noch der Wechsel aus dem einen Leben in ein komplett anderes«, ergänzte Konrad in plötzlichem Verstehen.

Ben nickte und sein Blick schweifte in die Ferne. »Ja, ich habe nie gelernt, im Hier und Jetzt zu leben. Erst Mariabrunn, dann Heidelberg, die Flucht von Teneriffa nach Rom – in Verona bin ich zwar äußerlich sesshaft geworden, aber innerlich war ich nach wie vor ruhelos. Als Sara weg war, stand ich kurz vor einem Burnout. Das Segeln hab ich damals angefangen, weil ich irgendeinen Ausgleich brauchte, sonst wäre ich zusammengeklappt.«

Konrad staunte. Er hatte sich nie allzu viel mit dem Innenleben anderer Leute beschäftigt. Ihm waren die Erfolgreichen stets suspekt gewesen und er hatte sich nie die Mühe gemacht, normale Menschen in ihnen zu sehen. Helènes Familie hatte seinen Standpunkt bestätigt, dass Geld den Charakter verdarb, und er hatte sich selbst dabei gern als Opfer gesehen.

Bei Ben war das natürlich anders. Er war sein Zwillingsbruder.

»Wir sind wie zwei Seiten einer Medaille«, sagte Ben. »Nur zusammen ergeben wir ein Ganzes, nur mit beiden Seiten können wir glücklich werden.«

Konrad schluckte und eine Woge von Glück schwappte über ihn wie eine Welle in der aufgewühlten See. Er war seinem Bruder wichtig. So wichtig, dass er ihn als seine zweite Hälfte betrachtete, ohne die er nicht glücklich werden konnte. Das war groß. Für den Moment vielleicht sogar eine Nummer zu groß. Erst die merkwürdigen Bilder am Grab seiner Eltern und jetzt das. Er wusste nicht, was er sagen sollte. Vermutlich hatte Ben recht und alles fügte sich jetzt zusammen. Selbst seine widrigen Lebenserfahrungen waren womöglich am Ende für irgendetwas gut. Doch er vermochte keine Worte für das zu finden, was er empfand, so wie Ben es konnte. Er legte für einen kurzen Moment seine Hand auf die seines Bruders und schaute ihn nur an.

Ben drückte die Hand und lächelte liebevoll. »Was ist, wollen wir aufbrechen?«

Konrad nickte dankbar und lächelte zurück. Er brauchte keine Worte. Ben verstand ihn auch so.

Auf dem Weg zurück in Richtung Bahn-Haltestelle dachte Konrad darüber nach, wie bedeutsam diese Reise in die Vergangenheit wider Erwarten für ihn geworden war. Die Gedanken und Gefühle der letzten Stunde waren überwältigend. Er brauchte Zeit.

Auch Ben war nachdenklich. Wochenlang hatte er sich innerlich auf diesen Tag vorbereitet, sich gefragt, ob er irgendetwas empfinden würde angesichts der letzten Ruhestätte ihres mutmaßlichen Vaters. Er war nicht nur wegen Konrad hierher gekommen. Am Grab hatte er darauf gewartet, ob sich irgendein Gefühl in ihm regen würde. Wut, Zorn, Ohnmacht. Doch zu seiner eigenen Überraschung war ihm klar geworden, dass dieser Mann ihm nichts bedeutete. Sein Herz hatte geschwiegen.

Sein Vater war der, bei dem er aufgewachsen war, der mit ihm in Tante Maridls Garten Fußball gespielt und seine aufgeschlagenen Knie verarztet hatte, wenn die Mutter wieder einmal abwesend war, und der, der ihm jeden Abend eine Gutenachtgeschichte vorgelesen hatte. Sein Vater, da war er sicher, hatte nicht gewusst, dass seine Frau ihn ein Leben lang belogen, ihm womöglich ein Kuckucksei untergeschoben und ein weiteres Kind ganz verschwiegen hatte.

Und er war viel zu früh gegangen. Ben wäre wahrscheinlich niemals nach Italien abgehauen, wenn sein Vater noch gelebt hätte. Doch ohne ihn war es ihm erstaunlich leicht gefallen, alles hinter sich zu lassen. Als er die Sache mit seinem Zwillingsbruder herausgefunden hatte, war das lediglich der Tropfen gewesen, der das Fass zum Überlaufen gebracht hatte, das seine Mutter bereits sein Leben lang stetig gefüllt hatte. Die jahrelang unterdrückte Wut auf sie hatte sich bei ihrer letzten Begegnung auf Teneriffa eine Bahn gesucht und sie in der endgültigen Flucht nach Italien gefunden. Die Vorstellung, wie sie weinend am Meer stand, in dem ihr Sohn vermeintlich den Tod gesucht hatte, hatte ihm tatsächlich eine maliziöse Genugtuung bereitet.

Vor Konrad und Ben lagen noch zwei weitere Tage in Wien. Das Pflichtprogramm hatten sie absolviert, das Erlebte musste sich nun setzen. Am Dienstag würden sie weiterfahren nach Mariabrunn, wo die nächste emotionale Herausforderung auf sie wartete.

KAPITEL 32

Der Friedhof von Mariabrunn war im Gegensatz zum ausladenden Wiener Zentralfriedhof klein und sehr überschaubar. Während der Ort selbst sich seit Bens letztem Besuch vor vielen Jahren unglaublich gewandelt und von einem verschlafenen Bergdorf zum Anziehungspunkt für Schifahrer und Wanderer gemausert hatte, schien auch hier die Zeit stillgestanden zu haben. Das hatten Friedhöfe wohl so an sich.

Er lag recht zentral in der Ortsmitte, direkt hinter der kleinen Kirche, in der Hochzeiten, Taufen und Trauerfeiern stattfanden. Wie beinahe überall auf österreichischen Friedhöfen konnte man auf vielen Grabsteinen kleine Andachtsbildchen der Verstorbenen sehen. Hier brauchte man keinen Plan, um ein Grab zu finden. Es reichte schon, wenn man den Blick durch die wenigen und übersichtlich angelegten Reihen schweifen ließ, um die gesuchte Ruhestätte zu finden.

Ben war früher häufiger hier gewesen, um Tante Maridl und später seinen Vater zu besuchen. Das Grab der Tante lag gleich in der fünften Reihe links, sie war hier zusammen mit ihren beiden bereits gegen Ende des Kriegs verstorbenen Brüdern begraben. Ben steuerte gewohnheitsmäßig zuerst ihr Grab an, um ihr nach all den Jahren die Ehre zu erweisen. Das Grab wirkte gepflegt, irgendjemand schien sich darum zu kümmern. Nachdem er ein kleines Gebet gesprochen hatte, gingen die Brüder weiter. Konrad folgte seinem Bruder um die kleine Friedhofskapelle herum, als der plötzlich abrupt stehen blieb und mit der Hand auf ein mehrere Reihen schräg vor ihnen liegendes Grab deutete, vor dem ein älterer Mann kniete. Er trug einen langen Mantel, einen landestypischen Lodenhut auf dem weißgrauen Haar und war nur von hinten zu sehen. Ben bedeutete Konrad mit der Hand, kurz stehen zu bleiben. Ihm stand jetzt nicht der Sinn danach, am Grab seiner Mutter alten Bekannten zu begegnen und womöglich unangenehme Fragen beantworten zu müssen. Nach einigen Momenten erhob sich der gepflegt gekleidete Herr, drehte sich um und kam direkt auf die Brüder zu. Er musste schon gut über achtzig sein. Ben und Konrad taten unbeteiligt, als wollten sie das Grab besuchen, vor dem sie gerade standen. Der Mann musterte sie im Näherkommen und für einen Augenblick schien es Ben, als kenne er ihn von früher. Da war eine unbestimmte Vertrautheit in den hellen, wachen Augen des Alten, doch er konnte ihn nicht zuordnen. Der Mann grüßte die beiden freundlich und ging weiter seiner Wege, ohne sich noch einmal umzudrehen.

Ben und Konrad schauten sich an, Ben zuckte mit den Achseln und trat an die Stelle, an der der Mann eben noch gehockt hatte.

»Wer war das?«, fragte Konrad. »Er kam mir irgendwie bekannt vor«, erwiderte Ben nachdenklich. Er winkte ab. »Es wird irgendein Einheimischer aus dem Ort sein, der meine Eltern kannte.«

Das Grab war bescheiden und hob sich nicht von den anderen ab. Im Gegensatz zu dem verlassen und verwildert anmutenden Grab in Wien war dieses mit Stiefmütterchen und anderem Grünzeug bepflanzt. Womöglich kümmerte sich dieselbe Person darum, die auch Tante Maridls Grab pflegte. Vielleicht Franz, der damalige Lebensgefährte der Mutter, mutmaßte Ben, sofern der noch lebte und nicht mehr in Teneriffa war, oder Maridls Nichte. Oder der Mann von eben, wer auch immer das gewesen sein mochte.

Ben hatte im Blumenladen vor dem Friedhof zwei weiße Rosen gekauft – eine für sich und eine für Konrad. So standen die Brüder also vor dem zweiten Grab ihrer Reise, jeder eine Rose in den gefalteten Händen. In Konrad kam spontan das Bild von zwei Schuljungen hoch, die sich bei der Mutter für irgendeine Unartigkeit entschuldigten. Doch es war ihre Mutter, die sich die Ungehörigkeit geleistet hatte. Konrad hatte sie nie kennen gelernt, und doch fühlte er, hier bei etwas Entscheidendem angekommen zu sein. Wenn er genau in sich hineinspürte, war da nicht nur das Bild zweier Schuljungen in seinem Kopf – er fühlte sich auch genau so.

»Erzähl mir ein bisschen von ihr«, forderte er Ben unvermittelt auf.

Der schaute kurz auf. »Sie war – besonders«, sagte er dann. »Wenn ich sie als neutraler Außenstehender beschreiben müsste, würde ich sagen, sie war ein ungezähmtes Weibsstück voller Flausen und Abenteuerlust, das immer mehr vom Leben wollte als sie bekommen konnte. Ich glaube, das hat ihr auch am meisten zugesetzt: Dass sie nie so konnte wie sie wollte. Erst haben ihre Eltern sie daran gehindert, dann die eigene kleine Familie, und erst als Papa tot war, konnte sie sich einen passenden Vogel suchen und mit ihm gen Süden flattern.«

Ben wirkte verbittert, als er das aussprach. Von diesem Franz schien er nicht allzu viel zu halten.

»Warum liegt sie dann wohl hier in Mariabrunn?«, fragte Konrad und deutete mit dem Kopf auf das Grab.

Ben zuckte mit den Achseln. »Eine Beerdigung war ihrem Lebensgefährten vermutlich zu konventionell. Die beiden haben da unten eine Art Aussteigerleben geführt, die Sonne musste immer scheinen, der Tod passte da nicht wirklich rein.«

Sie schwiegen für eine Weile.

Dann fragte Konrad: »Und wie würdest du sie selbst beschreiben, als ihr Sohn?«

Jetzt wirkte Ben bedrückt. »Ich habe keine Ahnung, was sie wirklich glücklich gemacht hat. Sie war irgendwie immer abwesend. Sie hat versucht, sich die in ihrem Rahmen möglichen Freiheiten zu nehmen, und wäre mein Vater nicht gewesen ... Vielleicht hat sie versucht ihr Bestes zu geben, doch im Grunde hatte ich nie eine Mutter. Sie wollte lieber eine Freundin sein, ohne Sorgen und Verantwortung. Ich erinnere mich an einzelne Momente, als wir alle zusammen in Salzburg im Zoo waren zum Beispiel, und sie mich lachend in den Arm nahm, weil ich Angst vor den Menschenaffen hatte. Oder bei der Einschulung, als sie mir eine Schultüte geschenkt hat. Das waren besondere Augenblicke, in denen sie mir ihre Zuneigung gezeigt hat. Die habe ich konserviert und im Herzen behalten wie ein Wüstennomade die rettende Ration Wasser.«

Konrad schluckte. Jahrelang hatte er sich vorgestellt, wie es gewesen wäre, bei seiner leiblichen Mutter aufzuwachsen, wie anders sein Leben verlaufen wäre. Er hatte die strenge Kühle seiner Adoptivmutter immer für sein Versagen verantwortlich gemacht. Doch wenigstens war sie für ihn da gewesen und hatte versucht, ihm alle Möglichkeiten zu bieten.

Zum zweiten Mal auf dieser Reise musste er ihr Abbitte leisten. Zwei Brüder, ein Genpool, zwei komplett unterschiedliche Leben.

»Ich frage mich«, sagte er, den Blick immer noch aufs Grab gerichtet, »warum sie uns dann nicht einfach beide weggegeben hat.«

Ben nickte. »Das habe ich mich auch schon gefragt, mein Bruder. Und es wird für immer das Geheimnis der vier Menschen bleiben, die wir jetzt an ihren Gräbern besucht haben. Möglicherweise wäre es zu auffällig gewesen, beide

Kinder für tot zu erklären. Vielleicht wollte sie das auch meinem Vater nicht antun – er war der beste Vater, den ich mir hätte wünschen können, und irgendeinen Grund muss es ja gegeben haben, warum sie all die Jahre bei ihm geblieben ist. Sie hätte ja auch einfach abhauen können. Aber sie hat es nicht getan. Warum? Wir werden es wohl nie erfahren. Genausowenig wie die Antwort auf die Frage, wer nun tatsächlich unser biologischer Vater war. Wobei ...«

Er zögerte für einen Moment. Konrad hob fragend die Augenbrauen, doch Ben winkte ab.

»Ach, das ist wahrscheinlich der Gesamtstimmung geschuldet und reine Spinnerei.«

Jetzt wurde Konrad neugierig: »Sag schon, was denkst du?«

Ben neigte den Kopf zur Seite, wie er es immer machte, wenn er sich gut überlegte, wie er etwas formulieren sollte.

»Dieser alte Mann am Grab vorhin – ich hatte für einen Moment das unbestimmte Gefühl, dass er etwas mit meiner Vergangenheit zu tun hat. Vielleicht hätten wir ihn ansprechen sollen. Vielleicht hätte er uns etwas zu sagen gehabt.«

Konrad blickte seinem Bruder fest in die Augen. »Was auch immer wir jemals über unsere Eltern herausfinden oder auch nicht – es war gut, dass du mich mitgenommen hast auf diese Reise«, erklärte er ernst. »Bei allem, was ich jetzt über unsere Mutter weiß, denke ich, dass sie mit uns beiden überfordert gewesen wäre.«

Ben nickte und ein schwaches Grinsen huschte über sein Gesicht. »Und Papa wäre mit zweien von uns plus seiner kapriziösen Frau vielleicht auch an seine Grenzen gestoßen.«

»Vielleicht sollten wir unseren Frieden mit ihr machen und die Vergangenheit einfach ruhen lassen?«, fragte Konrad.

Ben zuckte abermals die Achseln. »Vielleicht. Ich habe

ihr lange genug vorgeworfen, dass sie keine gute Mutter war, dass sie mich zuviel allein gelassen und meinen Papa unglücklich gemacht hat. Ich habe ihr sogar die Schuld an seinem frühen Tod gegeben.«

Konrad sah ihn fragend an.

»Er hat sich für sie aufgeopfert, alles getan, damit es ihr gut ging. Er hat sich neben seinem anstrengenden Job noch um mich und den Haushalt gekümmert und er ist mit ihr nach Mariabrunn gegangen, obwohl er dafür alles aufgeben musste, was ihm wichtig war. Ich glaube, er wäre gern in Wien geblieben – beruflich hätte er dort sicherlich bessere Perspektiven gehabt.« Etwas leiser fügte er hinzu: »Meiner Meinung nach ist er an gebrochenem Herzen gestorben. Ich gehe ganz sicher davon aus, dass sie ihn regelmäßig betrogen hat, wenn auch nie offensichtlich. Sie war eine Meisterin der Verführung, sie badete förmlich in ihrem Verlangen nach Aufmerksamkeit. Ich habe schon als kleiner Junge die gierigen Blicke der Männer und die abschätzigen der Frauen gesehen und ihr kokettes Flirten, wenn wir gemeinsam unterwegs waren. Schon damals habe ich gespürt, dass da irgendetwas nicht richtig war, noch bevor ich mit dem Verstand begreifen konnte, was da lief.« Er seufzte. »Doch heute weiß ich, dass das auch nicht die ganze Wahrheit ist. Es gehören immer zwei dazu und mein Vater hat das all die Jahre still geduldet.«

»Vielleicht hatte er keine Wahl«, gab Konrad zu bedenken. »Er hätte dich verlieren können.«

Ben wiegte den Kopf. »Es gibt immer eine Wahl«, meinte er. »Er hatte ein regelmäßiges Einkommen und war meine Hauptbezugsperson, während meine Mutter sicher keinen allzu guten Leumund hatte. Zu der Zeit blieben die Kinder bei einer Scheidung zwar fast immer bei der Mutter, aber ich bin mir gar nicht sicher, ob meine Mutter das Sorgerecht überhaupt gewollt hätte.« Dann machte er eine wegwerfende

Handbewegung. »Aber vielleicht hast du auch recht. Ich könnte tatsächlich ein Grund gewesen sein, warum er die Frau, die ihn jahrelang vorgeführt hat – und die er leider abgöttisch liebte – nie verlassen hat. Wir werden das nie ergründen.«

Konrad spürte, wie Stück für Stück weiterer Ballast von ihm abfiel, den er ein Leben lang mit sich herumgetragen hatte.

Stets hatte er seinen Eltern die Schuld an der Entwicklung seines Lebens gegeben. Erst hatte er gegen sie angekämpft, war vor ihnen davon gelaufen, hatte das Gegenteil von dem getan, was sie wollten, wie ein trotziges Kleinkind. Und später, als er von dem ungeheuerlichen Betrug erfuhr, hatte er erst recht fest geglaubt, alles wäre anders gekommen, hätte ihn seine Mutter nur aufrichtig geliebt.

Er hatte sich schlecht gefühlt, nicht wert geliebt zu werden, als Versager. Doch jetzt wurde ihm klar, dass er allein es war, der die Wahl gehabt und getroffen hatte. Und er ganz allein hatte alles versemmelt.

Im Grunde hatte er doch die bessere Ausgangssituation gehabt als sein Bruder: Seine Familie hatte in Wien ein finanziell gesichertes Leben geführt und die Eltern hatten alles daran gesetzt, ihm eine gute Ausbildung zu ermöglichen. Während Ben in einer zerrütteten Ehe aufgewachsen war, mit einer Mutter, die nur mit sich selbst beschäftigt war und einem Vater, der weit weniger Geld und Einfluss hatte als Konrads.

Und was hatte Ben daraus gemacht? Er hätte sich ebenfalls hängen lassen und aus Enttäuschung über die Gleichgültigkeit seiner Mutter aus der Bahn geraten können. Doch er hatte sein Leben durchgezogen: Studium, Kanzlei, schönes Haus – ein ausgefülltes Leben. Natürlich hatte auch er Federn lassen müssen auf seinem Weg, doch wer musste das nicht? Und auch wenn er keine Familie hatte – er war ein angesehener Rechtsanwalt geworden und kein Penner wie er selbst.

Konrad seufzte leise. Womöglich war es einfach im Menschen angelegt, sich so oder so zu entscheiden. Er war ein Kindskopf gewesen und hatte es nicht einmal fertiggebracht, sich mit seinen Eltern auszusprechen. Er war ein verlorener Sohn für sie geblieben. Doch für diese Überlegungen war es nun zu spät. Er konnte nur still den Kopf senken und hoffen, dass es irgendwo da oben ankam, dass es ihm leid tat, was er aus seinem Leben gemacht hatte. Zum ersten Mal spürte er ein Bedauern über seine eigenen Entscheidungen. Und er hatte das Gefühl, als ob er in diesem Moment den kleinen Schuljungen abstreifte wie ein Schmetterling seinen Kokon, und er erkannte, dass da zwei gleichwertige, erwachsene und eigenständige Männer am Grab ihrer Mutter standen und ein letztes Gebet sprachen.

Ben fühlte, dass es jetzt gut war. Er hatte diese Reise in der Überzeugung gemacht, dass Konrad diesen Abschluss brauchte, um zu sich zu finden. Es war der letzte Anstoß, den er seinem Bruder für sein neues Leben geben konnte.

Er selbst hatte längst seinen Frieden mit der Vergangenheit gemacht.

Er war bereits vor einigen Jahren eines Tages an die italienische Küste gefahren, ganz in die Nähe des Hafens, an dem er damals mit Saras Boot angekommen war. Er hatte sich dort eine Felsklippe ausgesucht, auf der er ungestört und ganz für sich allein den Kontakt zu seiner Mutter aufnehmen konnte. Damals wusste er nicht, ob sie noch lebte, irgendwo in Teneriffa oder vielleicht wieder in Österreich. Das war auch nicht entscheidend. Wichtig war, dass er mit ihr sprach, ohne sie zu sehen, dass sie ihm zuhörte, ohne ihn zu hören, dass die Liebe floss ohne die Störung durch einen irdischen Körper.

Sara hatte ihn zu einem spirituell offenen Menschen

gemacht, er hatte viel durch sie gelernt. Im Alltag gab er zwar meistens den taffen Anwalt, doch tief in seinem Inneren wusste er um die Kraft der Dinge, die nicht im Rationalen lagen. Er hatte sich seinen Gefühlen gestellt. Er hatte gegen die Wellen angeschrien, ihnen seine ganze Wut und seine Enttäuschung mit auf den Weg gegeben, seine Tränen hatten sich mit dem Salz der zu ihm heraufsprühenden Gischt vermischt. Und er war überzeugt davon, dass sie seine Mutter, wo auch immer sie war, erreicht hatten. Er glaubte fest daran, dass die Dinge ankamen, wenn sie mit der richtigen Intention hinausgeschickt wurden. Egal wie, egal wo. Und letztendlich war ohnehin nur wichtig, was im eigenen Herzen ankam. Und da hatte er eine unendliche Erleichterung und Befreiung gespürt.

Erst danach war er imstande gewesen, seiner Mutter zu verzeihen. Und auch sich selbst zu verzeihen, dass er so gehandelt hatte, wie es zum damaligen Zeitpunkt richtig für ihn war. Er hatte sich auf diese Weise das Leben gerettet.

Jetzt hieß es, sich um die Lebenden zu kümmern, und irgendein Gefühl sagte ihm, dass es kein Zufall war, dass Klara und Konrad sich begegnet waren.

Die Brüder standen noch eine ganze Weile schweigend am Grab. Und wer immer ihr richtiger Vater war, eines war sicher: Ihre Mutter lag vor ihnen in der Erde. Ben fiel der lateinische Rechtsspruch ein: »Mater semper certa est – Pater semper incertus est: Die Mutter ist immer sicher, der Vater immer unsicher.« Wieviel Wahrheit dieser Satz für sie beide enthielt. Sie standen vor der einzigen sicheren Verbindung, die sie hatten, und beide verspürten ein ganz tiefes Gefühl von Zugehörigkeit und Liebe. Irgendwann legten sie in stillem Einverständnis ihre Rosen auf der Erde ab und wandten sich nach einer kurzen Bekreuzigung zum Ausgang.

KAPITEL 33

Klara trug ein luftiges, pastellgelbes Kleid, dazu einen Strohhut mit farblich passendem Tuch und ihre neuen Sommersandaletten. Das Wetter war herrlich, schon frühmorgens war es sommerlich warm. Sie war aufgeregt und voller Vorfreude. Es war das erste Mal seit sehr langer Zeit, dass sie sich mit gleichgesinnten Leuten traf, einfach nur um etwas zu essen, zu trinken, zu quatschen, das Leben zu genießen. Die Truppe traf sich regelmäßig dienstagabends nach der Yogastunde, aber Klara hatte bisher nie den Mut gehabt, sich ihnen anzuschließen, ohne gefragt worden zu sein. An diesem Sonntag feierten sie einen Geburtstag mit einem Brunch im Biergarten des Cafè Rossi und Klara hatte sich sehr gefreut, als Elisa sie ganz spontan gefragt hatte, ob sie nicht auch kommen wolle.

Sie war früh aufgestanden und hatte noch genug Zeit, um ein Päuschen auf ihrer Bank am Neckar einzulegen und die Enten mit den vertrockneten Brotresten der Vorwoche zu füttern. Sie mochte es, wenn die possierlichen Wasservögel ganz nah zu ihr gewatschelt kamen, um laut schnatternd nach den Happen zu picken. Außerdem liebte sie diese Bank. Die Bank, auf der sie vor ziemlich genau zehn Monaten Konrad getroffen hatte. So oft sie die Gelegenheit dazu hatte, setzte sie sich hierher und dachte an ihn. Hier fühlte sie sich ihm nah. Und sie dachte an Ben: Ob sie ihm damals doch hätte antworten und mit ihm reden sollen? Sie hatte sich nicht bereit dazu gefühlt, als der Brief kam, es hätte sie zu sehr aufgewühlt. Mittlerweile sah sie das anders. Sie hatte die Gespräche mit sich selbst auf dieser Bank in ihre Therapie eingebunden und gelernt, die Erinnerungen einfach sein zu lassen, ohne sie zu bewerten. Wenn es das Schicksal wollte, würden sich ihre Wege noch einmal kreuzen.

Klara genoss die Morgensonne und die Ruhe, die an solchen Tagen erfahrungsgemäß nicht lange währte. Schon im Laufe des Vormittags würden hier ganze Heerscharen junger Leute, Familien mit kleinen und größeren Kindern, Fahrradfahrer und Spaziergänger sowie zahllose Hunde die Neckarwiese bevölkern. Die jetzt noch so angenehme Stille würde von Kindergeschrei, Hundegebell und den lautstarken Unterhaltungen der Erwachsenen, vermischt mit Musik und anderen Geräuschen, gnadenlos übertönt werden. Die jetzt noch klare und reine Morgenluft würde nach Holzkohle und Grillfleisch riechen und man würde aufpassen müssen, dass man nicht von einem Radfahrer umgefahren, einem Ball getroffen oder einem Jogger umgerannt wurde. Der frühe Morgen hingegen gehörte ihr ganz allein. Später würde man sie hier nicht mehr sehen. Klara sog die frische Luft tief in ihre Lungen und schloss die Augen, um den Moment ganz einzufangen.

Sie sahen sie auf der Bank am Neckar sitzen. Eine adrette, schlanke Frau in einem hellen Sommerkleid, die Hände friedlich im Schoß gefaltet. Die Enden des um ihren Hut geschlungenen Tuchs flatterten sanft im Wind, die rötlichbraunen Haare fielen ihr bis über die Schultern.

Es war Sonntag, ein warmer, trockener Morgen im August, seit Tagen hatte es nicht mehr geregnet. Das Wasser floss träge aus dem Neckartal. Auf seiner Oberfläche sah man abgebrochene Äste langsam dahintreiben, dazwischen schnatterten die Nilgänse und eine Entenfamilie um die Wette. In den üppig begrünten Bäumen zwitscherten Singvögel ihre frohen Lieder. Die Luft roch nach frisch gemähtem Gras, das allmorgendlich von den Stadtarbeitern gewässert wurde. Die Luft war bereits schwül, einzig ein lauer Ostwind sorgte für ein wenig Erfrischung. Hier und da lief ein Jogger vorbei, eine ältere Dame kämpfte mit ihrem Hund, der unbedingt ins Wasser wollte, und eine Gruppe frischgebackener Mütter schob schwatzend ihre Kinderwägen den Fußweg entlang.

Sie verlangsamten ihre Schritte und betrachteten die Frau auf der Bank. Sie saß völlig regungslos. Sie wirkte glücklich. Neben ihr lag eine offene Papiertüte, in der man trockene Brotreste erkennen konnte. Das Leben schien gut zu ihr zu sein. Sie setzten sich vorsichtig ans andere Ende der Bank, rechts von ihr. Sie hielt die Augen geschlossen und reckte die Nase in die Sonne. Sie schien sie nicht zu bemerken.

Eine ganze Weile schauten sie schweigend und in stillem Einvernehmen auf den Fluss. Keiner sagte ein Wort. Irgendwann öffnete Klara die Augen, wandte den Kopf nach rechts und wirkte nur für einen ganz kurzen Augenblick erstaunt. Sie blickte Ben und Konrad an. Einen langen, epischen Moment lang waren da nur ihre Blicke, die zu einer unendlichen Einheit zu verschmelzen schienen. Dann zeichnete sich ein Lächeln auf ihrem Gesicht ab. »Ich habe schon auf euch gewartet«, sagte sie und deutete auf die Brottüte. »Wollen wir zusammen die Enten füttern?«

Die im Buch beschriebenen Personen und Geschehnisse sind frei erfunden. Ähnlichkeiten mit tatsächlich lebenden Personen oder Geschichten sind rein zufälliger Natur. Das Grab auf dem Wiener Zentralfriedhof ist eine Fiktion, ebenso gab oder gibt es weder das Wiener Marienspital noch den Ort Mariabrunn im österreichischen Pinzgau.

Ariana Nero

Germanistin, Kunsthistorikerin und Psychotherapeutin HP. Nach beruflichen Stationen von Journalismus über Public Relations zur Burnout- und Hypnotherapeutin widmet sie sich nun schwerpunktmäßig ihrer Tätigkeit als Autorin. Den Anstoß zu ihrem Debut »Kuckucksbrüder« gab ein Traum – bei Ariana Nero gelingt vieles über die Intuition.

Nach zahlreichen Kurzgeschichten, Gedichten, Fachartikeln u.a. hat sie im Alter von 44 Jahren ihren ersten Roman geschrieben, in dem sie ihre Schreibkunst mit tiefen Einblicken in die menschliche Entwicklung verbindet.

www.ariananero.de